将洒下的光藏进故事的土壤里

◆

光粒

——否在、不要害怕.
　时间会证明一切、

——我不想害怕.
　可我也不想苦
　时间证明了.

　　　　世欣苍

世吹雀 ——

著

花山文艺出版社

河北·石家庄

图书在版编目（CIP）数据

晚风晓 / 世吹雀著. -- 石家庄：花山文艺出版社，
2023.7
ISBN 978-7-5511-6491-7

Ⅰ．①晚… Ⅱ．①世… Ⅲ．①长篇小说－中国－当代
Ⅳ．①I247.5

中国国家版本馆CIP数据核字(2023)第013901号

书　　名：**晚风晓**
　　　　　Wanfeng Xiao
著　　者：世吹雀

责任编辑：郝卫国
特约编辑：阿　迟
责任校对：李　伟
美术编辑：王爱芹
封面绘制：陶　然
封面设计：吴思龙@4666啊
封面题字：仓　鼠
出版发行：花山文艺出版社（邮政编码：050061）
　　　　　（河北省石家庄市友谊北大街330号）
销售热线：0311-88643299 / 96 / 17
印　　刷：长沙鸿发印务实业有限公司
经　　销：新华书店
开　　本：880毫米×1230毫米　1/32
印　　张：9.5
字　　数：260千字
版　　次：2023年7月第1版
　　　　　2023年7月第1次印刷
书　　号：ISBN 978-7-5511-6491-7
定　　价：45.80元

CONTENTS

目录

/001 | Chapter 01
美人如玉剑如虹

/023 | Chapter 02
他的眼神缱绻如夜风

/043 | Chapter 03
繁星触手可及

/065 | Chapter 04
他在人群里永远最引人注目

/093 | Chapter 05
你这样很好，不会被骗

/115 | Chapter 06
我们都开始变得贪心了

/141 | Chapter 07
你受什么刺激了

/169 | Chapter 08
你总能睁着眼睛说瞎话

/187 | Chapter 09
所有情绪最终会随着风消散

/199 | Chapter 10
他肯定在风雪里等了我很久

/229 | Chapter 11
我们就是这样开始相爱的

/245 | Chapter 12
宋玉篇

/287 | 番外

Chapter 01

美人如玉
剑如虹

其实我一直都知道，我和宋玉的关系，挺复杂的。

晚上十点，图书馆又要闭馆了，我把手机打开，不少消息就涌了出来。

宋玉的消息来得最掐点儿，九点五十九分发的："妹妹吃夜宵吗？"

看样子他这晚是挺得闲的。

我回复道："吃。"

宋玉："老地方等你。"

我提着帆布包，走到学校最偏僻的北门。那边的栅栏上有个小通道，可以穿过。

这条路没有路灯，漆黑一片，我开着手机照明，过了半分钟，只见前面有两束车灯亮起。

我熟练地穿过通道，上了那辆熟悉的银色车。

一上车，宋玉就开动了车。昏暗的车内，只听到他温柔地打趣："每次来接你，我都像做贼一样。"

他递给我一瓶水，我接过，眼角一瞥便看到他右手腕上反射的银光。

"换新表了？"

宋玉哂笑："你的眼睛怎么这么尖？"

我偏过头，看着忽明忽暗的路灯下他线条流畅轮廓分明的侧脸，连凸起的喉结都性感十足。他那张脸清俊好看，但我更喜欢的是他温润如玉的气质，连一举一动都透着直击心脏的性感。

我说道："我送不起的东西，都眼尖着呢。"

我知道这新表肯定是哪个牌桌上的女人送给他的，但心里还是有些不舒服。

宋玉一只手扣在方向盘上，另一只手直接解开那块表，丢到我的膝盖上，说道："送你，这下可别吃醋了。"

我这才笑了起来，拿过那块表细细地观察了起来。

有句话说："穷玩车，富玩表。"我是个连车标都认不全的穷学生，更别说看得懂表了。除了看出来这块表很贵，其他什么也看不出来。

宋玉瞥了我一眼，说道："你要不要闻一闻，有没有什么不对劲儿的香水味？"

他还在打趣我。

我放在一边，说道："不感兴趣。"

宋玉说："好了，不逗你，是昨晚赢钱了，人家没现钱，抵给我的。"

我问道："能抵多少钱？"

宋玉小声道："嗯……也就百十来万吧。"

他说得轻描淡写，我心里却再次异样了起来。

车子开到北城最热闹的夜市街头，宋玉找了个地方停车。

我特别想问宋玉，你那几个理发店到底放了几张牌桌，接待的是什么高档次的客人，总是能玩这样大手笔的牌。

但我是不会开口问的，毕竟我时刻提醒着自己，我和宋玉是情感上互取所需的"地下情侣"，彼此之间都不应该有太多的干涉。

我知道这个听起来好像挺矫情的，但我很认真地说，我和宋玉，确实是单纯的男女朋友关系。

至于为什么说"地下情侣"，那是因为，宋玉身边围绕的女人太多了，我不想让别人议论，说我和那些女人一样。

尤其我还是个大学生，我可不想在学校被人评头论足的。

我清清白白，也不图宋玉什么。

我只是喜欢和他谈恋爱而已。

而宋玉之所以也同意我用这种做作矫情的交往方式，是因为他也想享受一场柏拉图式的恋爱。

"陈否否？"

我恍惚间，宋玉已经下了车，在叫我的名字。

我连忙跟着下车。

宋玉瞧见我习惯性地拎着那都是教辅书的沉重帆布包，抢了过去甩在副驾驶座："吃个夜宵而已，就别带包袱了。"

他拉过我的手，我有些不自在，却也没甩开，下意识地望了望周围，希望不会碰到同学或熟人。

宋玉将我这做贼般的反应收入眼底，无声地笑了笑。

北城十字街是最大的夜市，晚上撸串、喝啤酒的人到凌晨两三点都还没散。

我从下午五点就在图书馆学习，一直到现在，早就饥肠辘辘，一闻到各种美食的香味就忍不住了。

我说了自己想吃的，就让宋玉去给我买，烤猪蹄就要了三个。

我坐在小板凳上，整理好连衣裙。宋玉给我擦干净折叠桌面，然后冲我笑道："手。"

我双手都递给宋玉，他给我套上透明的一次性手套，动作轻柔。

我就喜欢他低垂着头，为我服务时的样子。因为这种时候，他的目光聚焦得很窄，窄得好像他的世界就只有我了。

宋玉又点了小龙虾和牛蛙，还叫了蒜拍黄瓜、锡纸娃娃菜和铁板韭菜给我解腻。

我看着烧烤师傅在炭火架上翻转着手里的牛蛙，小声对宋玉说道："你不觉得牛蛙看起来很奇怪吗？"

宋玉哑然，好奇地看着我。

牛蛙已放在了面前的铁盘上，呈 X 形，娇嫩的肉身上刷满了酱汁，我却没有半分食欲，指着牛蛙道："看，特像肌肉男。"

他默不作声地将牛蛙丢在了一边。

服务员又上了两根烤羊排和一盆爆炒小龙虾。宋玉问道："现在觉得羊排像什么？"

我直接抓过羊排就咬了一口，嘴里嘟囔道："羊肉一样的棉花糖。"

这个羊肉软软的，可不就是棉花糖的感觉嘛！

宋玉说："你脑子里总是这样奇奇怪怪的。"

可我清楚，这也是他喜欢我的一点。

宋玉开了瓶菠萝啤，插上吸管，放在我面前，有些幽怨地说道："妹妹都二十了，也该学着喝喝酒了。"

我咯咯地笑了，说道："那不行，喝醉了就真长大了。"

我话里有话。他明白，说："我从来不碰醉酒的女人。"

我说道："我不是女人，我是女生。"

宋玉愣了一下，清俊的面容上满是宠溺的笑。他幽深的眼亮着，跟他对视的时候让人忍不住心跳加快，最后只能羞涩地低下头。

宋玉的美貌，杀伤力十足，正如那句话——美人如玉剑如虹。

我低头啃猪蹄，听宋玉道："否否，你不该读汉语言文学，你该读哲学。"

看来他很认同我的逻辑水平。

我说道："可惜九年义务教育里没有哲学这一科。"

我是立志要当人民教师才读汉语言文学的，除却文学，其他学科我也读不好。

我喝了一口冰镇的菠萝啤。气泡水总是容易胀腹，随后我就吃不下别的东西了。

夏末的晚风太舒服了，我吃饱喝足坐在凳子上，都有些昏昏欲睡了，仿若连周遭的喧嚣也听不见。

很快，宋玉手机传来的微信电话声惊醒了我。

宋玉的手机就放在桌上，他戴着手套在剥虾，不太方便。他扫了一眼，想要用手肘挂断，却不小心接通了。

我听见他手机里女人娇媚的声音，就凑近了一点儿，好家伙，是视频。

女人道："宋总，小七说你今天没有局，下午都在店里的，我还以为你会来找我呢，我一直等到现在……"

我还想凑近再看看，宋玉却扯掉塑料手套，一只手推着我的脑袋不让我看。

我再看过去，他已经将视频给关了。

宋玉将剥好的一碟虾肉放在我面前，说道："没看过瘾？待会儿开个房，我叫她过来给你跳钢管舞？"

我说："开什么房啊，去你家不行吗？"

宋玉声线清朗，笑着说："我家只能妹妹你来，她不能来。"

这话说得可真是有水平。

我咬着塑料吸管，看着那碟虾肉，红白相间，却没吃一口，对他说道："我吃饱了。"

我又拿了一瓶汽水，宋玉扫码结完账，我们便上车了。宋玉开车走的路我很熟悉，这是去他家。

一路上我都在闭目养神，宋玉看我好像是困得不行，连车载音乐都关了。

其实我不困，我在想刚才那个给宋玉打视频的女人。

宋玉目前谣传的情人有三个。我并没有和那三个女人打过交道，我知道她们的存在，但具体的我也不太知情。我不会总是问宋玉这方面的事情，宋玉当然也不会没事跟我聊别的女人。

我觉得宋玉是个很体贴的恋人，他会在我面前看似无意地表明，我是不同的。

但我也没那么天真。

我明白，游戏规则一开始就制定好了，那么享受游戏本身就好，不要贪恋太多，陷深了，会吃亏的。

车子在车库停好，我跟着宋玉上了电梯。

他住三十楼顶楼大平层江景房，面积有两百七十平方米，装修是简洁的北欧风。每次我来的时候，公寓里都静得可怕，干净得一尘不染。

我不稀罕深夜里繁华美丽的江景，直奔着客房的床而去。宋玉打开房内空调，拎着我的帆布包，跟着我进了客房，见我直接趴在床上拿着手机玩游戏，说道："还是不困。"

"明天没有早课，可以熬夜。"我说道。

宋玉说："可我明早有事，你也得跟着我早起，我送你回学校。"

我头也不抬："那你先走呗，我起了自己打车走。"

没听到宋玉说什么，沉寂了几秒。我转过头，宋玉靠着桌子，正双手抱胸歪着头看着我。

宋玉其实是猫唇，唇角向上，所以总是看起来很温和。但他那双眼睛很犀利，内双眼皮加上三白眼瞳，不笑的时候，森冷到让人不敢靠近。

此刻宋玉的面上还露着轻柔的笑，瞧着还是位好好先生。但我大脑机灵，反应了过来，便说道："好，早睡早起身体好，我去洗澡。"

宋玉上前亲吻了一下我的头发，说："那明早七点见。"

他离开时把房门带上了，我去浴室洗澡。

宋玉还是把我当客人，并不放心我一个人在他家。

相处这半年，我是后知后觉感受出来，宋玉疑心有些重。

想想也好笑对吧？一个在北城开了六家高级理发店的老板居然疑心重？

我刚跟宋玉认识的时候，宋玉介绍自己是造型师，他说我头发发质好，保养得这么好的头发可不多见，有空的话，只要我想，就可以找他免费做造型。

我不愿意，我觉得我黑长直就是最好看的造型。

宋玉哂笑，他问我："你听不出来我是想和你约会吗？"

我说："我听出来了。"

宋玉估计头一次对自己的颜值魅力产生了怀疑，问道："为什么拒绝我呢？"

我说："谁知道你会不会打着约会的旗号，让我办卡。"

宋玉笑得很开心，我当时心里就在想，他是不是很久没听人讲笑话了。

和宋玉熟络了以后，我才知道北城最有名的那几家高级理发店SONG 都是他的。他不用亲自给顾客做头发，也不用推销办卡。

可我从他来接我时不同的豪车，以及他的吃穿用度里敏锐地感觉到，他的收入来源肯定不只是那几家理发店。

也许是他运气特别好，炒股挣得多？也许是他的那些高级会员，做头发之余和宋玉玩牌，宋玉总能赢？

我也不清楚，反正我心里有道线，我不会去特意探寻他的金钱世界。

我吹干头发，躺在床上睡不着，闭上眼睛，脑子里还有这天学习的各种理论知识。

在这些知识信息中，我的大脑灵光一闪。我起身将门打开留了一道缝，为了方便听到外面的动静。

回到床上，大概半个小时后，果然听到宋玉的脚步声，还有随后的关门声。

十有八九，宋玉是去见刚才给他打视频电话的女人了。

我多少还是有些不舒服的。

第二天我睡醒起来，洗漱好，一出房门，便看到宋玉正在厨房做早饭。他听到我的动静，问道："睡得还好吗？"

"好得很，一夜无梦。"

我坐在餐桌前喝着宋玉准备好的咖啡，盯着他。也不知道他几点回来的，肯定是还洗了个澡，现在换了一件黑衬衫和一条白裤，散发着成熟男人的性感气质。

吃完早饭，宋玉把我送到了离学校附近一千米的街道口。这里僻静，同学们也不常走这条路。我下车，笑着冲他挥挥手，转身就走。

我这天上午没有课，回到宿舍就拉上床帘，又补了一会儿觉。其实，昨晚我做了一夜的噩梦，压根儿就没睡好。

补了三个小时的觉，醒来时我看了一眼微信，辅导员在学院群里发消息，这个学期的贫困生申请表下午要交到她的办公室。

我发消息给室友乔华："你在哪儿呢？"

乔华说："食堂，刚下课。"

我说："正好，给我带一份凉皮，多加醋。"

我洗漱好，找出了在暑假就准备好的贫困生申请表，乔华也正好回来了。

这个四人间宿舍只住了我和乔华。当初分配寝室，我们学院就剩我和她了，也是蛮幸运的。于我而言，更是省去了再多和两个人打交道的烦恼。

乔华将凉皮放在桌上，说道："还有四十多天就是教师资格证考试了，你那夜班兼职还是别做了，小心考试不过。"

但凡我夜不归宿，都跟乔华说我去酒吧上夜班兼职了。乔华很善良，不疑有他，也从来都不往外说。

我说："嗯，我这两个月都不去了。"

说不去就不去，我心里堵得慌呢。

乔华换了睡衣。她下午没课，穿睡衣打游戏是她最幸福的时刻。

"贫困生申请表，你下午别忘了去交。哦，还有上个学年的学分在统计，我发给你，你看一眼，别少算了学分，不然你就拿不到奖学金了。"乔华郑重地对我说。

乔华是学习委员，什么消息她那里都会早一点儿得到通知。她把学分表发给我，我仔细看完，心里舒坦了一点儿。我还是系里第一，仿佛看到奖学金在冲我挥手。

我吃完凉皮，躺在床上准备眯一会儿。

乔华掀开床帘，试探着问道："否否？"

我"嗯"了一声。

乔华道："学生会纳新，今天周五，晚上有迎新会，一起吃饭，你去吗？"

我说道："我们都大三了，还去？"

乔华嘿嘿笑："听说这届新人里有不少小鲜肉呢，你不心动啊？"

我说道："不心动。"

乔华恹恹地说道："那我自己去好了。"

她又说："师大本来就女多男少，你看你长这么好看，到现在都没脱单，我感觉我就算去了，好像也捞不着什么。"

乔华挺失望的，我也不好说什么，只是说了些希望她好运的话。

我是长得好看，鹅蛋脸配上水汪汪的大眼睛，是明艳大气的长相。即便在阴盛阳衰的师大，入校以后我也没少过追求者。但我都没看上，对他们不感兴趣。

大三比大一清静些，偶尔有学弟来搭讪，也比较好打发。

我眯了二十分钟，就换了衣服去辅导员办公室交贫困生申请表。

辅导员于老师问道："下个月底新生迎新晚会，有空来当主持人吗？"

我说道："不了，我想好好准备考试。"

于老师遗憾地说道："你形象气质好，我都找不到比你更合适的。"

我笑道："远在天边近在眼前，于老师你比我合适多了。"

于老师笑道："真会说话。"

我看着她盖了章，心里终于安定下来，又和于老师聊了两句。

办公室的其他老师都不在，于老师见没有别的学生来，压低声音问我："知道你最近备考，但我还是要问问，十一假期你有没有兴趣做兼职呀？"

于老师知道我的学费和生活费都是靠着助学贷款还有奖学金才勉强维持的，所以从大一开始，学校有什么勤工俭学的活儿，她也会优先照顾我。

十一假期的话，肯定就是校外的工作了。

我问："是什么兼职呀？"

于老师说道："北浮山度假区十一黄金周，要招兼职，干一天就五百，不过必须要从九月二十八日开始做到十月七日，一共十天，你有意向吗？"

干十天就有五千块钱，我当然要去。

我笑道："包吃住？"

于老师道："当然了。"

我说道："我想去。"

于老师说："我把酒店大堂经理的微信推给你。"

我谢过于老师，一边准备去教室上课，一边和这位名叫姜美玲的经理聊了起来。她是于老师的朋友，于老师把我的情况已经和她说过了，因此我不需要面试，到日子去上班就行。

晚上我没抢到图书馆的座位，就在宿舍学习。宋玉发消息给我，问我周日要不要去看电影。

我没回他。

宋玉应该是猜到我在冷暴力他，第二天一早，直接给我打电话了。

我一声不吭，只听到他在电话那头，声音清朗温润地说："妹妹是要把我打入冷宫了吗？"

我说："何以见得？"

宋玉问："怎么不理我了？"

我语气平淡："我这不是在理你吗？"

宋玉说："究竟在生我什么气？"

我说："你不守规矩。"

宋玉不说了。

当然，他不守规矩也不是一天两天了，我意识到这般指责有些不合适，便又道："我和你在一起的时候，你是不能跑去和别的女人见面的。"

这是规则。

宋玉说："否否，我没有，前天晚上，是去解决点儿事情，绝不是和别的女人约会。"

他这么说了，我便不会继续拧巴了。我与他之间，要真是事事都追究真假，早就不会这样交往了。

我说："好，我知道了。"

宋玉笑了，问："那明天还去看电影吗？"

我说道："不去。"

宋玉沉默着，他应该是在揣摩，我究竟是还在生气，还是纯粹不想去看电影。

不待他接着开口，我说道："除非是去私人影院。"

我听到他深吸了一口气，声音里带着笑意："否否，你跟我说实话，你是不是偷偷上网去看了什么奇怪的约会攻略？"

我说道："没有偷偷看，我是光明正大看的。"

宋玉咬牙切齿地喊我的名字："陈否否。"

我愉快地笑了一声，挂了电话。

我打开微信，昨天发给乔华的消息，她还没回我。这是我所知道的，乔华第一次夜不归宿。

我洗漱好，换了一身衣服，坐在书桌前继续给乔华发消息。

乔华还是没有回我。

她昨晚是和学生会的同学一块儿聚餐去了。我找到学生会的一个学妹，问了她们昨晚几点结束的。

学妹说他们十点多吃完饭，又去了KTV，有的同学觉得太晚了，就没去。

"乔华学姐是去了的，估计是玩得太晚，在外面过夜了，现在可能还没醒吧。"

我问她要了地址，就连忙赶过去。

我一向不吝以最差、最荒唐的结果去猜测很多事情，这真的不是我悲观主义，而是我想在面对那种结果的时候可以不那么慌张无措。

服务员带我去了KTV包间，有三个男生在里面睡着了，满桌子的酒水，地上撒了很多彩带，看来昨晚玩得很嗨，人叫也叫不醒。我蹙眉，刚才前台查询系统后说昨天包间里是五男两女，现在的人数明显对不上。

"今天早上你们有看到他们走吗？"

服务员道："这我就不知道了，我是七点换班来的。"

服务员接通对讲机，前台说查询到这一行人里有人昨晚三点多开了房。

我一听就不对劲儿，怎么有人单独出来开房而不是全部都开。我跟服务员说要么上楼去找人，要么就给我看监控。

服务员拒绝了："小姐，你可以在前台先等着，我们会电话联系房客问您要找的朋友是不是在房间里。"

我回到前台大厅等着，看着这皇族KTV真是奢华漂亮，气派得很。我顺便翻了一眼价目表，不禁咋舌。到底是谁出主意来这里的，父母钱多也不能这么花吧。

我对大堂经理说道："开房的人是谁？我想知道我认不认识。"

昨晚不仅有学弟学妹，也许还有我认识的大二大三的。

经理说："对不起，我们不能透露房客信息的。"

我又给乔华打电话，她还是没接。我等得有些不耐烦。

服务员上去已经很久了，前台也不松口，我都怀疑这家店是不是有什么猫儿腻了。

我指着经理身后的架子，说我要买一瓶水。

经理递给了我，我拧开瓶盖，就将水泼到了显示器上。

我淡定地看着她，说道："监控不给我看，开房人信息不告诉我，我朋友这么大个活人，联系不上。你们服务员上去半天也没个说法，怎么的，在处理什么见不得人的证据吗？"

经理不耐烦了，她肯定觉得我就是一个来闹事的神经病。

此时有人过来，是个穿着金色吊带连衣裙的女人，长发盘起，瞧着性感又优雅，毫不俗气。

她问道："这是怎么了？"

经理叫了她一声姐，连忙将事情告诉她。

女人了然，看向我，客气地笑道："小姑娘，捉奸心切，我理解，可我这里不是你闹事的地方，你再这样，我可要请你出去了。"

我无语，她以为我是打着"找朋友"的旗号来现场抓男朋友出轨的？

我说道："你们不让我上去，我就要报警了。"

女人感觉好笑，问道："你要报什么警？"

我说："我要举报你们这里有违法性交易。"

女人轻松道："嗯，那你报案吧，看警方会不会给你一个报假警的处罚。"

我咬着牙，很挫败。

我双目如炬，女人却已经不想搭理我了，转身就前往电梯处。

我跟上她，嘴里说着："你是女生，我也是女生，女生应该互相帮助。"

她不理会我，面无表情。

一瞬间，电梯门打开，在看到里面的人后，女人立刻变脸了。她笑靥如花，声音也娇俏了起来："宋总好。"

我微怔，那高大瘦削的身型，那张清俊好看又让我熟悉心动的脸。

宋玉淡然的目光落在我的脸上，稍后又移开。他对着女人，脸上浮起淡淡的笑。

他走出电梯，双手插进西装裤兜，声音温润好听地说："这么早能看到蕊总，真是少见。"

女人说道："还不是听说宋总昨晚来我们皇族玩了。我昨天在外地，今天开车赶过来，趁着宋总还没走，看你一眼都行。"

我在一旁抱着双臂，听着宋玉和这个女人说话，只觉得尴尬。可我也迈不开腿离开，我还没找到乔华。

蕊总还在问宋玉要不要一起吃早饭，宋玉话锋一转，说道："你旁边这妹妹，好像有什么事找你？"

蕊总说道："大清早的，来捉男朋友出轨，我这酒店生意，总不能谁来都给开房门吧。"

宋玉的笑更深了，可我认识他这么久，还看不出来他的微表情嘛，他眼底冷了几分，分明是不高兴了。

他半开玩笑般地说道："不如蕊总帮帮她？"

这位蕊总疑惑地沉默了两秒，之后很快又笑了起来，说道："那我让员工帮她吧，我请宋总先去喝杯咖啡？"

宋玉说："咖啡不急，我还从来没看过小姑娘抓出轨，能跟着蕊总长长见识吗？"

蕊总偏过头，上下打量着我。我看出来她有些不情愿，嘴里还是说："好，我帮她看看。"

蕊总叫经理拿了备用房卡过来。房间开在十八楼，我跟着她们进了电梯，缩在最里面，宋玉就站在另一角。

电梯上升那沉寂的十几秒里，宋玉低头看手机。紧接着，我口袋里的手机响了一声，微信有新消息。

提示音在密闭安静的电梯里，实在是突兀。

我打开一看，是宋玉发来的："妹妹别伤心，只是一个不守规矩的男人而已。"

阴阳怪气的，拿我早上的话来堵我。

到了十八楼房间门口，经理敲了两分钟的门，才有人来开门。

开门的男人穿着浴袍，长相俊朗硬气，他一双如鹰隼般犀利冷酷的眼盯着我们，不悦地冷声说道："什么事？"

房间内又有人走了过来，是同样穿着浴袍的乔华，她头发凌乱，在看到我的那一刻，吓得都呆住了，一声不吭。

其实在场的人里，我最尴尬了。我猜测乔华是不是被诱骗吃亏了，但此刻瞧着，她很清醒，只是和男人睡了一觉，就被我找上门了。

比起这件事，更尴尬的是，这个男人，我其实认识。

在男人充满压迫感的视线下，我对乔华说道："乔华，我担心你，才找过来的，你别生气。"

乔华窘迫地点头，说道："那你先回去吧。"

男人狐疑地看向乔华，嘴角动了动，却也没说什么。

我体面地全身而退，可是蕊总却立刻上前低声下气地赔不是。她称呼他为"段少"。

我快速地进了电梯，没想到宋玉跟着我也进来了。

我的脸色一定很难看，以至于宋玉说道："妹妹很喜欢他？"他伸手捏了我的脸，又说，"一副要哭出来的样子。"

我说："不喜欢。"

宋玉说："妹妹真是有本事，我竟然都不知道，你明面上的男朋友，是段涯？"

他语气温和，却有着以往没有的疏离感。

我只好跟他解释，这天早上究竟是怎么回事。我不是来捉奸，也没有什么明面上的男朋友，是蕊总误会了，我只是来找我的大学室友。

我之前从来都没在宋玉面前解释过什么。我是骄纵而随意的，现在反倒有欲盖弥彰的意味了。

宋玉如墨的眼睛幽深不已。他微笑地看着我，说道："可你们是认识的。"

这是陈述句，不是疑问句。

宋玉又不是傻子，他方才在楼上，看得见段涯一直盯着我，以及我回避低头的样子。

我干脆淡定了起来，说道："是，是认识。"

可我也不想说我跟段涯究竟为什么认识。

电梯到了一楼，我想径直离开，却被前台拦住，她要我赔偿显示器的钱。

哦，我这天真是既惹了宋玉不高兴，又要折损一笔钱，真是倒霉。

我慢吞吞地打开支付宝时，宋玉对前台说："从我卡里扣。"

前台恭声道："好的，宋先生。"

宋玉转身就走，我叹了口气，追上他，娇气地说道："玉哥哥，我饿了，头好晕，都要倒了。"

宋玉停下步伐，眉宇间满是无奈。他轻笑道："我只是你的饭卡吗，肚子饿了才想到我？"

我说道："民以食为天，我一饿就想到你，那说明玉哥哥是我的天哪。"

宋玉哼了一声，拉住我的手，带我上了他的车。

宋玉问道："想吃什么？"

"永和街那家小笼包，网上说好像很好吃。"

宋玉导航过去。

我盯着他的侧脸。

我很少会白天和他在外面，尤其还是行驶在晨光普照的马路上。金橙的光洒在他的身上，仿若镀了一层圣光，让他显得更加温柔又诱人。

他凸起的喉结上下滚动了一下，说道："这么盯着我，是饿得把我当成小笼包了吗？"

他好像没有不高兴了？我舒了一口气，说道："哥哥这么好看，秀色可餐，多看两眼，待会儿都能多吃两个包子。"

宋玉笑了一声，然后说："否否，段涯也是喜欢你这张嘴吗？"

车内的气氛一下子降到了冰点。

我靠着车座，四肢反倒舒展起来。我问道："我怎么不知道他喜欢我？"

宋玉说："他刚才看你的眼神，那就是一个男人喜欢一个女人时的眼神。"

我淡淡地说："是吗，那我可没注意。"

现在是我生气了。我不喜欢宋玉窥探我的世界，就像是我也在控制自己对他的世界的好奇。

我指着马路边，说道："宋玉，停车，我要下车。"

宋玉真的停车了。我下车前扭头看了他一眼，他面无表情，紧绷着脸，那张温润如玉的脸头一次那样冰冷。

哦，可喜可贺，宋玉也在生气。

我坐公交回了学校，可恶的宋玉，他居然没追上来。

周末清晨的公交车很热闹，比起冷冰冰的地铁要多出许多烟火气。很多头发花白的老人，拉着小推车去批发市场买菜，在晨光中和旁边人说起刚买的菜多新鲜、多便宜。

这让我心里也逐渐舒缓了起来，方才的经历像是触碰到了云端，此刻又重返地面。

什么喜怒哀乐，不如好好生活。

于是我决意不跟宋玉计较了，也刻意不去想乔华和段涯。

我回宿舍拿了教辅书，然后去图书馆，把手机关机，沉浸在学习的痛苦中。

下午五点，我去食堂吃完饭，再回宿舍，见到乔华的床铺上床帘是紧闭的。我知道她回来了，于是放轻动作。

乔华还是醒了，她下了床，站在我旁边欲言又止。

我打开在甜品店买的雪媚娘，递给乔华一份，率先说道："庆祝你脱单快乐。"

乔华这才笑了笑，坐在我身边，说道："他叫段涯，工大的，昨晚吃饭的时候，我们学生会那个郭成看到他了，就干脆一起组局吃，吃完了都是段涯买的单。"

我吃着杧果味的雪媚娘，听着乔华继续说她昨晚的经历。

他们吃完饭，有人提议去唱歌，郭成说段涯有皇族 KTV 的会员卡，要段涯请客去玩，段涯也没拒绝。

不过因为很晚了，所以去的人不多。乔华纠结了一会儿，看着段涯那张帅气的脸，就也去了。

乔华说："唱歌的时候，他喝多了，坐在我旁边和我聊天。我就向他自我介绍，说我叫乔华，在师大读中文。"

我见乔华清秀白皙的脸上泛着红晕，眼神里闪着细碎的亮光，那是恋爱了的模样。哪怕她只认识段涯一晚，她就把自己奉献给了她想要的爱情和男人。

倒是挺洒脱的，我居然还有些羡慕她的冲动。

乔华说："他问我那么晚了不回去，宿管阿姨查不查寝，我说我们学校不查寝。"

乔华后面就没说了，毕竟接下来的事情太隐私了。

我打开电脑，开始做作业，也不想再关注这件事。

只是乔华过来抱了抱我，笑道："谢谢亲爱的否否，这么担心我，居然找到酒店来了。"

我说："这不是有经验了吗？下回你不回来，我就知道你是约会去了。"

乔华红着脸轻推了我一下，就又爬到床上睡觉了。

好半天后，我憋在胸腔的那口气才叹出来。

过了几天，皇族 KTV 的老板娘蕊总，不知道从哪里搞到了我的微信号加上了。她自我介绍叫朱蕊，让我叫她蕊姐就好。

也许是隔着屏幕，朱蕊打过来的文字看起来有着讨好的意味，和那天她对我的奚落不屑完全相反。

朱蕊问我："十一想不想赚钱啊？皇族招假期兼职的，一天三百，就上六个小时班。"

北城的服务员兼职，市场价普遍都在一天一百，她给我一天三百，已经挺高了。这个假期是怎么了，感觉钞票要挣不过来了。

只是北浮山度假区的兼职更让我心动，价钱也更高。

我想也许有别的同学需要这个兼职，便对朱蕊说："不好意思，我已经有其他安排了，不能推辞。不过我可以介绍同学给蕊姐的。"

朱蕊却回了一句："可我只想招否否你呀。"

我皱眉。

紧接着，朱蕊问道："你是怎么认识宋玉的呢？"

我无语，原来搁这钓鱼呢。

我想起那天宋玉和朱蕊熟络的情形，猜测着应该是落花有意，至于流水是不是无情，还有待考察。

我直接截屏发给了宋玉，问道："怎么回好呢？"

宋玉回道："你想怎么回？"

我说："不带踢皮球的，这问题是我问你的。"

宋玉说："说你是我女朋友？"

我说："你在开玩笑？"

在他沉默的这几分钟里，我想，宋玉是不是在试探我，他是不是想把我和他的关系公之于众。

可这也代表着，他要拽我去他的世界里。那将会很麻烦，我才不要。

我回复朱蕊："宋玉是我远房亲戚家的，按辈分，是我表叔。"

再次截屏，发给宋玉。

我告诉他："表哥什么的太暧昧了，我给你安了个叔叔的辈分。"我还补了个调皮的表情包。

宋玉回道："嗯。"

就一个"嗯"，好难猜的心思。

自从那天早上我让他停车把我从路边放下来，就没联系过他，他也没主动来找我。好不容易我找他聊天，还是因为朱蕊的问题。

我在对话框里删删减减，想要回到往日的气氛里，却不知道该怎么哄他。

微信响了一下，宋玉发来一个截图，是微信对话框上的"对方正在输入……"。

宋玉说："不知道说什么，就别说了吧。"

透过文字，我仿佛看到他亲口说这句话的冷淡。

我听话地闭嘴，不说就不说。

这样的冷战，一直持续到了十一假期。

十一假期前两天，我就已经到了北浮山度假区，天域高级酒店的经理姜美玲来接的我。

姜美玲微胖，看起来是个亲切和气的女人。她上来就取过我的行李，说道："陈否否是吧，跟我来，我带你去员工宿舍。"

我跟着她穿过奢华的酒店大堂，走到酒店后面的一栋小一些的公寓楼。她从一楼的衣物室给我拿了两套崭新的员工制服，说道："S 码的，没问题吧？"

我说道："可以。"

她又带着我去了三楼，打开门将房卡给我，说道："308，小是小了些，但你一个人住，也挺好。"

我环视着这个单人宿舍，的确不错。

装修不是图便宜的轻简风，全部都是实打实的木材装修，木棕色的色调沉稳踏实，窗外是一片绿色。我走过去，看到一排枝繁叶茂的槐树，像是这栋员工公寓的防护军一般。

也许是看错了，我好像在前面的一条小道上看到了宋玉，和一个穿绿色裙子的女人。

姜美玲叫住我，又跟我说了第二天上班的注意事项，我再往窗外看过去，就没见着人了。

Chapter 02

他的眼神缱

绻如夜风

我肯定是太想宋玉了，所以才会眼花出现错觉。

姜美玲让我先休息一会儿。我洗了个澡，肚子有点儿饿，但我对这附近不熟悉，懒得去找员工食堂，打开手机外卖软件。这地方太偏僻了，度假区没有外卖可以点。

我发定位给乔华，跟她报了个平安——跟她说起这个兼职的时候，乔华脑洞大开，总担心我要被拐卖到大山深处了。

下午一点，我换好员工制服，对着镜子端详半天。白色衬衫和墨绿色包臀裙，这样的制服比起日常宽松的服装更衬得我的身材前凸后翘，纤细的腿立在低跟小皮鞋里，还挺好看。

长发要全部绾起来包进头花里。我觉得这样太成熟了，伸手将额前的空气刘海儿放下来，这样显得青春靓丽些。

我将墨绿色的蝴蝶领结戴好就去找姜美玲。

姜美玲递给我一张员工卡，告诉我每天上下班要打卡，从大厅直接上顶楼。

进了电梯，看着数字每三秒跳转一层，姜美玲跟我说道："给你分配的职位工作范围在最上面两层楼，每天下午两点上班，一直上到凌晨两点，中间会有两次休息时间，每次休息一小时。"

电梯门打开，门口接待的迎宾冲着姜美玲打了一声招呼："美玲姐好。"

我环顾着酒吧四周，有些惊异于这里高级的装修，流线型吧台和线条灯，观感极佳，可惜现在是白天。

我想，到了夜晚一定更迷人。

姜美玲说："上面还有一层，是露天的，晚上才开。"

酒吧这个时间点还没营业，只有两个服务员在打扫清点，优雅的爵士乐在弥漫着小苍兰香味的空气中缓慢游荡。

一个穿着男装制服的人走了过来，姜美玲给我介绍："这是带你的赵英。"

赵英笑道："叫我赵哥就好。"

我冲他笑："赵哥好，我叫陈否否，这十天还请你多多关照。"

姜美玲有事就走了，一个下午都是赵英在教我工作事项。

酒吧服务员，也没什么难的，主要就是教我怎么认各种酒，千万不能上错了。

酒的价位相差悬殊，上错了客人不买单，那就得我掏钱补。

吧台处的调酒师有两个，晚上七点过来，男生叫刘畅，女生叫周菲。刘畅不爱说话，周菲比较热情，看到我是新来的，就上来加微信，问我的个人情况。

我第二天才开始正式上班，这晚没事做，于是就坐在吧台处和周菲聊天。她问道："你能喝酒吗？"

我愣了一下，脑子里一下子想到了宋玉。他说我二十了，也该学喝酒了。

我说："我还真没碰过酒……女生入门喝什么好呢？"

周菲惊讶道："哇，小美女居然还没喝过酒，那我给你来杯金汤力好了。"

两分钟后，她就将一杯泛着粉色的酒推至我面前，酒上是半片柠檬和几片薄荷。

"怎么样？"周菲见我啜饮了一小口，问道。

我说："好喝，酒精的感觉挺好的。"

周菲嘻嘻笑着，说："酒精当然好啦，人要是想冲动冲动，就靠酒精，犯了什么错，又能推给酒精。"

我浅笑。其实我平时话不是很多，只有和宋玉在一块儿才稍微活泼些。

周菲又说："否否有对象了吗？要不要姐姐给你介绍？"

我说："不用了，谈恋爱好伤神，不想谈。"

除非是宋玉。

周菲说："听这话，就是谈过了，说来听听？"

看来她很闲。酒吧还没正式进入十一黄金周，这晚客人不多。

大概是酒精起了一点儿作用，于是我说起了段涯。

"以前谈过一个渣男，谈了半年我都没让他碰，不高兴了，就把我甩了。"

周菲哈哈笑了起来："那他耐心也挺足了，有些男人更渣。"

我也笑了起来，继续说："分手以后，他女朋友来跟我炫耀他特别好，又骂我假清高，活该被踹。"

其实这个逻辑我到现在也没太明白，我不让男朋友碰就是清高，但是我收了他的礼物，那清高就是假的了。可若单纯因为礼物就给他碰了，那我又成什么了呢？

周菲立在那儿，没有接我话，反倒开口唤了一声："老板，晚上好。"

我甫一回头，浑身就僵住了。

宋玉双手插兜，站立在我身后。

他的黑衬衫扣子解开了两颗，一根细银项链在灯光的照耀下反射着亮光，清俊白皙的脸上是客气的轻笑，可深邃的黑眸之下，情绪如掩在黑云后的月，让人捉摸不透。我甚至拿不准他有没有听到我刚才对周菲说的话。

他嘴里叼着一根没点火的烟，走到吧台前，喉间挤出一句话："拿个打火机给我。"

他就站在我身边，我闻到了他身上熟悉的雪松香味。

宋玉在我跟前从来没抽过烟，我也没闻到过他身上有烟味。

周菲立刻找了个打火机递给他。

我也不知道为什么，脱口而出："抽烟不好。"

宋玉侧过头，取下那根烟，点点头，似笑非笑道："嗯，那我不抽了。"

有客人过来点鸡尾酒，周菲去了另一边。

我盯着宋玉的项链，说道："这根项链也是谁没现钱抵给你的？"

上回那块手表他就是这么说的。

宋玉轻笑着点头："嗯，对。"

他上下打量着我的工作制服，评价道："刚才看你背影，差点儿没敢认。"

他的视线聚焦在我身上，又说道："否否很好看。"

我平时穿衣服中规中矩，喜欢穿牛仔裤配衬衫 T 恤，穿裙子的话一定是长裙，乔华总说我太规矩了，很"好嫁风"。

我问他："你是这里的老板？你不是只开了理发店吗，怎么还开了度假酒店？"

宋玉转着手里的香烟，说："感觉开酒店比开理发店听上去高级点儿，就开了。"

我无言以对。

他大概是真的很有钱，开店理由也是这么随意。

周菲不停地向我和宋玉投来好奇的目光，我连忙说道："不早了，我要回宿舍了。"

宋玉说："现在才八点。"

我端起那杯金汤力一饮而尽，这可是花钱的，不能浪费。

宋玉说："你喝酒了？"

我"嗯"了一声，起身就往电梯那边去。

宋玉跟了上来，对我说道："否否还在生我气吗？那天是我不对，我不该把你放在路边。"

我淡淡道："那都是十天前的事了。"现在道歉也太晚了吧。

　　宋玉站在我身边等电梯。他个子很高，有一八十八厘米，我才一百六十厘米左右，总觉得跟他站在一起，气场都强大不起来。

　　宋玉说："那就是说不生气了？"

　　我抬眼看他。其实他也就是碰见我了，所以顺嘴一哄，并不是真心道歉。我也没真的生气。

　　我说："不生气。"

　　电梯开了，我侧过身，让里面的人先出来，然后再和宋玉进去。

　　我问："你住哪层？"

　　宋玉道："二十。"

　　我说道："那这个是直达梯，你进错了。"

　　现在坐的电梯是从一楼直达顶楼酒吧的。

　　宋玉说："先不回房间，我送你回宿舍公寓。"

　　我点点头。

　　酒店大厦距离员工公寓也就十分钟的样子，硬生生被宋玉送了半个小时都到不了。

　　他拉着我在酒店旁边的绿化区转来转去，把我怎么来酒店打工的起因盘问了一遍，又略带哀怨地说："你来做兼职，也不跟我提前说一声。"

　　我翻了个白眼："你也没来问我十一有什么安排。"

　　宋玉无奈地笑。他这样略带宠溺的笑，真是太温柔诱人了，我眼睛一眨也不眨地看着他，问道："那你呢？你为什么会来这边？"

　　宋玉说："有几个外地的客人来，我要出面招待。"

　　"肯定不是你一个人招待吧……"我小声说着，想到上午在单人间透过窗户看到他旁边还有一个穿绿裙子的女人，当时还以为自己产生幻觉了，现在宋玉就在我眼前，那么那个女人肯定也是存在的。

　　宋玉问道："你说什么？"他没听清。

　　没意思……我没重复，只说道："我说我头有些晕，想回去了。"

我往后面一瞧，这里月黑风高的，都看不到我的公寓楼了。

宋玉笑话我："金汤力的度数才多高，你这就晕了。"

我伸脚踢他，说："我现在又晕又累，你们酒店的皮鞋一点儿也不合脚，磨得疼死了，我还忍着疼陪你走了这么远。"

宋玉搂住我。他的怀抱温暖宽厚，很是舒服。

我歪着头，看着树梢上的月亮，月色朦胧。头顶上传来他喉间溢出的低哑的笑声，只听到他说："否否，我们也交往半年了，能给我亲一下吗？"

我推开他，正视他说："你不是说过，你从来不碰喝过酒的女人吗？"

宋玉道："可你也说，你不是女人，你是女生。"

我说："不，我现在喝过酒了，我就是女人了。"

宋玉不说话了。

他捏了捏我的发包，对于我故意强词夺理的逻辑论证表示服气和顺从："好，那就不亲。"

我仔细地观察着他的表情，想在他的表情里找到任何不耐，却未果。

宋玉还是柔和地笑，他问："饿吗？晚饭吃过了吗？"

我说："吃过了，不饿。"

"在哪儿吃的？"

"还能在哪儿，员工食堂啊。"

宋玉说："那对于我的员工食堂，有什么不满的吗？"

我低头看着磨脚的皮鞋，说道："没有，都很好吃。"

宋玉拉过我的手。他的手掌温暖宽大，有些粗糙。

我反拉住他，调皮地捏了一下他的手指，深吸了一口气，抑制住漫上心头的不安感，淡淡说道："我想回去睡觉了。"

宋玉转过身，蹲下来，说道："上来，我送你回去。"

我没扭捏，趴在他的背上。他的小手臂勾住我的膝盖窝，肌肤相亲的感觉让我身体有一瞬紧绷。

宋玉站起来，颠了一下我，调侃道："你倒是不轻。"

我说："我才一百斤，你就背不动了，你也太虚弱了。"

宋玉说："否否，你不要总是质疑我。"

我回想了一下，我确实总是损他。谁让他比我大五岁，表面儒雅文俊，谁知道是不是身体虚弱呢。

不过无所谓，他要是真的虚弱，我也喜欢他。

我搂着他的脖子，把头靠在他的肩背上，说道："我们这样，被别人看到怎么办？"

宋玉说："今天晚上，除了酒吧的侍应生，别的员工都去开会了，没人会看到的。"

我问："开什么会？"

宋玉道："黄金周的安排部署。"

"你是老板，你不用去吗？"

宋玉道："本来是要去的，这不是碰到你了吗？否否面前，工作一文不值。"

我不作声了。

他偶尔的甜言蜜语能哄得我开心。但开心以后，我会立刻告诉自己，或许他也是和其他女人这样说的，这些只是他的经验，并不是他的真心。

宋玉的声音徐徐传来。他说："否否，在这里，如果你想让别人知道我们的关系，我会很配合。"

我知道他的意思。他是老板，我是兼职打工妹，如果姜美玲和赵英知道我是老板的女朋友，肯定会对我更加照顾，甚至都不会给我活儿干，拿钱就行。

我拒绝了他："我是我们辅导员介绍来的，已经是走了后门，你这层后门还是遇到别的事儿再用吧。"

我不想让这层关系传到辅导员那边。

宋玉说："原来我在你心里，是和你的辅导员一个等级的呀！"

我说："你最近好奇怪。"

宋玉问："哪里奇怪了？"

我酝酿了一下，总结道："你好像觉得我没那么需要你，你那男人的自尊心有点儿不舒服了，所以总想逼我表示一下多喜欢你。"

宋玉沉默了两三秒，而后低笑一声，语气沉沉道："算是吧。"

我得意扬扬，忍不住在他背上晃了起来，说道："宋玉，我可没那么好忽悠，我要是真的顺了你的意，围着你天天转，借着你的光给自己占便宜，那你肯定要开始躲我了。"

宋玉握住我膝盖窝的力度变大，语气里有一丝隐忍地说："否否，别乱动。"

我不动了，因为我按在他肩上的手，隔着薄薄的衬衫，感觉到他身上肌肉的紧绷。

过了一会儿，宋玉问我："你这都是从前男友那里得来的经验吗？"

我看不到他的表情，也不知道他这么问是想探寻什么，还是要确认什么东西。

反正他今天也都听见我和周菲说的话了，我也就不再讳莫如深，说道："是，我当时谈恋爱，晚上翻墙也要去找他。结果他躲我，今天说他妈来了不方便见面，明天说他在外地让我回去……宋玉，这些借口你肯定也用得很顺口吧？"

宋玉闷笑，身体都在颤抖。我掐了一下他的肩肘，说："笑什么？！你在嘲笑一个少女的热情。"

宋玉这才止住了笑，清了清嗓子，说道："我没用过这些借口，以后也不会用。"

我不屑道："男人的嘴，骗人的鬼。"

四周越来越亮，我看向前方，已经到酒店旁边了。宋玉走到一旁通往员工宿舍的鹅卵石小道，将我放下来。

我按了按裙尾，抬眼看着他。他额上有薄汗，眼眸星亮，眼神却是缱绻如夜风。

我说："我进去了，玉哥哥晚安。"

宋玉点头道："嗯，少女也晚安。"

我回到房间，躺在床上很快就睡着了。

一觉睡醒已是上午十点，我一时恍惚，没想起来身处哪里，好半天才回过神，这是上班第一天。

好在我是下午两点的班。我起身洗漱，又快速扫了一眼手机，赵英昨晚十点多给我发了消息，让我千万别迟到了。

周菲发过来的消息则是："否否，起了吗？中午一起吃饭吗？"

我立刻回复："才醒，一起去呀，你几点去吃？"

周菲回话："十一点吧，去晚了人多。"

我说："好。"

我随便换上 T 恤和牛仔裤，拿着员工饭卡便去食堂等周菲。

等了十几分钟，周菲跑了过来，冲着我笑道："想吃什么？我们去二楼吃小炒吧，我请客。"

食堂有两层，一层是普通的刷卡打饭菜，二层则是聚餐性质的饭馆，额外付费的。

我和周菲并肩上了二楼，我问道："怎么想起来请我吃饭呢？我可不客气呀。"

二楼没什么人，服务员上了菜单，我点了两道小炒时蔬，周菲却是点了两道硬菜，糖醋排骨和水煮牛肉。

我心里一跳，面上不动声色，喝着冰水等着周菲开口说话。

果然，周菲笑嘻嘻地问道："否否，你和宋总是不是很熟哇？"

我明知故问："宋总是谁？"

周菲说："昨晚和你一块儿坐电梯走的那个，你真不认识吗？"

我点头道："不认识，怎么了吗？"

周菲神色摇摆，她直勾勾地盯着我，似乎是想在我的眼神里找到什么破绽。可我若无其事，一脸纳闷地回望着她。

于是周菲打哈哈笑道："那也没什么，不认识就好，我还担心你误入歧途呢。"

我问："什么歧途哇？"

周菲压低声音问："宋总挺好看的吧？"

我说："是很好看。"

周菲说："那是，长得好，气质也不错，还有钱！我昨天看你和他讲话，然后你们一块儿走了，我还好担心你会被他迷惑呢。你太年轻了，经验太少，你不知道，就这种狗男人，才最耽误你这样的漂亮女孩儿。"

我嗅到了八卦的味道，忙问道："他怎么了？"

周菲说："听说他有三个女朋友！有两个我不认识，都很漂亮，反正都是像十一这样的长假他会带来一块儿玩。另外一个叫梁昭昭，以前是客服部那边的。

"以前酒店团建的时候，我还和她分到过一组做游戏，现在人家已经不上班了，朋友圈里面要么晒包要么做美容，过得倒是挺舒服的。"

我吃了一惊，问："你们怎么知道她们都是他女朋友的呀？他就不担心三个女人碰到一块儿打起来吗？"

周菲说："猜的呗，打起来倒没听说过，可能宋总时间管理做得好吧。总之你可不能轻易被他骗了。"

我说道："菲姐真是'人间清醒'，我喜欢你。"

这话对周菲很受用，她给我夹了一大筷餐桌上的水煮牛肉，说道：

"我看你放假了不出去玩，还跑来打工，就知道你肯定家境一般，就怕你被宋总这样人模人样的渣男给糟蹋了，所以才想跟你说一下。如果能避免一场孽缘，那我真是又积德了。"

我诚恳地说道："谢谢菲姐，我听进去了。"

吃完饭，我就回宿舍房间了，站在窗边看东野圭吾的《放学后》。

我每看两页，视线就会越过窗外的槐树，跳到不远处的鹅卵石小路，潜意识里好像还会看见宋玉和那个绿裙子的女人。

一共读了三十页，也没看到任何人影。

下午两点我准时打卡上班。客人比昨天多了一些，咖啡吧台那边的点单要多一些，因为还没到适合喝酒的时刻。

没有客人需要我的时候，我就站在阴影处，低调地观察着他们。这是一件很有意思的事情，比如第八桌的那个女人，对于面前口若悬河的男人是有些不耐烦的，却不得不大方客气地附和着笑；第十桌的那四个大学生，聚在一起商量着怎么点单才能不多花钱又能不显得囊中羞涩。

晚上七点，是我的第一轮休息时间。我的腿脚有些酸，坐在休息室里玩手机，也不想去吃晚饭。

周菲来上班。她走进休息室看到我，说道："你不去吃饭吗？"

我说："不是很饿。"我举了一下手里的冰咖啡，又说，"冲了一杯咖啡，不然晚上顶不住。"

周菲笑道："是，你今天第一天，生物钟要调一调。"

她娴熟地将头发绾起来，又说："等会儿下半夜，你估计要上顶楼服务。我刚听英哥说，顶楼包场了，有人过生日。"

我不由得艳羡起来。昨晚天一黑，顶楼开始营业我就上去过，那里特别漂亮，就像是个小花园，晚上灯光全部打开，简直浪漫得不像话。能够在这样的地方过生日，实在是太幸福了。

我说道："那我还是去拿个面包吃吧，肯定要忙。"

周菲果然没猜错，我刚休息结束，赵英就喊我和另一个服务员房茗把包场客人要的酒都送上去。

布置好酒和杯子，我又下去切果盘，然后端上去。

十分钟之前还没有客人的顶楼，此时已经欢声笑语了起来。我扫了一眼，人不多，一共六个人，都是女的。我猜这应该是一群小姐妹一块儿庆祝生日。

房茗在一旁开酒倒酒，我将果盘放在桌上，听到那些客人的聊天，还听到了宋玉的名字。

"宋玉几点到？他可是男主角，怎么能迟到呢？"

"开车在路上呢，十点应该可以到。"说这话的是一个穿着鹅黄色抹胸裙子的女人。她很好看，不是那种惊艳的美，而是氛围感美女，长鬈发蓬松轻盈，如同她那盈盈一握的腰肢一样软。

旁人说道："该不会是去取蛋糕了吧？宋总不行啊，都没提前布置好，这么赶，让我们家张张等他！"

张张柔声道："别这么说，他很忙的。"

"忙什么呀，忙着和别人约会吗？"

张张笑容沉下来，说道："别说这样的话了，有意思吗？"

那人立刻道歉："不好意思，嘴巴太快，你别往心里去。"

我和房茗退到一边去，离得远了，就听不到她们具体说什么了。

房茗低声对我说："赵哥都不说清楚，原来是宋总的绯闻女友，今天有得赚了。"

我愣住，宋玉的绯闻对象，难道整个酒店的员工都认识吗？宋玉这么高调的吗？

我问道："赚什么？"

房茗笑道："小费呀，张小姐还是很大方的。"

这话里的信息很丰富。

我问："那就是说，有不大方的了？"

房茗一副"我什么都见识过"的表情，说道："宋总带过来的朋友，有个楚小姐是最抠门也是最多事儿的。一次她来这里喝酒点了威士忌，喝醉了大半夜耍酒疯，我想把她送回房间，她就说我们的酒不好，她不会付钱，还说我弄脏了她的衣服，送去干洗都不愿意，就要我赔钱。"

房茗不屑地哼了一声："后来宋总过来……宋总其实很讲理的，还跟我道歉了，然后把那个楚小姐给带走了。那个楚小姐，无论是长相还是气质，都差这个张小姐一大截。"

我若有所思地看着远处谈笑的张小姐。

房茗又道："陈否否，你怎么笑得这么开心？小费拿到手再笑。"

我回过神，嘴巴咧着，说道："我就是觉得好玩儿，来打个工，能听到这么多不可思议的八卦。"

而且居然都是和宋玉有关的，这可太有意思了。

房茗说："那当然了，这可是社会，你学校里那点儿事情算个啥。"

客人喊服务员，房茗走了过去。

我俯瞰着远处的风景，这里是山区，黑夜里就看不清远处的山影了，酒店的灯光就像是矗立在这片山域里的灯塔。

身后传来脚步声，我侧身望去，只见宋玉拎着蛋糕盒走了进来。他看到我没有很吃惊，眼神平淡地掠过我，径直向张小姐她们走去。

那群女人见到宋玉，打趣了起来："宋总总算来啦！我们张张可是等了你一个小时！"

张小姐说道："没有，是我们来早了。"

"你就会替他说话。"

宋玉低笑道："是我来晚了，今晚随便喝，我请客。"

房茗递给他一杯酒，宋玉对她小声说了句什么。

房茗看向我，示意了我一下。

我意会，连忙找出七个白瓷盘和叉子，走了过去。

我低着头，将盘子摆在长桌上，摆放的间隙都很均匀完美。

宋玉就站在我旁边。他将张小姐手中的酒杯拿过，放在桌上，跟张小姐低声说着："先拆蛋糕再喝，不然你喝醉了就许不出来愿望了。"

他说这话的语气，真是熟悉到残酷。看来宋玉对每个人温柔的时候都是这样的语气，低沉柔和，好听哄人。

房茗已经将蛋糕盒子打开了，是很漂亮的三层水果蛋糕，樱桃色的祝福语，上面写着："祝张璋生日快乐，平安喜乐。"

原来她们叫她的张张是这个"璋"，璋，玉器的意思。

我心里叹气。我得承认，要论般配，那还得"张璋"配"宋玉"。

房茗将蜡烛插好，宋玉掏出打火机，将数字蜡烛"25"点燃。

张璋双手合十闭着眼睛许完愿，然后吹灭了蜡烛。她的脸上是幸福甜蜜的笑容，我相信她现在肯定觉得自己超级幸福。

她的朋友们围着她欢呼着，房茗和我则是相互配合着，开始切蛋糕。

有人说："宋玉，你怎么不好奇我们家张璋许了什么愿？"

宋玉说："不能说，说了就不灵了，所以我不问。"

我和房茗切好蛋糕，我将空了的酒杯倒满，听到她们在讨论说，光喝酒没意思，要玩点儿有意思的。

有人提议："那不如玩真心话大冒险吧？"

张璋羞涩地说道："不玩这个了，你们就会整我。"

宋玉轻轻一笑，说道："玩剧本杀吧，最近新到了一批本子，想玩什么你们挑。"

他看向我，客气地说道："辛苦帮我们下去拿一下。"

我点头说："好。"

我转身就走，不禁偷笑。宋玉的演技不去当影帝可真太可惜了，那一刹那我真觉得他根本不认识我。

我下楼拿了新到的本子上来，她们挑了一本恐怖悬疑的就开始玩，气氛很好。

我躲到一边，站的位置她们根本看不见。我背对着他们，见着果盘也没人吃，就找了个叉子挑里面的西瓜吃。

房茗走了过来，见我居然吃客人的果盘，低声道："胆子不小哇，被老板看到要罚款的。"

我递给她一个叉子："吃吗？"

房茗接过，叉了块哈密瓜吃，然后评价道："你这果盘切得不是很好看，下次跟我学学。"

于是我和她偷乐着吃果盘。

我把三份果盘里面的西瓜都吃完了。房茗说道："这里有我就够了，赵哥让你下去帮忙。"

我点头，下楼忙去。

忙了一个半小时，是第二轮休息时间。

我已经饿得抓心挠肝了，偷吃的西瓜都是水分，一点儿不顶饱，还总上厕所。

周菲说："现在饿了吧？去食堂吧，顺便给我带份饺子回来。"

我说道："你不休息？"

周菲道："不想下去了，你帮我带吧。"

我答应了，然后坐电梯下楼去员工食堂。

我带了饺子给周菲，二轮休息结束，客人就少了许多，毕竟已经是午夜了。

周菲见我放肆地坐在吧台前，一点儿打工者的觉悟都没有，笑道："你这要是被赵哥看到了，他得罚你下班后拖地。"

我苦着脸说："腿太酸了，坐会儿，反正赵哥都走了。"

周菲用手指了指上面，说道："房茗可真是精，知道张小姐给小费大方，把你给使唤下来干活儿。"

我心里当然清楚，赵哥今晚走得早，根本就不是赵哥叫我下来服务的。

我说："没有，上面太无聊了，干站着，还不如下来跑腿呢。"

人家是正式工，我只是个兼职，场面上不埋怨，不得罪人。

周菲笑道："喝酒吗？我给你调一杯莫吉托？"

我叹了口气："不了，昨天喝了你一杯金汤力，回去睡了十二个小时。"

周菲说："你酒量这么差呀，那才多少度数！"她看我的眼神充满了可怜，补了一句，"那你和酒精的世界是无缘了。"

我浅笑："喝酒也挺贵的，不如多吃几顿好的。"

周菲问道："贵？你一个月生活费多少？金钱观很吝啬嘛。"

我说："不到一千，你信吗？"

周菲讶异："这么省？你不买衣服不化妆的吗？"

我笑道："网上购物呀，九块九包邮什么都能买到。"

周菲停了一下，她看向我的眼神更怜惜了。

之后我和周菲聊了些有的没的。我又把两桌客人伺候走，回到吧台，房茗收着盘子下来，说道："她们人都走了，我们上去收拾吧。"

收拾完以后，酒吧也到了打烊的时间，我和房茗先走。房茗揉着脖颈，小声说道："太奇怪了，今天张璋居然没给我小费。"

电梯匀速下降，我说："大概是没想起来吧。"

房茗点头："应该吧，她今天喝了不少，还是宋总抱她走的。"

我想象了一下那个画面，真是浪漫，像偶像剧一样。

房茗又说："宋总好温柔的，还真有点儿羡慕。"

我说："抱一下就温柔了？你要求也太低了。"

电梯门开，我和她走出去，房茗继续说道："当然不止抱一下，宋总脾气是真的好，我就没见过他发火。你今晚见到张璋，觉得她还挺大气，挺通情达理的吧？我告诉你，她作起来和楚小姐也是不分伯仲的。"

"去年圣诞，北浮山上雪太大，封山了不让上，张璋非闹着要上去，都闹到气象站去了，宋总被气象站站长批评了一顿。后来站长走了，宋总都没半点儿不高兴，笑着问张璋要吃什么。你是不知道，那天我们微信群里的女同事都说，想找他这样的男朋友。"

我只是听着，不予置评，笑着转移了话题，问道："我住在三楼308，你呢？"

房茗说："我五楼，504。"

我们说着就进了公寓楼，住一楼的周阿姨打开门，指着我说道："你是陈否否吧？"

周阿姨是这栋员工公寓的公共区域保洁兼收发快递员。

我点点头。

周阿姨又回了房间，三秒后，她拎着一个圆滚滚的西瓜递给我，说道："有人刚才送来给你的。"

我疑惑了："谁啊？叫什么名字？"

我接过西瓜，好沉，估计得有五六斤重了。

周阿姨摇头："不知道，反正是个男的。"说完她就回房关门了。

房茗笑："该不会是刘畅吧？那小子平时跩得二五八万似的，今天一声不吭，说不定暗中观察你一天了。"

我摇头："肯定不是他，你明天可别当着他的面瞎说。"

房茗说道："我知道，我也就随口一猜。"

我回到房间，给这个黑皮西瓜拍了个照片，发给了宋玉，问："你让人送的？"

凌晨两点，他居然还没睡，回复道："嗯，看你喜欢吃。"

我说："玉哥哥今晚可真厉害，身边那么多美女，还能顺带观察到我喜欢吃什么。"

宋玉说："我看你今晚笑得挺开心，没心没肺的，还以为你没吃醋呢。"

我说："醋还是要礼貌性吃一点儿的，不然多不给你面子。"

宋玉停顿了。

我问："你不是走得早吗，怎么还没睡？"

宋玉回道："在等你下班。"

我说："说得好听。"

宋玉不说话了。

我觉得聊天可以结束了，我也该去洗澡休息了，但紧接着宋玉的电话就过来了。

我接通，不等他开口，就语气愉快地说道："怎么了？"

只听到宋玉深吸一口气，用低沉的嗓音一字一板地叫着我的名字："陈否否，你给我滚下来。"

我愣了一下，然后走到窗边拉开窗帘往下看，一个颀长瘦削的身影站在鹅卵石小路上。他隐没在黑暗中，我能看到他手机的亮光，他说道："看你精神头挺足，那就下来陪陪我。"

我不说了，瞬间挫败，穿着拖鞋就下楼了。

寂静的公寓楼，我像是做贼一样来到鹅卵石小路，看到宋玉的白衬衫，就扑了上去。

我抱着他的窄腰，说道："宋玉，你也太牛了，你身上居然都没有别人的香水味，快教教我怎么操作的？"

宋玉淡淡地说道："很简单，洗个澡，换身衣服就行。"

我借着远处路灯微弱的光认真打量了一下他。他的确是换了一件白衬衫，晚上在顶楼，他穿的好像是一件蓝色衬衫。

我说："那我还挺荣幸，你倒是不敷衍。"

宋玉说："只有对你，我才不敷衍。"

情话宋玉又上线了。

我轻哼了一声，不予回应，只说道："张璋呢？"

宋玉道："她睡了。"没过多地说其他。

他拉着我就走，还故意掐了一下我的手心，看来他不想听我提张璋。

穿过灌木丛，我看到停在面前的敞篷车，笑道："想干什么？"

秋夜清爽的凉风中，借着月色，宋玉的猫型唇轻勾，神色柔和地说道："带你兜风。"

Chapter 03

繁星触手
可及

我乐呵呵地上了车，宋玉丢给我一件外套，说道："穿上，夜里凉，别冻着。"

我听话地穿上。这是宋玉的衣服，我仿佛被雪松香给包裹住了，像是在他的怀里一样温暖安心。

度假酒店在半山，我前天过来的时候是坐的大巴，经过了一段漫长的盘山公路，听车上人聊，要是想上北浮山玩，从度假酒店还需要一个小时的车程才能买票上山。

我原本以为他会带我下山，想着他是不是要带我去镇上吃夜宵，没想到他却往山上开。

我扒在车窗边，懒散地看着远处黑黢黢的山影，听到山林间传来一些动物的声音，我说道："宋玉，你这是大半夜要带我去爬山吗？"

宋玉说："不爬山，带你看风景。"

我有气无力地笑道："晚上看什么风景，黑咕隆咚的，啥都看不清。"

"最适合看山间风景的时段要数早晨和傍晚，那才叫一个壮阔。要是运气好碰到了好天气，朝云是绯色的，晚霞是粉色的，那才叫好看，简直就像是油画一般。"

宋玉听我这么说，问道："看来你是以前来过这儿，运气好，看到过。"

我呵呵一笑："是来过。"

宋玉问："和谁来的？"

他现在总爱刨根问底。我也如实回答说："和段涯。"

宋玉沉默了。

我眯着眼问："还想听什么细节吗？"

宋玉的好奇心还是很足，他说："什么都行，说来听听。"

盘山公路上，我和宋玉像是置身于真空的黑暗宇宙中，世界仿若在沉睡，只有我与他还清醒。

我说起段涯带我来北浮山的经历，回想起来，除了北浮山的风景，其他都是糟心事儿。

那是五一假期，段涯觉得我压力太大了，提议要带我出去玩，放松放松。

我可兴奋了，在假期来临前，我的脸上始终挂着灿烂的笑容，是个人都能看出来我有什么喜事儿。

我和段涯谈恋爱，很高调——主要是我高调。段涯比我大一岁，当时学校认识我的都知道，我在和工大的一个帅哥谈恋爱。

同学问我："陈否否，你有什么好事呀，这么开心？"

我说："段涯要带我去北浮山旅游。"

同学又问："真有钱，来回一趟得一千块钱吧？"

我说："我又不用掏钱，段涯出钱，他说了我只负责去玩儿就行。"

我当时太沉溺于恋爱的感觉，和段涯有关的事情，我都对同学们说，且说个不停，我好像魔怔了，觉得大家也都挺喜欢听。

假期一到，段涯开车来接我。

去了酒店我才知道，他只订了一间房，好在是双人房。我想着节假日肯定房源紧张，也没太在意。

第一夜很正常，第二天我们去景区，谁知道人特别多，体验感很不好，门口排队就排了很久，我热得差点儿中暑。

那天下午四点，我就不想玩了，我要回酒店休息，段涯也依着我。

我回去吹着空调就睡着了，睡醒以后，段涯坐在另一张床上打游戏，他看到我醒了，就问我："有没有不舒服？"

我说："没有，睡了一觉好舒服。"

我看了一眼时间，才晚上八点半，就对段涯说："这下可好，要当夜猫子了，晚上肯定再睡不着了。"

段涯关了游戏，突然跳到我的床上，摸着我的头发说："睡不着就睡不着，我们做点儿其他的事。"

他当时背着灯光，我甚至看不清他的眼神是否深情，我也没感受到他的虔诚认真，我只切实体会到了什么叫害怕。

段涯要亲我，我的行动快于我的思想，我扇了他一巴掌，我自己也蒙了。

段涯一开始还没生气，他以为我是在打情骂俏，可我下一秒就撇着嘴哭出来了，他这才怒了，说了很多难听的话。

段涯说："陈否否，你能不能不要那么端着，你这样有意思吗？"

他高大宽阔的身体堵在我身边，语气特别不耐烦。

我的眼泪瞬间就停了，身体发冷到颤抖。

段涯继续发泄着他对我的不满："半年了，带你吃带你玩，拉个手抱一下都跟求你似的，你是不是觉得你特娇贵？"

我才明白，我让他给我花钱了，他觉得花钱了我就得对他百依百顺。

我一声不吭地起身，拎着我的行李就走出那间房，我当时挺狼狈的，头发乱得跟鸡窝一样。

回想起来当时简直太弱了，我被欺负成那样了居然都没骂回去，这真是要挂在人生耻辱柱上。

归根结底还是因为我是动了真感情的，面对着翻脸的段涯，觉得太陌生了，他把男人的本性暴露在情窦初开的我面前，我甚至觉得人生都灰暗了，哪儿还有战斗力去撕渣男呢。

那天太晚了，叫车去高铁站太贵了，开一间房也很贵，我只得缩在酒店大堂接待处的沙发熬了一夜。

四点钟的时候有一些游客穿戴整齐出去，他们是要去看日出，我觉得不能白来一趟北浮山，就也跟去了。

前一夜的不愉快似乎就是为了第二天的好运气，我在山峰处看了人生中最美的一次日出。

　　朝霞绯红，霞光四射，大片的染了色的云盖在山峰上，掀醒了睡了一夜的峰峦，太阳缓慢地升起，驱退黑暗。

　　我觉得我被阳光洗礼了，于是我决定要待到傍晚，再看看晚霞，晚霞也很给我面子，那天傍晚是粉红色的，我心情也好了起来，忘却了之前的不愉快，踩着粉色的空气下了山。

　　宋玉听完我的讲述，好半天没说话。

　　我说："宋玉，你该不会走神了吧？给点儿反应啊。"

　　宋玉声音低沉，开口道："你应该早点儿跟我说这些，这样上次在皇族，我看到段涯就可以直接替你出出气了。"

　　我愣了愣，想象不出温润如玉的好好先生动手的样子。我说："心意我领了，下回你碰到他，还是别动手的好。"

　　宋玉说："怎么，你还心疼他？"

　　我说："不，我是心疼你，段涯是空手道三段。"

　　宋玉气急而笑，然后说："我可以偷袭。"颇有股无赖的痞气。

　　我笑道："玉哥哥嘴上可真会哄人，这要换成以前，我肯定要被你哄得找不着北了。"

　　在被段涯甩了以前，别人说什么我都信，比如人家随口说一句客气的"改天请你吃饭"，我就肯定傻乎乎地问人家几号请我吃。

　　现在不了，我什么也不信。

　　宋玉附和着笑了两声，然后说："你说我都是哄你，那你高兴吗？"

　　我说："高兴啊，不高兴我跟你在一块儿图什么？"

　　宋玉点头称是。

　　这好像又回到了一个耐人寻味的话题里。真正的爱情不会只有高兴，也会计较、会闹别扭、会吵架；真正的爱情不会只有高兴，还会甜蜜、会热情、会缠绵。

宋玉转了个弯，进入另一条道路。又开了二十分钟左右，他停了下来，说道："到了，下车。"

我解开安全带下车，宋玉拿着手电筒来拉我。他轻揽过我腰，我挽着他的手臂贴着他。

四周传来蛙声和鸟类的叫声，深山夜凉，有些瘆人。

手电筒照着前方的一个铁门，铁门上还挂着块告示牌，写着"禁止入内，游客止步"。

我问道："这是哪儿啊？该不会是拜访什么隐居山林的富翁，富翁快死了要找财产继承人吧？"

宋玉说："你想象力真不错……这只是北浮山的一个入口，太偏了，游客过来不方便，好些年前就废弃不开放了。"

我的好奇心原本被他吊得很足，一听就这，感觉好没意思。

宋玉从口袋里掏出钥匙，打开铁门的锁，丁丁当当的尖锐声在寂静的山林里很是突兀刺耳。

我跟着他进去，没有走上山的主干道，而是走了一条又窄又陡的石梯。

宋玉放缓脚步，贴心地拿手电筒给我照着路。

我说："看你还挺熟练。"

宋玉瞥了我一眼，语气里含着笑："那你猜？"

我说："我才不猜。"

宋玉低笑。我们走上一个六角凉亭，他才说："你来了两天，八卦看来没少打听。"

我绕着凉亭，看着四周树林间密密实实的黑影，说道："不是我主动打听的，是你员工说给我听的。宋玉，你真是个好老板，好老板就该给员工提供足够多的八卦，这样上班大家不容易打瞌睡。"

宋玉说："你对好老板的定义真是特别。"

我俯视着山下，什么也看不清："你要给我看什么风景？"

宋玉从随身带着的包里拿出一条毛毯，将它铺在石桌上，然后走到我身边，抱起我。我惊呼一声，还没反应过来就被他放在了石桌上。

宋玉坐在我旁边，握着我的手，说道："准备好了？"

我不解，却又听到他柔声说："躺下。"

我听话地往后倒，脑袋并未感觉到石桌的生硬，而是枕在了宋玉的手臂上。

宋玉躺在我身边，我甚至能听到他匀和的呼吸声。

宋玉的手电筒往上照，我顺着光柱仰头，目之所及，足够让我惊叹。

这个六角凉亭的亭顶居然空了一大片，这样躺在石桌上，从这个破洞往上看，点点繁星就像是被固定在了一块玻璃片里，让它们的移动和距离更加清晰，那么遥远却又似乎触手可及，仿若在星际漫步。

宋玉温声道："好看吗？"

我点头，偏过头看着他说："玉哥哥，你哄人的方法真简朴。"

宋玉轻笑，还是问："那你喜欢吗？"

我说："喜欢。"

其实喜欢的不是星星，而是此刻陪着我的宋玉。

我悄悄借着夜光看他，却发现他也正侧着头看着我。朦胧的夜色里，那双眼就如同天上的星星一样亮，柔情如水，让我心头一颤。

宋玉说："别看我，你看星星。"

我说："不，星星都没有你好看。"

宋玉笑说："你这张嘴说起情话来还挺好听。"

我往他怀里靠近了一点儿，额头贴着他的脸颊，彼此的呼吸都交缠到一起去了。

宋玉似乎在屏气。

我软声说："其实我刚在车上吃了糖，我这张嘴，现在尝起来也应该会很甜。"

　　宋玉仿若是定格了一样只看着我。

　　我缓缓地亲上他的唇，像是盖章一样地贴着，停滞了几秒。宋玉终于忍不住了，他低声道："哪儿有你这样亲嘴的？"

　　我舔了舔依旧干燥的唇，说道："电影里面的那种……我又不会，这不是等你来教吗？"

　　他温柔的笑仿若是敲打在我心头的雨声，滋润而清澈。他捏着我的下巴，脸靠近我，轻啄着我的唇。

　　我闭上眼，感受着他逐渐带给我的炽热和湿润。唇齿相依的感觉真美好。

　　我对于我的初吻，无论是时间地点还是接吻对象，都满意极了。

　　宋玉抱着半睡半醒的我下山，开车送我回员工公寓。到了公寓楼下，我也清醒了许多，揉着眼下了车。

　　天居然已经蒙蒙亮了，世界仿佛蒙上了一层蓝色颗粒，不明不亮又刚好能看清。

　　我关上车门，宋玉说："回去好好休息。"

　　他眉眼含笑，瞧着很是愉悦的样子。

　　我点点头，看见不远处有同事经过，连忙将身上宋玉那件衣服反手兜住头，以一个滑稽的姿态往公寓楼跑，身后传来宋玉爽朗的笑。

　　我回到房间，心跳得很快。一旁的全身镜里，我的眼睛里盛着羞涩的喜悦，平时白皙的脸此刻红扑扑的，嘴巴红艳晶润。

　　我伸手触及镜面，指着镜子里的我，无声地笑了。

　　这一看就是陷入爱情的样子。

　　下午两点我准时打卡上班。下午不太忙，刘畅还有闲情逸致给冰块雕花，我也很服气他的沉闷。

周菲是晚上的班还没来，但我也没瞧见房茗。

刘畅见我过来，掀起眼皮看了我一眼。我说道："34 桌，一杯亚历山大，一杯僵尸。"

刘畅这才不雕冰块了，开始调酒。

我趁着这个空当给自己倒了一杯水喝，刚喝一口，就听到刘畅那公鸭嗓幽幽道："你和宋总约会了？"

我吓了一跳，看向一旁淡定调酒的刘畅，问道："你在说谁？"

刘畅重复了一遍："你，你和宋总约会了。今天早上四点半，我看到你从他的车上下来，还穿着宋总的衣服。"

这么精确，我竟然无法反驳。

我观察了一下四周，没有旁人，干笑了一声："你是不是看错了？咱俩也不熟，你看错也很正常。"

刘畅说："没有，我双眼视力 1.2，不可能看错。"

他面瘫一样的脸和表情，让我有些慌。

我的大脑飞速运转，想着要怎么将他看到的场面给圆下来。

刘畅却说道："我不会对别人讲的。"

我思索了一会儿，才小心翼翼地开口问他："这么好哇……为什么呢？"

刘畅说："没有为什么，就是没那么多嘴。"

他将调好的两杯酒放在托盘上，没什么情绪地看着我说道："不过你要是能让宋总给我升职的话，我就会很感谢你。"

我一时不知如何对答。

我挤出一个微笑说："酒吧一共就你和周菲两个调酒师，有什么职位可以升？总不能让你去顶赵哥的活儿吧？"

刘畅说："可以给我一个调酒师主管的职位。"

我说："这个职位的用意是……"

刘畅快速接话："可以管周菲。"

我不解。

"她的话太多了。"

我点了点头，允诺了下来，说道："要是有机会的话，我会跟宋总提上那么一提。"

刘畅不说话了，继续雕冰块。

我心里庆幸，刘畅不是多嘴的人，就算看到了也不会和别人说。假如是房茗，估计现在整个酒店都知道了。

我并不觉得我和宋玉的关系曝光对我来说有什么好处。

一轮休息，我去食堂吃煲仔饭，也给周菲点了一份。吃到一半，她才匆匆赶来。她一见到我，就故作神秘地说道："你今天没看到房茗吧？"

我点点头，问道："她是请假了吗？"

周菲小声说道："没请假，是被开除了。"

我纳闷："为什么呀？"

周菲吃了两口饭菜，故意吊着我似的，好半天才说道："张璋今天一大早就打电话给赵哥，投诉房茗服务不周，说她昨晚偷吃客人的果盘，还趁不注意偷了东西。"

我只觉得尴尬，刚想说那果盘其实是我先吃的，但转念一想，琢磨出来有点儿不对劲儿。

我说道："她说房茗偷了她什么呢？"

周菲说："说偷了她的胸针，那胸针值两万块钱呢。"

"我微信问房茗，房茗说她是捡的胸针，昨晚加上张璋有六个女人，谁知道是谁的。房茗就放在吧台，收拾完顶楼又忘了去登记，谁想到一大早张璋就投诉说是她偷的，简直冤死。"

听到这里，我觉得双方解释一下就行了，便说道："张小姐信吗？"

周菲冷哼一声："张小姐不信，说胸针能说成是捡的，那果盘就能说成是空气长嘴吃了的呗。她是宋总的朋友，赵哥不可能为了房茗得罪她的，直接就让房茗去办离职手续了。"

我埋头吃饭，脑子里却想，果然如房茗所说，她表面看着优雅知性，实际并没那么通情达理。

哦，对，房茗还跟我说，张璋昨晚没给小费，很奇怪。

我吃不下饭了，想着待会儿回到酒吧，赵哥会不会因为我也偷吃了果盘要把我给开了。

算了，开就开吧，谁让我没管住嘴呢，回头跟朱蕊说说好话，看能不能回头去她的皇族兼职吧。

走出食堂，地面湿漉漉的，我伸手，手指上沾上细细的雨滴，下小雨了。

回到酒吧，我去卫生间整理了一下头发和衣服，然后回到休息室。还有十分钟休息时间才结束，我想着也许赵哥会来找我。

但是没有，赵哥推开休息室的门，说道："怎么还在这坐着？快出去帮忙。"

我连忙起身出去干活儿，心里确认，张璋针对的不是吃果盘、偷胸针，而是房茗。难怪她昨晚没给房茗小费。

这天客人虽然多，但可能因为下着雨，气氛不热闹。

在靠落地窗的一桌，我看见了张璋。她对面坐着一个女人，有些眼熟，应该是昨晚那几个小姐妹中的一个。

张璋一身白色亮片无袖连衣裙，长发披散开，双腿交叠，靠着沙发，面无表情地听着小姐妹说什么，她下颌无意识地收紧，咬着牙，看起来心情很不好。

张璋看到了我，扬了扬下巴，我走过去。

她的小姐妹还在愤愤地说着："那个房茗太一般了，宋玉眼光不至于……"

见着我一个服务员靠近，她适时停止，对我说道："一杯莫吉托。"

张璋道："一杯长岛冰茶。"

她点完，她的小姐妹上下打量着我，突然问道："你在这儿工作多久了？"

我微笑道："才来三天，我是假期来兼职的临时工。"

对方有些失望地"哦"了一声，就没说什么了。

我转身离开，背脊上却还能感受到张璋那冰冷不善的目光。

我去到吧台，让周菲调酒，周菲看了我两眼，说道："那边那个是张璋？"

我点点头。

周菲问："宋总也来了？"

我说："没有，是她朋友和她在一块儿。"

十一点左右，张璋被她朋友搀扶着离开。

我的内心很复杂，我其实猜出来了，房茗一定是无辜为我顶缸了。

不知道张璋是从什么细枝末节看出来宋玉有女朋友了，多半是觉得昨晚在顶楼服务了一晚上的房茗嫌疑最大，所以就干脆将她的工作给投诉没了。

可瞧着张璋这晚的状态，她似乎并没有为解决了一个"情敌"而感到爽快。

二轮休息的时候，我没下去。外面雨下大了，我冲了一杯奶茶在休息室里坐着，打开手机刷朋友圈。

乔华最近发朋友圈的频率可真是高，一天两三条，要么分享歌曲，要么发一些搞笑的段子，要么是自拍。

我逐一点赞，想着也许乔华最想要的不是我的赞，而是段涯的。

我也想发朋友圈了，于是拍了一杯奶茶的照片发上去，还定了位，配了句："打工人，奶茶魂。"

刚发出去，就有了点赞，是宋玉。

我发消息给他："你还有心情刷朋友圈？"

宋玉问："不然呢？我该干什么？"

我说："张璋把昨天和我一起工作的同事给投诉走人了。"

其实发送过去以后，我有点儿后悔，我干吗要跟宋玉说这个呢，宋玉怎么可能不知情！

宋玉说："否否，别紧张。"

我甚至能想象出来他说出这句话时漫不经心的笑容。可我并不觉得张璋这个定时炸弹不用担心，我为什么要这么心虚呢？奇怪得让人恼火。

我说："她真的只是你的朋友吗？"

宋玉说："你这么问，那你觉得她是我的什么人？"

我说："反正不像是朋友。"

宋玉说："否否，我的女朋友只有你。"

我一时被他回复得没脾气了。宋玉就像是一汪泉，你想跟他挑起什么争论，就像是丢东西进泉眼，全被他给不留波澜地收了。

我说："宋玉，不管是张璋还是谁，如果影响到了我的生活工作，那我们之间就结束。"

我的措辞很严厉，一点儿也没给他留余地。

宋玉却回我："否否好凶啊。"

我简直无语，一拳头打进一团空气里的感觉。

我继续喝冰奶茶，想着当初和宋玉确认关系时，我说："我不想在恋爱里陷得太深，如果哪一天不愉快了彼此都可以很洒脱地抽身，那是最好的，尤其我不想承担对方的亲密需求，而且不想影响到生活。"

宋玉说："那我岂不是很适合你，你不希望男朋友对你有需求，这个好办，你不希望影响到生活，那就不对别人说，哪怕哪天你不喜欢我了，我也绝对不会纠缠你。"

可是他口中的朋友，为什么会为了他而郁郁寡欢呢？喜欢一个人都会这样吗？是我太年轻了解得太少，还是我想得太天真？

但我转念一想，宋玉那么有魅力，张璋会喜欢他也是情有可原。

只是我讨厌那种感觉。

不可否认的是，我喜欢宋玉，喜欢到不想别的女人和我一样喜欢他，我会觉得，那样的话，我就不值一提了。

这可能也是我昨晚会主动吻他的小心思，我居然口是心非地想留住他对我的特殊。

真憋屈，感情为什么总是捆绑着我，我想要掌控感情，到头来却还是受束缚的一方，我只是一个故作清高洒脱的人罢了。

接连三天，张璋都会来酒吧喝酒，每回都待满一个晚上，喝得醉醺醺不省人事被朋友拖走。并且我都没见着宋玉。

周菲的评价是："看来宋总还挺薄情的呀。"

我说道："也许是宋总忙，他估计有事不在度假区吧。"

周菲眼神复杂地看向我，笑着说："谁说他不在的？宋总玩得不要太嗨哟。"

我问道："玩什么？"

周菲说："滑翔伞哪，蹦极呀，否否想玩吗？我们员工去买票玩可以打八折的。"

我摇头，说道："不想玩，太刺激了，恐高。"

周菲是小灵通，别看她天天上班时间晚，该知道的八卦她一个都没漏掉。我想问她，宋玉是和谁一起去玩的，又觉得不太合适，就没问。

我想着，张璋肯定比我知道的多，宋玉在外面玩，她在酒吧里喝酒难过。

我转悠了一圈，这晚倒是稀奇，张璋没来。

不过宋玉却来了，和他一道来的还有一男两女。那男人长相也耐看，高高瘦瘦的，小麦色皮肤，宋玉的冷白皮肤在他身边就更瞩目了。至于那两个女人，说说笑笑的，都很漂亮。

我正要上前服务，就听到周菲吸了口气，拉着我就说："就那个，穿碎花裙的那个，叫梁昭昭，也是宋总的绯闻女友。"

我停滞了一下，问："张璋退房走了吗？"

周菲说："不知道，这要问酒店前台，等会儿啊，我找人微信问问。"

周菲两眼放光，掏出手机就打字。我觉得她这种探索真相的精神特别适合去娱乐圈发展，说不定能成为狗仔一姐。

我没等周菲问出什么，就前去宋玉那一桌，问他们要点些什么。

宋玉这天穿了一件黑色休闲西装和一条黑色裤子，上身里面是一件V领白色短袖，那根银色项链刚好落在他性感的锁骨中央，诱人得不像话。

梁昭昭看了我一眼，然后很风情地拍了一下一旁的宋玉，说道："宋总，你们酒吧现在的服务生用人标准都高到这个程度了吗？"

光影浮动间，梁昭昭那红唇配上清秀的外表真是有种说不出来的魅惑，一时之间，我也判断不出来张璋和梁昭昭究竟谁更美，只能说各有千秋。

宋玉懒散地靠着沙发，双腿交叠，手里转着手机。听到梁昭昭那句话，他抬头扫了我一眼，然后对梁昭昭说道："怎么，不给用？"

梁昭昭娇媚地说道："哪儿能啊，我就是担心太漂亮了，付总待会儿要坐不住。"

她眼神看向对面的高瘦男人，那应该就是付总了。

这位付总在梁昭昭的调侃中，顺势笑着问我："现在还能坐得住，小美女，能加个微信吗？"

我没说话，依旧保持着完美的微笑。我相信那微笑一点儿瑕疵和不耐烦都没有。

宋玉对付总淡笑着说道："付深，别为难人家，要喝什么快点单，我都行。"

他的语气虽轻淡，却有种不容分说的力道在里面。

付深耸耸肩点头，直接说要一瓶苏格兰高地威士忌，拿四个杯子来就行。

我转身去取酒，觉得梁昭昭的声音好像在哪听过，想了一会儿。哦，之前和宋玉吃夜宵的时候，打电话来的那个人应该就是她。

我将威士忌和酒杯冰块都送过去，便折返回吧台前。

周菲有客人服务，暂且听不到她问来的消息，不过很快，我也不需要从她那里知道了。

吧台边角处的电话响起。

酒店客房内如果有需求的话，在酒吧营业时间内，可以直接打电话来订酒，二十分钟内，现调的酒一定会稳稳当当地送到客人的房间。

我接过电话，就听到一个熟悉的女声，淡然地说道："来两瓶啤酒，多送点儿冰块，2017 房，谢谢。"

是张璋，她没离开度假区。

我应下来，挂了电话，搜寻着专门去客房送酒的小林，没瞧见。正好赵哥路过，我跟他说了情况，赵哥说道："她今晚不在，你去送吧，反正现在也不忙。"

我点点头，拿了两瓶啤酒和一小桶冰块就坐电梯去二十楼。

我记得宋玉也是住在二十楼。

二十楼以上的楼层，都是商务套房，价格八千至两万元不等。

我敲了门，张璋给我开门。她没化妆，穿了一条粉色吊带绸缎裙，瞧着有些憔悴。

我将托盘放在桌上，说道："酒和冰块送到了，您请慢用。"

我说完就要走，张璋却叫住了我："等等。"

我站在那儿等着她说什么。

张璋指着啤酒，说道："陪我喝一瓶吧，喝酒还是需要有人陪的。"

我愣了两秒，转念一想，这是客人的要求，赵哥应该也不会为难我。于是我说道："好的。"

我坐在一旁的矮凳子上，将冰块夹到两个啤酒杯里，再将啤酒倒进去，金黄色的啤酒拥抱着冰块，白色的泡沫浮起来，层次分明。

我递给张璋一杯，张璋接过，喝了一口，晃了晃酒杯，冰块发出清脆的响声。她笑了笑，说道："今晚酒吧里，看到你们宋总了吗？"

我说："看到了。"

张璋说："他喝的是什么？"

我说："威士忌。"

张璋又说："和谁一块儿喝的？"

我说："不知道，我都不认识。"

我这个话术应当不错，张璋听了，挑了挑眉，愉悦地勾了勾唇角。她是个很美的女人，气质柔和又高贵，盯着她看，就会想一直看下去。

"是不是有一个女人？"

我犹豫了一下，不知道该不该说是。我一犹豫，答案已经明确了，张璋不屑地说道："那就是有了。"

我喝着酒，不知道该说什么。

张璋眼神放空，嘴里喃喃道："女人是不是真的要性感一点儿，要放得开，才能把握住男人？"

我很认真地解答她："可能有的男人会吃这一套，但这也不是长久之计，是不可能永远留住男人的心的。"

张璋说："我也没说要留住男人的心哪。"她喝了口酒，又似笑非笑地说，"留住他的身体就行。"

这就在我的知识范围以外了，我也没法儿答。

张璋看了一眼我的胸牌，说道："你叫陈否否？名字还挺好听。"

我腼腆一笑，说道："你的名字也很好听。"

张璋放下啤酒杯，从一旁的包里翻出墨绿色钱包，然后从里面抽出几张钞票，递给我，说道："给你的小费。"

我几乎是颤抖地收下，传闻诚不我欺，张璋给小费真的很大方。

我正准备将钞票塞进口袋，就听到张璋说道："如果你能再帮我一个忙，明天晚上我给你这个数。"

她张开手掌，漂亮的碎钻美甲反射着灯光，很是惹眼。我寻思着这个数字是五百块还是五千块呢，或者也有可能是五万？

我热情地笑道："张小姐请讲。"

张璋将头发撩到耳后，姿态慵懒，话语轻柔。她说："我不管你用什么手段，今晚能让宋总从梁昭昭身边离开来见我一面，这事儿就算你办成了。"

我的笑容更加灿烂了，说道："好的，张小姐，我这就去办。"

我将我的那杯啤酒一饮而尽，快步就离开了 2017 房。

今晚这个任务假如是小林来做，肯定没有我合适。上天给了我机会，我就一定要把这笔小费挣到手。

我走到楼梯通道，拿出手机，也不发微信了，直接给宋玉打电话。

其实我也没那么笃定宋玉会听我的。

宋玉接过电话，身边没有别人的声音，看来他还挺谨慎。

宋玉低声问道："你在哪儿呢？半天没看见你了。"

我说："你喝酒喝得差不多了吧，能撤了吗？"

宋玉静默了两秒，声音里含着笑意，有些不正经地说道："你说往哪儿撤？撤到你房间还是我房间？我都行。"

我说："反正你甩开那个梁昭昭，我在二十楼的楼梯通道里等你。"

我直接挂了电话，靠着墙等他。

十分钟后，就听到楼梯口的门被打开，我看过去，宋玉迈着一双长腿两步就走到我面前。

他的脸庞一如既往温和俊秀，他歪了歪头，打趣道："否否怎么那么厉害，都知道今天我旁边坐的是梁昭昭？"

我说："不是我厉害，是你厉害，我想不知道都难。"

宋玉快速眨了眨眼，哂笑道："看来我还挺有进步，今天你这醋没憋到下班以后再撒。"他靠近我，双臂支撑在我脑袋后的墙上，将我圈在一个狭小的空间里。我闻到掺杂着酒精气味的雪松香。

他低着头，炽热的呼吸打在我的脸上，只听到他说道："否否，今天还是你第一次主动打电话给我。知道为什么我想让你学喝酒吗？因为对我来说，一喝酒就有好事发生。比如我们相遇的那天晚上，我喝过酒，还有前几天你吻我，那晚我也喝了酒。看吧，一喝酒，全是关于你的好事。"

我抬眼看着他，宋玉说情话总是这么直击我的心脏，酥软动听。他此刻的眼睛，闪亮深邃，饱含柔情和醉意。

我想了想，勾住他的脖子，照着他前几天教我的方法吻他，宋玉明显有些意想不到，僵硬了一瞬，紧接着就是箍紧我的腰，以更加热切的力度回吻着我。

急促的呼吸里，一吻终结，宋玉抬起手抚摸着我的嘴唇，他的眼神清醒却又克制。

我咽了咽口水，心里忐忑，表面淡定地说道："这算是今晚的好事儿了吧？"

宋玉笑了一声："嗯。"

我谄媚地笑道："那……我拜托你一件不算很好的好事儿？"

宋玉挑挑眉，问道："说来听听？"

我说："你能不能去张璋那儿一趟？"

宋玉直起身，往后退了两步，靠着楼梯扶手，抄着手注视着我。他脸上虽还带着笑意，周围却散发着一丝冷意。

哇，男人变脸好快哟，比女人还快。

宋玉说："我为什么要去她那儿？"

我解释道："因为张璋说只要你今晚离开梁昭昭，去她房间里见她一面，她就会给我这个数的小费。"

我学着张璋的样子举起手掌比了一个"五"。

宋玉阴阳怪气地哼了一声："五千还是五万？"

我说："不知道，也有可能是五百。"

宋玉敛住笑，阴沉着脸："你谈都没谈清楚，就把我给卖了？"

我"啧"了一声，一本正经地说道："这怎么能是卖呢？"

宋玉的嘴角似乎抽搐了一下。

我见他不说话，大概是快要认可我的说法，便继续循循善诱："要不这样吧，明天张璋给我的小费，我抽百分之二十返利给你？"

宋玉微微蹙眉，眼神阴鸷。

我低着头，大气也不敢出，双手紧握着等他的决定。

好半天，宋玉轻笑了一下，说道："陈否否，我今晚要是听你的，你就会觉得，改天你也可以对我招之即来，挥之即去。"

他眉眼都冷淡，和五分钟前还深情温柔跟我说情话时，判若两人。

"这可不能惯你。"他轻飘飘地留给我这句话，转身就走了。

空荡荡的楼梯间随后传来砰的关门声，我不由得身体一颤。

我的双腿像是钉子一样钉在原地好半天，自嘲地笑了笑，也不打算回去找张璋跟她汇报这事儿我没办成，就直接回了酒吧。

周菲见到我就问道："你去哪儿了？"

我说道："去给张璋送啤酒了。"

我低着头，喝了杯水，掩盖掉双唇方才被宋玉吃掉了口红的迹象。

周菲说："你眼圈有点儿红，怎么了？张璋找你碴儿了吗？"

我笑说："没有呢，她挺好的，让我陪她喝啤酒，还给我小费了。"

周菲说："真好，你怎么做个兼职，净捡着好事儿了？"

我说："算是吧。"

我往宋玉他们那桌看过去，却没见着宋玉和梁昭昭，只余下付深和他的女伴还在有说有笑。

周菲顺着我的视线看过去，说道："宋总出去了一趟又回来了，然后就跟梁昭昭走了。"

我附和地笑了一下，然后说道："我去趟卫生间。"

我机械地洗着手，感受着水在手中流动。我抬眼看着镜子里的自己，八字刘海儿下的那双杏眼，眼圈周边的确是有些红，眼珠子湿漉漉的，看上去一副伤心委屈的可怜相。

太糟糕了，要是被宋玉看到，他肯定要想，陈否否也不过如此。

我才不要宋玉小看我。

我弯下腰用冷水洗了把脸，又用洗脸巾擦干净，理了一下我的工作服，很好，精气神儿又回来了。

我从卫生间出来，又接到一个客房电话，竟然是梁昭昭的，她说："陈否否吗？"

我从容淡定地说："是我，您有什么需求吗？"

梁昭昭灵动地笑了一声，说道："张璋今天让你送了什么？"

梁昭昭可真是人精，消息获取速度堪比周菲。

我说："啤酒和冰块。"

梁昭昭说："照她的样给我送一份，2203房，别送错了。"

我应下来，准备一样的啤酒和冰块，就坐电梯下楼。

寂静的走廊里，我敲了两下门，梁昭昭将门打开，我跟着她进房，将托盘放在桌上，还是那句话："酒和冰块送到了，您请慢用。"

这个套间和张璋的一模一样，连叫的酒水都一样，除了房里的女人不同。

梁昭昭掏出钱包，问我说："张璋今天给了你多少小费？"

我愣了一下，然后说："八百。"

梁昭昭打开钱包夹子，从里面掏出厚厚一沓粉色钞票，又问我说："她让你把宋玉叫走，允了你多少劳务费？"

我熟练地伸出手掌："她说这个数。"

梁昭昭看了我一眼，"嗯"了一声，然后数着钞票，我心里默默地跟着她数。

梁昭昭数了五十八张钞票塞给我，又从皮夹子里找出一块钱硬币，一共五千八百零一块，她说道："你回去跟张璋说，我出了比她高一块钱的价，她的算盘打不成。"

梁昭昭那魅惑的凤眼里全是犀利的高傲，带着胜利的意味。

我收下钱，笑道："好，我这就去说。"

我退出房间，突然觉得陷入到了一场荒诞喜剧当中。

我将钱放在口袋里，钞票太厚，口袋都鼓鼓囊囊的，我心里乐开了花。

和张璋转述完梁昭昭的话，张璋什么也没说，只摆了摆手，我便识趣地赶紧离开。

Chapter 04

他在人群里永远最引人注目

第二天，我发消息给周菲，请她去食堂二楼吃饭。

周菲说："那我可不客气的。"

我说："挣到小费了嘛，随便点。"

我们去吃了油焖大虾、红烧排骨、凉拌牛肉，还有几个小菜，没吃完，只好打包回去。

走出食堂，口袋里响了起来，我接通，是乔华。

乔华很激动地说道："否否，你在哪儿呢？我现在在天域酒店前台办入住呢。"

我问："你一个人吗？"

乔华说："当然不是，段涯带我来的，哎呀，你快过来嘛，我们见面聊，段涯请吃饭。"

我说道："你怎么不早半个小时跟我说，我都吃过了，你们吃吧，见面应该够呛了，我待会儿就要上班了。"

乔华失望地说："好吧……那我晚上去找你行不？不会打扰你上班的，我就想和你说说话。"

我想了想，我猜到她肯定会带上段涯，但见面实在不可避免，只能答应："好。"

我先回宿舍去洗衣服，看到床尾那件宋玉的外套还没洗，就一并洗掉，准备改天找个时间还给他。

我将洗干净的衣服晾晒在阳台上，看了一眼表，就换上衣服去上班了。

晚上八点多，正是客人多的时候，我正端着托盘要给客人送酒，迎面就看到乔华挽着段涯走了进来。乔华冲我招手，我说道："你们先坐，我待会儿就来。"

乔华点点头，拉着段涯去了靠落地窗的一桌。

段涯和两年前比起来，浑身的气质愈发锋利了，寸头让他那张脸看起来更加硬朗。他腿长个儿高，人又壮实，惹眼得很，从进酒吧到他落座，酒吧里的许多女客人都向他投去欣赏的目光。

说实在的，虽然段涯很渣，但其实要论身材外表，当初交往期间，他真的很给我长脸。

不过分手以后，我受到的反噬也不小。

我刻意磨蹭了一会儿，内心对于服务段涯这件事很是排斥——任何人见到前男友，都不希望自己是服务生的身份吧。我也干不出来在他的酒里吐口水这种缺德事儿。

乔华一直热情亲昵地搂着段涯的胳膊说着什么，段涯有一搭没一搭地回应两句。即便是我这个外人看来，也觉着态度敷衍。

我拿着酒水单过去，笑着递给乔华，说道："喝点儿什么？"

乔华低头翻看着，问段涯："段涯，你喝什么呀？我酒量不行，你说我喝什么好呢？"

段涯抬眼盯着我，说道："给我来杯马天尼。"

我点头道："好的。"

我避开他灼热的目光，对乔华说道："你喝玛格丽特或者莫吉托都行，度数都不高的。"

乔华扬眉一笑："好哇，那就玛格丽特好了。"

我走到周菲那里，让她调酒。

周菲观察好一会儿了，问我："是你的熟人？"

我说："算是吧。"

此刻吧台来了个客人，就坐在我旁边的高脚椅上，是付深。他冲着我说道："晚上好哇小美女。"

我笑道："先生想喝点儿什么？"

"龙舌兰。"

龙舌兰纯饮不用调，周菲还在忙，我走到吧台里面，从酒架上取过一瓶龙舌兰，在杯子里放好冰块，倒入龙舌兰，递给付深。

付深这人瞧着虽然成熟，但有股子轻浮之气，他看向我的眼神也有些让我不舒服。

付深扫了一眼我的胸牌，说道："你叫陈否否，我记住了。"

我说："可别是记住我的名字要投诉我。"

付深轻笑："要说投诉，那确实有件事想投诉你。"

我心里一紧，问道："什么事？"

付深眨了眨眼："你昨天没给我加微信。"

我尴尬地笑笑，却见付深将手机打开，又说："今天能加到小美女的微信吗？"

我试着推托："我们员工规定，不能和客户搭讪，不然会被罚款的。"

付深笑道："是我主动搭讪你，不会罚你钱的，别担心。"

他又晃了晃手机。

我只好掏出手机，将微信二维码展示给他，心里寻思着等兼职一结束就把他给删了。

周菲将两杯酒调好了，说道："否否，酒好了，你快送过去吧。"

我连忙脱身，前去给乔华和段涯送酒，还顺便送了一份果盘。

我对乔华说："果盘我请，你来这里玩，还来找我，我也没时间陪你逛逛，你别介意呀。"

乔华摇头晃脑地乐呵呵地说道："没关系的，反正我也有人陪啦。"

我刚要离开，段涯突然开了口，没什么情绪地说道："明天不能请假和我们一起出去爬山玩儿吗？"

我愣住了，看向乔华。乔华说："我刚跟段涯说呢，明天我们去爬北浮山南山，可惜你一直在兼职也没去玩过，段涯就说你可以请假一天，损失的日薪段涯可以补给你，否否，可不可以呀？一起去玩儿！"

我心里有些窝火，实在是对段涯这种侮辱人的提议觉得恶心，他不觉得硌硬吗？掏钱请前女友和现女友一块儿去玩，他是不是觉得很刺激？

我说道："不了，你和你对象一块儿过二人世界多好，我一个电灯泡太多余了。而且爬山太累了，我也不太想去，我天天上班就挺累了，真要请假也只想躺床上睡觉。"

乔华很是失落地拽着我的衣服晃了晃，说："你再考虑考虑？"

我摇头道："不考虑了，你好好玩，我先走了，还有客人呢。"

我想避开付深和段涯，便跑到顶楼去服务了。顶楼上空气清新，很是怡人，我觉得仿佛透了口气，只是客人比较多，更忙了一些。

二轮休息的时候，我从顶楼下去，段涯和乔华已经走了，倒是付深还在吧台处坐着，面前有四个空杯子，他喝了不少。

灰暗的光线里，付深眼神迷离地看着我，说道："小美女这是在躲我吗？"

我给他倒了一杯冰水，说道："没有啊，顶楼忙，人手不够。"

付深说道："我刚问了你同事，她说你是兼职，还是大学生。"

我"嗯"了一声，不太想过多地和他说什么私人信息。

付深笑了笑，说："十一长假不出去玩，来这里工作，你父母不心疼吗？我妹妹读大学的时候，别说打工了，让她在家洗个碗都不愿意。"

我说："每个人情况不一样，没什么好比较的。"

付深察觉出我的冷淡，他眨了眨眼，说道："我懂，我懂，像你这样家境可能困难些的美女，防范心都比较重。但没关系，你可以尝试一下打开心胸，不要这么排斥我，也许以后会有想象不到的收获呢，对吧？"

我心里冷笑，成熟男人都喜欢以一副说道者的油腻姿态，尤其是对着年轻女孩子，开导劝告，想要获取心理上的成就感。

我沉住气，没反驳他，只是说："我到休息时间了，先生有什么需要叫别的服务员，我先走了。"

我刚走了没两步，付深就突然拽住我的手，将我拉到他的怀里。

他明显醉得很厉害，酒气熏人，他一只手扣着我的腰身，在我耳边低声说道："既然是休息时间了，那我就不算是你的客人了，你也不必用什么员工规则拒绝我。"

酒吧里还有客人，我不想将事情闹大，只是想赶紧从他的搂抱里挣脱出来，并未喊叫。不料他的力气很大，将我的腰身箍紧了，还得寸进尺地往我身体上贴。

我正想直接拿起杯子往他脸上泼，身后就传来脚步声，还有熟悉的男声低吼着："松开她！"

在我还没反应过来时，付深已经被段涯踹倒在地上了。

付深本就醉得厉害，躺在地上捂着被踹的地方疼得说不出话，只是嘴里溢出些痛苦的呻吟。

段涯还想动脚，我连忙拉住他，说道："别打了，万一真打坏了怎么办？"

怒不可遏的段涯听到我的话，立刻收敛了许多。他没再动手，而是不由分说地拉着我就往电梯处走。

迎面碰到吃饭回来的周菲，我给了她一个眼神，说道："快去叫赵哥过来。"

刚说完，段涯就把我给推进电梯里去了，我也没来得及听周菲说些什么。

段涯沉着一张脸，按了楼层"1"。我问道："你要带我去哪儿？"

段涯居高临下地瞟了我一眼，说道："出去透透气，不然我要被你气死了。"

我差点儿脱口而出一句"和你有关系吗"，可想想刚才多亏了段涯的及时出手，于是就改口道："你怎么又来酒吧了？乔华呢？"

段涯冷声道："你问她干什么？"

电梯开了，我一动不动，段涯没好气地拎着我的衣领就往外揪，我只好顺从地跟着他走。

我说："你就不怕乔华看见，误会我和你吗？我在学校就她一个朋友，我可不想因为你损失了一个朋友。"

段涯不说话，只是带着我往酒店旁边的主干道走。沉沉夜色里，他的背影都要与黑夜融为一体了，透着冰冷。

段涯回过头，我抬眼看他。他是急性子，总是走路很快，以前出去约会，他总是不知不觉地就甩我一大截，然后又走回来，说我小短腿。

段涯向我走过来，突然伸手摸我的脸。我往后一偏，他大力地摁住我的脑袋，另一只手用大拇指腹揉擦着我的脸蛋。

段涯有些无奈地说："小哭包。"

一如从前，他那么亲昵地叫我，然后帮我擦眼泪。

和段涯分手之前，我一直都是个很爱哭的女生。我知道漂亮的女生哭起来好看，梨花带雨的，不占理的事情上哭两声都能哭出委屈来。

我和段涯交往的时候，我的撒娇方式就是哭，段涯就调笑地说我"小哭包"，他其实很受用我的眼泪。只是他甩我那天，我的哭泣只起到了更丢人没出息的作用，那对我的伤害很大。

我后来想明白，眼泪出现的频率不能太高，太频繁就不好使了。所以在宋玉面前就没哭过。

段涯的指腹摩擦在我脸上的热度和触感让我立刻清醒过来，我僵硬了一会儿，像是个被人摆弄的木偶人一般动弹不得。

段涯擦干我的眼泪，松开我。

我发现身体里还有一个停留在两年前的自己在犯矫情，立刻往后退了一步。

段涯阴冷的语气里含着怒意："我刚才要是没上楼找你，你就那么干站着被那个男的占便宜？"

我说："当然不会。"

我原本很想对段涯说，不需要你多管闲事，可是碍于我刚哭过，没了气场，于是便哑火了，低下头跺着脚。

段涯命令般地说："马上去辞职，别干了。"

我轻啧了一声，有些不耐烦。我以前对于段涯这种霸道行径和口吻还很受用，如今听着只觉得烦。

我说："我还上明天一天班就结束了，犯不着。"

段涯从口袋里掏出一张银行卡，硬是塞到我手里，说道："拿去花。"

我丢给他："不要。"

段涯攥过我的手腕，他力气大，把我给攥疼了。他把银行卡又塞到我的手里，认真地说道："这是我妈专门给你办的卡，密码是你身份证后六位，每个月都会给你打生活费。我听乔华说你总是晚上去打工，别再去了，听到没有？"

我抽出手，将卡甩到他身上，然后掉在地上。

我抬眼看他，笑着问道："我爸和你妈领证了吗？"

段涯蹙眉："还没。"

我说："那你妈给我生活费，这算什么事儿？名不正言不顺的，是要包养我爸吗？你觉得我花得下去吗？"

段涯说："陈否否，有你这么贬损你爸的吗？"

我说："哟，你还挺维护他呀，那你也不帮帮他，让他早点儿进你家户口本？"

段涯被我气到了，他叉着腰，怒目而视。我不在乎，说："谢谢你今晚帮我，我回去了，今天班还没上完。"

我快步就往回走，生怕他再把我拉住。

走了一会儿没听到他的脚步声，我回过头看了一眼，看到段涯蹲下去捡银行卡。

我回到酒吧，一片和谐，客人们还在聊天喝酒玩剧本杀，二十分钟前的打闹仿若没发生过一样。

我刚走到吧台前，周菲就小声对我说："否否你刚才去哪儿了？赵哥在找你呢。"

我说："休息时间，出去走走。"

周菲无奈道："你还真是心大呀……算了，回头再说，你快去顶楼，宋总等你呢。"

我说："你刚不是说赵哥找我吗，宋总等我干什么？"

周菲翻了个白眼："赵哥找你就是因为宋总点名要见你呀，你朋友把宋总的朋友给打了，都送去医院了，他能不找你算账吗？"

周菲此刻瞧我的眼神充满了怜悯，她说："唉，我估计你这个假期挣的钱都不够赔的。"

我轻快地笑了笑，一点儿也不担心。假如宋玉让我赔钱，或者让我去给付深赔礼道歉，我能用指甲把宋玉的脸抓花。

我上了顶楼，一个客人也没有，只有宋玉站在玻璃围栏前吹风。他修长的身躯穿着宽松的休闲服也那么洋气好看。

我注意到他脚上穿着的是酒店客用拖鞋，看来宋玉上楼来得挺着急，都没来得及换鞋。

我走近他，皮鞋踩在木地板上发出清脆的声音。他听到了，转过身，双臂撑着栏杆，一副慵懒的样子，语气轻淡地说："和前男友叙旧去了？"

我笑道："玉哥哥又吃醋了。"

宋玉说："我今晚没资格吃他的醋。"

我装听不懂，问道："什么意思呀？"

宋玉平淡地说："你在我的地盘被人欺负了，却是段涯帮的你，我哪儿来的资格。"

他神情也淡淡的，我看出来他不太高兴，但又不像是他说的那样纯粹是在生他自己的气。

他伸手，我牵过，问道："付总被送去医院了？他伤得不严重吧？"

我也就是客气地问问，我巴不得段涯踹他那脚能让他以后都断子绝孙。

宋玉"嗯"了一声："不严重，他那边我会解决，你别往心里去。"

我爽朗地笑笑，不当回事，我说："我就没当一回事儿，反正你会给我撑腰的。"

宋玉玩着我的手指，沉默了两三秒，突然问道："否否，段涯为什么想要给你钱？"

我抬眼盯着宋玉，他的目光也垂向我，眼神探寻的背后是隐匿的冷意。

我说："你刚才也下楼了？"

宋玉说："嗯，周菲说你被人带下楼了，我才跟下去的。"

哦，这才是他此刻生气的源头，他全都看见了。

我笑容灿烂，骗他道："他钱多没地方花。"

宋玉蹙眉："你在开玩笑？"

我晃着他的手，继续满嘴胡话："是真的呀，你知道他妈很牛的，是个富婆。"

宋玉严肃了起来，他应该是真信了我的鬼扯，问道："那你怎么回他的？"

我冲他调皮地眨眨眼，说道："我说我男朋友很有钱，不稀罕他的钱，我还说他没我男朋友帅。"

宋玉失笑，他听出了我话里的虚假，说道："算了，我不问你了，是我逾越了。"

我撇了撇嘴，说道："玉哥哥可真狡猾，以退为进玩得真顺溜……我这也就是和前男友见面了聊两句，看把你给酸的。"

宋玉大概活了二十五年都没听人说他狡猾，一时之间愣住了，好半天才反应过来。

他伸手捏着我的脸，又好气又好笑地说："狡猾？我好歹还酸呢，你呢？"

我唇角掩不住地得意，顺势抱住他的窄腰，撒娇道："哎呀，我知道了，我知道了，玉哥哥好，玉哥哥最好。"

段涯的事情就这么被我打哈哈掩盖过去了。

传闻中，宋玉叫了我上顶楼谈了什么不得而知，反正没赔偿没罚工资，连给付深道歉都不用，这不由得让不少员工嗅到了暧昧的气息。

周菲将员工小群里讨论的聊天记录给我看。

我看完，啧啧称奇道："你们可真会猜。"

周菲嘿嘿笑道："那昨晚宋总和你在顶楼聊了什么？你跟我讲清楚，我好去给你辟谣。"

我将手机递还给周菲，说道："没聊什么，他看过监控了，知道不是我的错，让我别在意。"

我不是很在乎她们怎么传，反正上完这最后一天的班，我第二天就收拾东西回学校了。

周菲明显很是失望，筷子在碗里拌来拌去的，嘴里嘟囔道："唉，明天你就走了，上班又要很无聊了。"

我戳着碗里的豆腐，说道："看来我是个很有趣的人，能让你这么恋恋不舍。"

周菲说："有趣倒是其次，主要是好看，你好看又联动着其他好看的也来了，比如宋总，比如昨天你那个帅哥朋友，上班还能饱眼福，可太快乐了。"

我笑而不语，想到了段涯。这天乔华给我发消息说她和段涯去爬山了，第二天休息一天，正好我兼职结束，说一定要和段涯请我吃顿饭。

我当然不好再推辞，只好答应。

可能是我女性独有的敏感，我觉着乔华话里话外有种女主人的宣示感，这让我心里有些别扭。

和周菲吃完午饭，我还是有点儿困，就准备回房间再睡一会儿。

开了门，只见梁昭昭坐在单人沙发上。她双腿交叠，靠着椅背，姿态很放松，以至于我产生错觉，是不是我走错房间了。

梁昭昭见我退出房间确认房门号，笑了起来，叫我的名字："陈否否，你没走错，是我找周阿姨拿了房卡进来的，我等你有一会儿了。"

我闻言这才进了房间，顺带将门关上。

我的视线落在她今日穿的绿裙子上，和我初来酒店看到的那个绿裙子一模一样。

所以梁昭昭是早就来度假区了，只是她一直没露面罢了。

我心头突然涌上来一股子失落。我竟然在想，有可能宋玉将我藏得很好，只是一种习惯呢？他会不会还用同样的方式藏着其他女人？我进入宋玉世界的时间还太短，并不是我以为的那么特殊。

梁昭昭玩弄着自己的栗色鬈发，弯起眉眼，很和气地对我笑着说："干站着干吗？坐呀，我就是来找你聊聊天而已，不用这么紧张。"

我倒还真不紧张，就是觉得尴尬。我和她能有什么好说的。

我坐在床沿，双手放在腿面上，电视机的黑色屏幕上投射出我此刻的姿态，我还穿着白色衬衫和黑色西装裤，低垂着头，像极了在听领导批评的犯错员工。

我开口问道："梁小姐要和我聊什么？"

梁昭昭说："你跟宋总在一起多久了？"

我微笑道："梁小姐可能是误会了什么。"

梁昭昭指着另一张沙发上的一件外套，那是宋玉的，我给他洗干净还晒干了。

梁昭昭说："难不成是你捡的？"

我淡定道："对，就是我捡的，牌子还挺贵，我准备挂到咸鱼上卖呢。"

梁昭昭沉默片刻。她盯着我，又说："昨天欺负你的那个付总，现在还在医院躺着呢，那可是宋总的老朋友了。"

我说："他只是被人家踹了一脚而已，没那么严重吧？"

梁昭昭的神情开始有些困惑，然后幽幽道："付总一开始送去医院的确不严重，但这天早上宋总开车去医院看他，我也跟去了。他一进病房就把付总从床上拖下来又打了一顿，这不就把付总给打得严重了吗，估计要躺半个月了。"

我消化着这个好消息，大脑却有些空洞，我想象不出宋玉打人会是什么样子。

梁昭昭说："我猜到宋总有女朋友了，只是今早才猜到原来是你，真是有意思。"

她话都说到这一层了，我也不好再装局外人了，便说道："生活处处有惊喜嘛。"

梁昭昭收了笑意，面无表情地说："我很嫉妒你，我从没听说过，也没见过宋总会为了谁动怒。"

我说："没必要，真的没必要，想开点儿。"

我这么说完，心里想着下次见到宋玉，要语重心长地教育他：打人是不好的，我们要做文明人。

我这样轻飘飘甚至故作诙谐的话语，本以为会惹怒梁昭昭。可梁昭昭反而乐了起来，她晃了晃手机，说道："先加个联系方式。"

我没拒绝，给了她名片二维码。

梁昭昭一边操作着手机，一边说道："说正事吧，我喜欢宋总，多少钱你能离开他？"

我有些无语，这难道是被金钱羞辱的感觉吗？

我说："那我为什么不干脆拿宋玉的钱？"

梁昭昭说："我可看不出来你喜欢宋总，你要是愿意收他的钱，你就不会来吃力做兼职了——当然，也有可能你是在走贫穷女学生的路线博取他的同情和怜爱，不然你也不会恰好在宋总的酒店里兼职了。"

看着梁昭昭神采飞扬两眼放光的样子，我一时竟无力反驳，只听她继续说着："我都认识他两年了，我太想拿下他了。你还是好好念书，以后好男人多的是，钱我也不差你的，你能接受吗？"

我无言以对。

在我回答梁昭昭之前，我问了一个不太相干的问题："梁小姐之前不是宋玉的绯闻对象吗？为什么都认识他这么久了也没能成真女友？"

梁昭昭的笑容僵了一下，接着意味深长地说："守身如玉这个词，其实不一定是个比喻。"

我抿着唇笑，明白梁昭昭是什么意思了。

我送走梁昭昭，心里又有了另一个怀疑。

梁昭昭这天来说的话，也不见得就真是她自己的想法，话里话外都是在给宋玉镀金，难保不是宋玉那个狐狸使的招，通过梁昭昭我也知道他去打了付深。梁昭昭所谓的花钱让我离开宋玉，其实是宋玉对我的试探。

哇，我可太聪明了，我居然能想到这一层，宋玉要失策了。

我百无聊赖地刷着梁昭昭的朋友圈，她经常晒包晒美甲，下午茶配上自拍是日常标配，看起来日子过得很惬意。

刷了一会儿，我才注意到，宋玉一个点赞都没给过梁昭昭。

难不成宋玉和我聊天的微信号是小号？

我立刻点开宋玉的朋友圈，他的朋友圈很无聊，也不设时限，两三个月才会突然发一个图片，都是风景照，或者路边碰到的流浪猫，什么文案也不配，挺随意的。

这次点进去，便发现宋玉的每条朋友圈下面都有梁昭昭的点赞，看来不是小号。

咦？总觉得哪里怪怪的，却也说不上来。

不想了，我该去上班了。

最后一晚的酒吧，客人有增无减，我忙得连一轮休息时间都压缩到了十五分钟。

我将托盘放在吧台处，给自己倒了一杯水，刚喝了两口，周菲突然小声对我说道："张小姐走过来了……好像冲你来了。"

我转头看过去。今晚我真是忙晕了，都没注意张璋什么时候来了。

只见光影浮动间，张璋端着一杯酒，迈着优雅的步伐走来。她漂亮的脸上面无表情，看向我的眼神里还带着敌意。

我约莫猜到要发生什么了。

张璋泼了我一脸的酒，我也没躲闪，并且提前闭上了眼睛。

酒水冰凉，顺着我的脸庞滑向了我的锁骨和胸前。身上很不舒服，我不禁打起了哆嗦。

我睁开眼，不卑不亢地看着她。

张璋冷笑了一下，说道："你居然耍我，我可没那么好欺负。"

张璋肯定是听说了付总的事，梁昭昭都能猜到我，她自然也能。

我说："张小姐误会了，我并没有。"

张璋翻了个白眼。

看来她心中已有判断，我说什么并不重要。

她贴近我，吐气如兰道："嘀，真是我见犹怜哪，难怪宋玉能看上你，快去找宋玉告我的状吧，你看看宋玉会不会因为你来跟我发火？会不会也泼我一杯酒？"

周菲此刻悄悄递给我纸巾，我拿过纸巾擦着脸，依旧微笑得体地说道："张小姐是客人，对我的服务不满意是正常的，哪儿有员工去跟老板告客人状的道理？"

张璋摇了摇头，耳环跟着她的脑袋晃动了一下，说："可别这样，你还没有假装大方的资格。"

这话我没听懂，愣怔间，张璋就离开了。她一走，看戏的人们也都收回了目光。

周菲似乎明白了什么，咳了一声，低下头，也没对我说什么。

下半夜我没上班，提前结束了我的假期兼职。我回房间洗了个澡，换上睡衣躺在床上就睡着了。

我隐约听到微信电话的响声，但我懒得起来，也就没接。

我一直睡到次日上午十点，在床上伸了个懒腰，想起来中午要去和乔华、段涯一块儿吃饭。

洗漱好换好衣服，我才拿起手机看了一眼。乔华发消息说十二点餐厅见，西餐还是中餐都由我选。

我回复了一个"好"，选了中餐厅。

梁昭昭则是在凌晨两点给我发的消息："我都听说了，别生气呀，张璋就那样，脾气大，其实宋总根本就没把她当回事儿。"

我没回梁昭昭。我并不觉得我和梁昭昭是同等阵线的人，我和她的关系还没好到微信上说张璋坏话的程度。

还有宋玉的消息。他半夜给我打了电话，打了一次我没接，他也没再打了。

我是没想过跟宋玉告状，这事儿太小了，犯不着。我对宋玉也没什么气恼，这纯属张璋的个人行为。

我给宋玉发了消息说："我今天晚上回学校，工资已经结清了，改天请宋总吃饭呀。"

我还给他发了个幽默的表情包。宋玉肯定能明白，我的心情好得很，半点儿没受到张璋的影响。

宋玉回了我一个"OK"。

我收拾好东西，看了一眼时间，就赶紧去餐厅赴约了。

乔华和段涯已经到了，他们并肩坐着。段涯一只手玩着手机，脸色一如既往地又冷又臭，乔华兴致勃勃地在和他说些什么，段涯敷衍地应几句。

我走了过去，乔华笑道："菜单给你，你来点，我和段涯都随你。"

段涯只看了我一眼，然后轻蹙了眉头。

我接过菜单，正专注地想着该怎么点比较好，就听到乔华打趣道："否否，你是不是没睡醒就来了？也不打扮好看点儿过来，我跟段涯说你可是我们院的院花呢。"

我愣了一下，看向乔华，她的笑靥是那样熟悉，可眼神里的闪躲却那样陌生。

我这天的确没化妆，随便穿的一件宽大的 T 恤和一条牛仔长裙，头发披散着，整个人看着就很不精神。

那是因为见段涯不能太精神，他这人"迷之自信"。我越是精心装扮来见他，指不定他越会怀疑我对他还余情未了，是在刻意吸引他。

我对上乔华的笑容，对她说道："这不是没把你们当外人嘛。"

我把点好的菜报给服务员，好在我选的是中餐馆，餐厅里很是热闹，旁人的低语声可以让我们这桌的沉默显得没那么尴尬。

这时，服务员走来问道："你们还需要点些酒水吗？"

我和乔华都说不用，冰水就行。段涯开口说道："来一扎啤酒。"

服务员离开，乔华对段涯说道："你喝酒的话，待会儿就不能开车了呀。"

段涯说："那就不开，今天不去了。"

我问道："你们要去哪儿？"

乔华说："去镇上玩，听说镇上有当地民族特色街，好多好吃的。"

她听到段涯说不去了，有些失落地撇了撇嘴。

我点点头，觉得也是遗憾。我傍晚六点半的大巴回学校，想去玩也没时间了。

此时段涯却对我说道："你想去？"

乔华一愣，看了一眼他，又看向我。

我立刻说道："不想，我要回学校了。"

段涯说："那我送你。"

这下乔华的脸色很明显难看极了。

我简直想把手边的冰水泼向段涯。段涯从小跟着他妈妈，什么人没见识过？众星捧月的太子爷虽跋扈傲慢，可人情世故上也不傻，他这样当着乔华的面说些逾矩的话，就是故意要把我放在火上烤。

我冷声说道："你要是有这个空，还是多陪陪你女朋友吧，我有人送的。"

段涯却继续追问："谁送你？大巴司机？"

我说："你管得着吗？"

我语气非常差，就不该给乔华面子来吃饭，我和段涯命中犯冲，没说两句就会吵架。

段涯咬牙切齿地说道："凭我是你哥。"

乔华这下看我的眼神不再充满敌意了，而是困惑。

我冷笑，对着段涯仰起下巴，不屑地说道："你是独生子当腻了，就到处认妹妹吗？"

段涯说："陈否否，你怎么说话的？"

我说："我还有更难听的，你想听吗？"

段涯喘着粗气，对我怒目而视，额头都冒着青筋。他在忍耐。

其实要论吵架，段涯的嘴皮子才厉害，尖酸刻薄的劲头连一些骂街多年的中年妇女都望尘莫及。

段涯和我谈恋爱的时候，帅是真的帅，却还处于"中二"晚期，把说脏话当成装酷的必要装备，所以我现在大脑里储存的一大半脏话都是从段涯那儿学的。

只是如今我与他的关系不同了，所以段涯对我说话客气多了，客气得像是真把我当自个儿亲妹妹了。

气氛很僵持，乔华都傻了，好一会儿才开口缓和气氛，说道："那个……菜都上齐了，快吃吧。否否，你下午肯定还要收拾行李吧，快吃，快吃……"

乔华刚说完，身旁突然冒出宋玉清润的声音。他语气含笑，调侃道："否否，继续说呀，我还挺想听的。"

我一抬眼，他一只手插着裤兜，另一只手拎着瓶盐汽水，正眯着眼冲我笑。

他这么一个大高个儿站在桌边，引人侧目，有服务员路过给他打了个招呼："宋总好。"

我问道："你怎么来了？"

宋玉颔首，对我说道："去你宿舍没找到你，碰到姜经理，说看到你来这儿了。"

段涯冷声问他道："你谁呀？"

不待宋玉开口，我说道："我老板。"

段涯说道："他在追你？"他打量着宋玉，似乎在回想什么。

宋玉抿唇轻笑，配合道："对，我是在追否否。"

我观察了一下宋玉的微表情，瞧出他的不悦。我拎起包说道："你们慢吃，我先走了。"

乔华也乐得我不在，这火药味太浓了，扬声道："去吧，去吧。"

就在我和宋玉转身离开的时候，段涯突然站起来，椅子发出一阵刺啦声。我回过头，段涯目光沉沉，他扫了一眼宋玉，意有所指地对我说："陈否否，你看男人的眼光真的很差。"

宋玉脸上惯有的笑容有一刹那的冷凝。

我望向段涯，那鹰隼般犀利的眼，还有那张硬朗桀骜的面容，都曾经让我魂牵梦萦。可如今我面对他的情感，只有怨恨和敌视，还掺杂着对曾经的自己的怀念与悲伤。

我嘲讽地笑了笑："我没想到你还有这个觉悟。"

走出中餐厅，宋玉将盐汽水递给我。我只喜欢喝这种一块五一瓶的盐汽水，这是我小时候跟着奶奶过暑假，保留至今的习惯。只是不知道宋玉什么时候注意到的，我记得酒店度假区没有卖这种盐汽水的。

当天的温度不高，只有二十摄氏度，降温还刮风。我看着天上成团的云，想着晚上会不会下雨，耳边响起宋玉没什么情绪的声音："你还没吃饭，想吃什么，我带你去吃。"

我想到了乔华刚才提到的，便说道："你带我去镇上好不好？那里有个民族特色街，你知道在哪儿吗？听说很有意思。"

宋玉淡淡地说："你不是要坐今晚的大巴回学校吗？"

我识趣地挽住他的胳膊，求着他道："不坐大巴了，你带我去镇上玩，吃好玩好后你送我回学校？"

经过这两晚，宋玉就等着我主动找他要求什么。男人嘛，对你感兴趣的时候，你就是拧不开汽水盖他都能跋山涉水要帮你开，要是对你没兴趣了，装修搬家的活儿你都要自个儿干。

宋玉是很优秀，可也逃不过男人这一共同点。我对宋玉的大方向策略就是若即若离，当着面一套，背过脸又是一套，我看起来很喜欢他，可我又不黏他，甚至有时候好像还不在乎他。让他觉得我还没被驯服。

宋玉这才满意地勾起唇，抚摸着我的长发，说道："那还不快去宿舍取行李？我去取车。"

宋玉先行一步，我看着他颀长的背影，觉得他很复杂，他也总轻描淡写地拨弄着我的情绪。

我将房卡还给周阿姨，让她转交给姜美玲，然后拎着行李箱走出公寓楼，就看见宋玉开着那辆银色奔驰停在路边。他下了车，走上前来接过行李箱放在后备厢，然后给我打开副驾驶座的车门。

我坐上去，颇为不自在地冲着窗外四处看了看。正是中午时分，从食堂和酒店出来回公寓的员工很多，都不住地往这边看。

宋玉倾身靠近我，给我系安全带。他低声说道："担心什么？你都要离开了。"

我笑道："不担心，反正该知道的也都知道了。"

我意有所指，宋玉了然地轻笑了一下，坐直身体，开动车子。

驶出酒店区域，往下山的公路开去。我遥望着远处的山景，山间云气氤氲，有大片的水雾缭绕，很壮观。

我听见宋玉说："否否，我不问你，你就没什么想跟我说的吗？"

迎着风，我眯着眼说道："你想听什么？你得指定一个主题呀。"

宋玉没有指定主题，他只淡淡地说："那算了，我还是更喜欢你无主题的胡言乱语。"

我装作感知不到他的低落，只是低头刷手机。

我和宋玉基本不吵架，因为我与他之间一贯很纯粹，关系也很隐秘。可这十天，我们身边出现了张璋、梁昭昭以及段涯，还发生了几件小事，这不得不让我们这段关系需要更新一下，区别只在于是要更新至更加亲密信任，还是退化至拥有隔阂猜忌。

我的想法是维持现状，我希望宋玉能看出这一点。但很明显，宋玉有些贪心。

我想听歌，正要从包里翻找着耳机，手机上有微信消息弹出，我点开，是周菲。

周菲说："否否，刘畅被宋总给开了！"

仅仅是文字，我都能想象出周菲说这句话的语气。我回她："我不知道这件事，我问问他什么原因吧。"

我转头就问宋玉："刘畅，就是那个调酒师，你为什么要把他开了？"

宋玉偏了偏头，白皙如玉的脸上带着玩味的笑，他说道："不然你以为张璋昨晚怎么跑去欺负你的？"

我说："张璋是知道了付总的事儿，才猜到我和你有关系的。"

宋玉说："对，那张璋是怎么知道付深被我打了的事呢？"

我说："是刘畅说的？不会吧？他那么老实的一个人。"

宋玉瞟了我一眼，阴阳怪气道："哟，对他评价还挺高嘛，老实人？这世上就没有老实男人。"

宋玉是真狠，连带着把他自己也给骂了。

宋玉叹了口气，说道："我还想着你什么都不问，是因为你都知道呢，看来也就是装聪明样罢了。"

我呆呆地思索了一会儿，突然问道："不对呀，刘畅跟张璋说付深被你打了，那刘畅是怎么知道的呢？"

宋玉微微一笑，问道："那你又是怎么知道的呢？我看你一点儿也不惊喜呀。"

我这才反应过来，宋玉去医院打了付深，除了当事人，也就梁昭昭知道了。

所以梁昭昭不仅跟我说了，还去跟刘畅说了，肯定是给了点儿好处，让刘畅去告诉张璋。那天梁昭昭还来加我微信示好，回头就使坏刺激张璋来泼我酒，真够坏的。

我苦着脸，挫败地靠在车椅背上，想明白一切就觉得自己太菜了。

我自恃清高，可我就是个食物链最底端的，梁昭昭能算计我，张璋能来当面羞辱我，我都只有赔笑的份儿。

宋玉看到我闷闷不乐，像蔫了的白菜，反而乐了起来，说："梁昭昭找你，除了跟你说付深的事，还说了什么？"

我看着宋玉，眼里都是崇拜，他怎么什么都知道？男人想在女人堆里玩明白，其实没那么容易的。他倒好，游刃有余，张弛有度。

我没隐瞒，都跟宋玉说了。

宋玉听完，掐了我的手心，我吃痛地"啊"了一声。

宋玉恨恨地说："陈否否，你个财迷。"

我以最快的速度给他顺毛。我软着声说："没有，没有，我都没答应她，你别生气嘛。"

宋玉追问："她说给你多少钱？"

我哑然，梁昭昭也没跟我说具体数字呀，连个数字比画都没有。

宋玉转过头，蹙眉瞪着我，不可思议地说道："你这次还是没谈价格就要把我卖了？"

我咽了一下口水，憋了句肉麻的话说道："那……因为玉哥哥是无价之宝嘛，谈价格就俗了呀。"

宋玉不说话了。

他板着脸，将车子提了速。

本来我想下午和宋玉在民族特色街吃好喝好，然后让宋玉送我回学校。结果一个下午我都在讨好宋玉，给他唱歌给他讲笑话，不知不觉就误了时间。

但成果也很显赫，宋玉总算不跟我计较了。

到了晚上八点，我坐在石凳上喝着袋装的丝袜奶茶，想着现在从镇上出发回学校的话，宿舍肯定锁门了。

民族特色街很热闹，仅有两百米长的街道，小摊小贩却摆得水泄不通，叫卖声此起彼伏。

宋玉正在不远处的一家年糕铺子前面排队。人很多，可我就是想吃，宋玉便去帮我买。

我远远地看着他，宋玉真好看，在人群里永远是鹤立鸡群、最引人注目的那个。

宋玉也回头看了我一眼，冲我挑挑眉。他的眉眼带着宠溺的笑，橙黄的灯光打在他的脸上，整个人更加柔和俊秀。

我情不自禁地也笑了起来。

等了十五分钟，宋玉总算捧着辣酱炒年糕回来了。他递给我，说道："看你平时小鸡胃，吃起这种路边摊简直跟牛一样。"

牛有三个胃。

我说道："怎么，我还能把你给吃垮了？"

宋玉笑着说："那你可以挑战下。"

我咬了一口年糕，软糯带着甜辣味，特别好吃。宋玉只吃了两口，他这天陪我吃了很多，吃不下了。

我吃了一半便吃不完了，还有些犯困，下午走了好多路，累得不行。我靠在宋玉身上，说道："玉哥哥，我不想动了，这附近有民宿可以订吗？"

宋玉说道："那我开车送你回天域吧，你睡我的房间。"

我摇头："不干，不想回那儿。"

宋玉打趣道："怕碰到张璋和梁昭昭？你这么滑头，不想见到她们再把我给卖个好价钱吗？"

我无奈地叹口气。宋玉在某些事上睁一只眼闭一只眼，可在另一些事上，心眼儿比针眼儿还小，我算是领教了。

我说："我是怕碰到乔华和段涯。"

宋玉沉默了。

我说："我室友和我的前男友成了一对，我们三个碰面总是很尴尬的。"

宋玉沉声说："不仅是这个原因吧?"

反正也隐藏不下去了,我干脆就直说了:"段涯他妈和我爸,两年前就同居了,我爸算是出轨。"

宋玉皱下眉,说道:"那你还和段涯交往?"

我说:"对呀,但当时我和段涯都不知情,直到我妈和我爸离婚了,我爸说要带我去和一个段阿姨吃个饭,说段阿姨还有个儿子,以后就是我哥哥了,到了吃饭的地方,我都傻眼了,上个月还是前男友,摇身一变要当我哥,我差点儿没把桌子给掀了。"

只要一想到当时的场景,我胸腔处还能蹿出一股子气。

那天见到段涯,段涯的脸都绿了,不过我来不及注意,我的脑子里就像是核炸弹刚爆炸后一样荒芜。我唯一想的就是:段涯和我交往,就没安好心。

后来段涯找到我特意解释,他也不知道他妈妈的交往对象竟然是我爸,他和我交往的时候是真的不清楚。

段涯是个直性子的人,不太会撒谎,这点我还是清楚的。可我也不会真认他当哥哥,我甚至连我那个爸都不想认了。

宋玉不说话了。

宋玉掏出手机,我看过去。他在订附近的民宿,同时说道:"所以那天段涯给你银行卡,是以哥哥的名义给你零花钱?"

我说:"算是吧,段涯是独生子,听说他妈以前怀过一个女儿,只是流产了,所以段涯一直想有个妹妹。"

宋玉付款完毕,偏过脸,垂眸看我:"我们家否否这么漂亮这么可爱,也难怪他想白得一个妹妹。"

我抿着唇。我说得可真多,因为太喜欢宋玉了,没忍住。

我不想谈那些家事了,便说:"订好房间了?快带我去,我想睡觉。"

宋玉拉我起身，将垃圾都扔进垃圾桶，带着我去民宿。

宋玉订了一间家庭房，两室一厅，居然还带小厨房。

宋玉把大一点儿的房间给了我，我连忙进了房间去洗澡，吹干头发以后却又没那么困了。

宋玉也洗好澡了，只是他出来得匆忙，压根儿就没带换洗衣服，所以只裹着浴袍。

他一只手拿着吹风机，另一只手将湿漉漉的发往后拨，露出饱满光洁的额头，有水迹顺着他的脸部向下滚动，最后滴落在他精致的锁骨上。

我一时看呆了，宋玉真是太诱人了。不过此时此刻，伴随着宋玉的"香艳"，还有一点点尴尬。

宋玉轻蹙眉头看着我，稍后别开眼神，轻咳了一声，低声问道："你不是很困了吗，怎么不回房睡觉？"

我憋着笑说："幸好没睡，不然就看不到这样性感的玉哥哥了。"

我的眼神故意暧昧地看向他的长腿，实在没忍住，在沙发上笑得前俯后仰。

宋玉穿的那件浴袍很不合身，太短了，若是换成女人，修长白皙的腿肯定观赏性极佳，可宋玉的腿……这腿毛浓密茂盛，与他俊秀斯文的外表极其不符。

我忍不住一直盯着他的下半身看，越看越觉得滑稽，并且还发现宋玉没有看上去的单薄，他的腿部肌肉群肉眼可见的发达紧实，一看平时就没少健身。

宋玉无奈地轻摇了一下头，说："性感？什么词从你嘴里说出来都成贬义词了。"

宋玉朝客厅环视了一圈，然后走到沙发旁边的一个插座前，那插座比较高，是专门给空调插电用的，他也够得上。他插上吹风机，然后站在那儿吹头发。

我觉得此举很奇怪，赤足站在沙发上，笑嘻嘻地道："干吗在这儿吹呀？你房间插座多的是呀，还穿成这样，是不是想让我多看看玉哥哥你性感的大长腿……"

虽然电吹风嗡嗡地响着，宋玉的声音还是清晰又动听，他说："陈否否，别贫了，你快回房睡觉去。"

我不，我才不，我这天兴致高，好不容易看到宋玉这么不沉稳的样子，我才不要放过。

我踩在沙发扶手上，伸手就要夺过宋玉手里的吹风机，可宋玉居然不依我，我使劲儿抢着，还扬声道："我给你吹嘛，我给你吹，我还会给你头皮按摩！"

宋玉用右手揪住我的睡衣后领子，毫不费力地将我甩回到沙发上。沙发软软的，我陷了进去，一点儿也不疼。

宋玉重复着那句话："快去睡觉，明天我们早点儿走。"

不知道为什么，他一直皱着眉头，也不看我。

我从下午就一直嬉皮笑脸的，也不差这会儿了。我假装起身穿拖鞋要回房，实际上却猛地扑上宋玉，他没站稳，膝盖磕到沙发就要摔倒。我闭着眼，只感觉到宋玉抱住了我，和我一起倒在了沙发里。

我一动也不敢动，甚至都不敢说话。宋玉压在我身上，他除却披了个浴袍，里面什么都没穿。

宋玉的一只手还盖在我的眼睛上，温热而厚重，我什么也看不见，只感觉到他挪动了一下身体，不再压着我了。

宋玉的手掌却没有移开我的眼部，静谧中，只有他逐渐恢复的呼吸声。我没忍住，小声叫了他："玉哥哥。"

只是我也不知道为什么，声音是颤抖的。

宋玉总算说话了，声音温柔如水："吓到了吗？"

明明是十八摄氏度的夜晚，我却浑身是密汗，连话都说不出来。我知道宋玉指的是什么，点了点头，然后又迅速摇了摇头。

宋玉好像靠近了我一点儿，我感受到他的呼吸了。

他的唇移向我的耳朵，轻吻了一下我的耳垂，声音都带着潮湿，说："我先回房间，听到门关的声音你再睁眼，然后回房睡觉。"

我乖乖地"嗯"了一声。

两三秒后，他又缓缓说道："否否，我不是故意的，浴室的插座坏了，其他插座都很低，我不喜欢蹲着吹头发，以为你已经睡了，才出来找插座的。"

宋玉都这么解释了，我也嘟囔着解释道："我也不是故意的……"

宋玉低笑，也许是看不见，所以他的声音格外低哑温柔，他说："我当然知道你不是故意的。"

他轻轻松开手掌，我听他的话，依旧闭着眼。

等听到他房门关上的声音，我才睁眼。我坐起身，深吸了一口气，心跳得厉害。

你这样很好，不会被骗

八点十三分，不早不晚。

我洗漱好，换了一身衣服，将长发编了两个麻花，特意在黑发里缠绕上了浅蓝色的细丝带，整个人变得可爱了几分。

我走出房间，没瞧见宋玉，便去敲他的门，也没回应。

我不禁想，宋玉这么害羞的吗？只是被我看了一下就半夜溜了？

于是我给宋玉发消息："玉哥哥，你是丢下我跑了吗？"

宋玉秒回："在买早饭，你想吃什么？"

我说："豆浆油条。"

我猜他最少十分钟就会回来。坐在这个客厅，不能不让人想到昨晚的事情，有些面红耳赤。

我盘腿坐在沙发上，开始做瑜伽里面的吐纳，并且随着呼吸的频率，提醒着自己，之后千万不要在宋玉面前矫情做作。

我正想着，就听到宋玉清润含笑的声音："怎么，否否以后是准备要修仙了？"

我不说话，也不动。

宋玉走到餐桌前，将早餐放在桌上，拉开椅子，冲我说道："快过来吃饭。"

我挪着步子过去，拿过油条就吃了起来。宋玉吃的是豆腐脑儿和小笼包，他分了两个小笼包给我，说道："这个是小龙虾馅儿的，你尝尝。"

我一边吃一边直勾勾地盯着他，宋玉吃着入口即化的豆腐脑儿，粉色的唇上沾了点儿汤水，他伸出舌头舔了一下唇，我竟然挪不开眼。

他眼一抬，俊秀的脸上浮起不解的笑，他说："你这是怎么了？"

说完，他将面前那碗豆腐脑儿移到我面前："是想尝尝这个吧？"

我"嗯"了一声，低头吃了一口，是咸口的，还有点儿辣，挺好吃的。

宋玉说："吃完饭我们就出发，我今晚还有事，还得赶回来。"

那他一来一回就要花六七个小时在车上。我立刻说："那你别送我

了，待会儿九点半就有大巴，直达市区，跟你送我也没什么区别，你还
是直接回酒店吧。"

话音刚落，我就后悔了，我表现得好像是急着要和他分开，其实我
只是简单地心疼他。

宋玉淡笑着，我注意到他好像在思量着什么。他微微张了张口，想
说什么，却又止住，过了两三秒，他点头说："那我把你送上大巴。"

我冲他憨笑，且把我的油条掰了一半给他："我吃不完了，玉哥哥
帮我吃。"

我的手有些油油的，可宋玉没有嫌弃，接过油条就咬了一口。

我愣了愣。好奇怪，我一贯知道宋玉好看，可现在却像是着迷了一
样移不开目光，他咀嚼的样子也好看。我得赶紧走，不然我肯定要干什
么傻事了。

宋玉给我买了两瓶盐汽水，将我送到大巴上，然后他就回去了。

大巴开了三个半小时才到，我回到学校的时候肚子又饿了，已经快
下午一点了。

我推开宿舍的门，没想到乔华居然在。

乔华听到声响拉开了床帘，说道："我今早就回来了，我还以为你
昨晚就回来了呢。"

我将行李箱打开，收拾着东西，并回她说："在镇上玩嗨了，没赶
上末班大巴。"

乔华爬下床，笑道："你可以让那个宋总送你，他肯定有车呀。"

我不想和乔华说宋玉的事，一点儿也不想，于是便说："他有他的
事要忙……哎呀，好饿，懒得去食堂了，我点外卖吧。"

我坐下来，打开手机就点开外卖软件，懒得挑，就直接点了个烤肉
拌饭。

乔华拉了把椅子坐在我旁边，情绪昂扬地说："否否，段涯和我说

了他和你的关系，虽然你们没有血缘关系，但段涯也是真心要把你当妹妹看的，改天挑个时间，你们都心平气和地坐下来好好聊一聊。"

我将包里的东西都倒在书桌上，慢慢归置到它们原先放的地方。听到乔华说这样的话，我只觉得可笑。

我想到乔华前两天对我似有若无的敌意，大家都是女孩子，不明说也知道缘由。我顾念着和乔华两年的室友之情，因此也就不放在心上。

乔华现在觉得，我和段涯是重组家庭的兄妹关系了，她看出来段涯似乎很在意我，她对我就多了些拉拢，想成为修复我和段涯兄妹情的功臣。

我拒绝道："不用了，大家都不是小孩子了，没什么好聊的，彼此不打扰就行。"

乔华对我的排斥视而不见，只自说自话："否否，你太偏了，顺从一下也没什么。你爸爸和段阿姨已经在一起了，你这么自己撑着很累的，段家很有钱的，你也就不用那么辛苦去打工了。

"还有哇，昨晚我在酒吧特意打听了一下，昨天说追你的那个宋总，别看挺正经的，其实绯闻对象挺多呢。也就是你独来独往的，要是你跟段涯关系好，他是你哥，你和什么人在一起，他都能帮你掌掌眼，你也不吃亏。"

我难以置信，差点儿脱口而出，我人生目前为止吃过的最大的亏，都是拜段涯所赐。

我了解乔华，她想要办成的事，一定会不遗余力地去办，她现在这么想让我和段涯关系缓和，我若是不断了她这个想法，她一定会天天念叨的。

于是我微笑道："乔华，段涯只跟你说，我和他是重组家庭的兄妹关系，那他怎么没跟你说，他以前和我交往过呢？"

乔华的笑容逐渐消失，有些疑惑还有些局促。

我说："是他甩了我，你想知道为什么也可以去问他，我不想让你谈个恋爱很扫兴，所以没告诉你，但段涯撺掇你来当说客，想要缓和我和他的关系，我觉得还是让你知道为好。"

我说得很客气，这也是我能想到的，能让乔华冷静下来的说辞了。我希望乔华能看清楚，段涯不是什么好男人，他对她是消遣和利用居多。

我手机响起来，外卖到了，我便下去取外卖。

再回寝室，乔华又回床上休息了，床帘紧闭。

我装作什么也没发生过，吃完饭收拾东西，然后去洗了个澡，洗完澡一边听播客一边洗衣服。

所有的琐事都忙完，已经晚上六点了，乔华还是没起来，应该是睡着了。

我换了套卫衣牛仔裤，背着书包就去图书馆了，我兼职耽误了十天，距离教师资格证的考试还有三周，我得抓点儿紧。

十点从图书馆走出来，夜风已经很凉了，我打了个寒战。回到宿舍，见乔华坐在书桌前看电影，我将刚买的面包递给她一份，说道："图书馆一楼新开的面包店出新品了，这个是樱桃味的，你尝尝吧。"

乔华头也没回，只淡淡地说："我不饿，你吃吧。"

她这样的情绪也正常，她一定觉得面对我很别扭，可是如果我不和她说清楚，别扭的就是我。我这个人呢，没那么善良，只要转移了负面情绪，自己舒服才是顶要紧的。

我打开手机，本以为宋玉会给我发消息的，可是居然没有。

我想了想，也没给他发消息。我与他可能真的需要冷却一段时间，热过头了容易擦枪走火。我觉得宋玉肯定和我想的一样。

只是我没想到，我和宋玉之间的冷却直接冷了半个月，顶多就是在微信上互相说"早安""晚安"，或者问一问吃了什么、睡没睡好。我忙着备考，也没时间和他多聊，可宋玉也没提来找我约会。

我忍不住想，难不成宋玉对于和我那种纯情的约会提不起兴趣了？

这么想着，我觉得要主动约一回宋玉了。可这与我往日的风格不同，我拉不下面子。

此刻辅导员于老师发来消息再一次邀请我去主持月底的迎新晚会，还说道："他们这届大一新生排的节目都挺有意思的，你要是不来主持，三十日晚上来看看也行。"

我问道："主持人的服装还是自备？没要求吧？"

于老师听出来我这是同意去主持了，便说："对，去年你穿的那个礼服裙摆太大了，走路多不方便。你穿制服裙吧，跟你搭档的孟超穿的就是制服，现在不兴搞得那么正式了，就是玩儿。"

我说："那也行，制服裙可比礼服好准备。那我去串个场，正好认识认识学弟学妹们。"

于老师打趣道："可算是把你给邀请来了，大一那群小兔崽子听说大三的陈否颜值高得可以当明星，想加你微信很久了。我现在去和他们说，群里总算可以消停两天了。"

我说："都是瞎传的，我当天去了他们就死心了。"

我故意截屏给宋玉，发文字道："玉哥哥要来看表演吗？我可以给你留票的。"

宋玉回得很快："制服裙？"

我露出胜利的笑容。

我说："我在问你来不来？"

宋玉说："我当然想去，可你不是说过，让我离你的人际关系圈远一点儿吗？"

我说："你就坐在迎新晚会观众区看节目，底下乌漆墨黑的，谁会注意你呀？"

我叹口气，怎么又被宋玉拿走主导权，像是我在求他来。

宋玉说："是，是我想多了，你给我留票，一定要给我一张位置好点儿的，我要能看否否最漂亮的视角。"

我说："我哪个视角都最漂亮。"

宋玉附和我："是，是，是，是我认识不到位。"

说一个"是"，我觉得他是在哄我，可他连说几个"是"，我又觉得他是在敷衍我。

我不回他了。我自傲又小心眼儿，总是多疑多虑还要假装不在意。

我答应于老师去主持迎新晚会的时间太晚了，以至于每天都要抽出三个小时去音乐厅排演。主持人的开场白和串场词都很简单，背下来没什么难度，三个小时有一半时间都在和大一新生们玩闹。

和我搭档的孟超是大二的学弟，现在是院里学生会的副主席。去年他刚进学生会，我还带过他。他长得周正，性格也阳光活泼，在女生居多的师范学校里，他刚入校就不乏追求者。

我听说孟超这一年就已经谈过四个女朋友了，几乎是无缝衔接。我在第二次排演时，悄悄问他："你现在是热恋期呢，还是空窗期？"

孟超瞪圆了眼："不是吧学姐，你该不会是对我——"

我严肃地打断他："我是替昨天那个来加你微信的学妹问的。"

孟超思索了两秒，然后问我："哪一个？"

我没好气地说："看来最近加你的学妹不少哇？"

孟超哈哈大笑道："我过两天正准备再买一张手机卡申请个新的微信号呢，我现在那个微信还真满了。"

我说："我回头跟那个小学妹说说，让她死心吧，省得你伤她心。"

我没再和孟超说其他了，也不怎么单独和他说话，倒也不是讨厌他，只是不想让那些小学妹们误以为我和他有什么暧昧。我太害怕人云亦云，三人成虎了。

我在微信上倒是和孟超聊了些，我和他要买配套的制服裙和制服，我们挑了一套类似《名侦探柯南》里面工藤新一和小兰穿的那种，孟超直接就付了款，我微信转给他，他却不收。

"也没多少钱，学姐别放在心上啦。"

我皱了下眉，想着抽空取了现金塞给他。

二十九日这一天最后一次的排演很完美，于老师很高兴。她站在舞台上，拍了拍手掌，示意大家安静下来，说道："辛苦大家这一个月的排练，明天就按照我们今天这样表演就行。现在才六点，大家去食堂吃晚饭吧，早点儿回去休息，养好精神！"

我们齐刷刷地鼓掌欢呼说"好"，于老师笑着先离开了，其他的同学也陆续背着包离开。

我去取书包，听到学妹龚芸说："今天结束得这么早，我们一起出去吃一顿吧，有愿意去的吗？"

我回头，龚芸扫视了一圈剩下的几个同学，最后落了孟超身上。

有个学弟扬声道："去呀！吃火锅还是烧烤？"

他这么一附和，大家就都点头同意一块儿吃一顿，孟超冲我说道："学姐，你也去吧，你不去张听肯定都要吃不下了。"

张听就是刚才说话的那个学弟。

她们笑成一团，张听不好意思地挠了挠头。

我点头道："行啊，我投火锅一票。"

投票表决，如我所愿，火锅获胜。

我们一行六个人也没去远处，就在学校附近的商场里找了一家火锅店。

选好菜，孟超突然和我左手边的张听换了座。他从包里拿出一个盒子，递给我，说道："我刚想起来给你这个衣服，昨天就到了，我老是忙，忘了给你。"

我接过，说了一声"谢谢"。

我右手边的龚芸凑近，半开玩笑地说："学长给学姐什么东西呀？定情信物吗？"

我笑说："不是的，是明天主持的服装，孟超负责买，现在才想起来给我。"

龚芸这才"哦"了一声，然后又问道："服装是什么样的？能打开看看吗？是那种长裙礼服吗？"

火锅店里都是油烟味，新衣服不好在这里打开，可我还没说出拒绝的话，手中的盒子就被龚芸她们三个小姐妹拿过去，兴致勃勃地打开来瞧。

我坐在那儿，看到红油锅底沸腾升起的大片氤氲热气，默默叹了口气。

龚芸将衣服打开，是一件浅蓝色的制服裙，这种衣服一眼望去，就自带着青春气息。

孟超不知为何突然站起来，用力地将衣服拿了过去。我隔在中间，身体往后靠了靠，只听到'啪嗒'一声，随后龚芸惊叫了一声。我看过去，裙子掉在了地上，我那一碟调好的酱料正好打翻在裙子上，浸染出了一片红油。

孟超连忙捡起来，对我说道："我去找服务员要洗洁精，我拿去洗手间洗，应该不耽误明天你穿。"

龚芸在一旁道着歉说："对不起，对不起，都怪我……"

孟超说："也怪我粗心大意的。"

我连忙阻止两位的道歉，拿过衣服，站起身笑道："没事，没事，洗干净晾一晚上就干了，快点儿吃火锅吧，待会儿锅底都烧干了。"

有服务员过来拖地，将打翻的东西给清理掉。我去找别的服务员要了洗洁精，去洗手台洗着油渍。

孟超还是跟了过来，拿过湿巾也清理着那片油渍。他低声说："对不起呀，学姐，好好的新衣服成这样了。"

我无所谓道："没事呀，就明天穿一次而已，而且这也能洗干净。"

然而没我想的容易，那衣服的布料沾上油渍不太好清理，虽说洗干净了一点儿，可还是晕染开了一团红印子。

孟超又去问服务员有没有洗衣液，服务员摇了摇头。

龚芸此时走了过来，看着裙子说道："洗不掉了吗？"

折腾半天，裙子已经全湿了。

我说道："肯定能洗掉的，我回去用洗衣液使劲儿搓就行。"

孟超点点头，又说："洗了晾一晚上有可能不会干吧？宿舍也不能用吹风机的。"

吹风机功率太大，一用整栋宿舍楼就停电，还会被抓记过。

我正想着，龚芸立刻提议道："给我吧，我不住寝室，带回家洗，然后烘干，明天给你带回来。反正也是我的错，我将功补过！"

这样挺好，我也乐得自在，便将裙子给她："那就麻烦你了。"

孟超也总算舒了一口气，对龚芸说道："谢谢你呀。"

龚芸看着他，笑得有些腼腆。

我们回到座位继续吃火锅，气氛很欢愉。

吃到一半，就听到一个女人叫我的名字："陈否否。"

我看过去，竟然是张璋。

即便是在这个嘈杂且烟雾缭绕的火锅店，她也像是一根豆芽菜那样清爽，还带着几分优雅。

张璋冲我微笑，说道："真是巧哇。"

我客气地向她打招呼："张小姐好，的确是很巧。"

张璋说："嗯，你慢吃吧，我先走了。"

我说："嗯，好。"

真是多余的对话，我心里吐槽着，何必上来跟我打招呼呢？我和她不仅不熟，还算是敌人。

张璋一走，一个学妹就说："是个美女呀，果然美女认识的都是美女。"

我干笑，扯了学校的话题，将张璋给盖了过去。

吃完火锅的时候都快九点了，喊了服务员结账，服务员却过来说道："你们这桌已经结过了。"

龚芸看着孟超说："学长这么大方的吗？每人多少钱哪？我们每人把钱转给你。"

孟超耸耸肩，说道："不是我结的呀。"

服务员说："是那个美女，走之前来你们这桌打过招呼，说是向一个姓陈的妹妹赔礼道歉。"

这下可好，学弟学妹们向我投来疑惑好奇的目光。

我硬是挤出最自然的笑，说道："哈哈，行吧，那我们走吧。"

我走得极快，就是为了防止学弟学妹跟上来问我问题。我吃得太饱了，脑子转不过来，实在想不出来什么借口。

其实我可以编，说张璋是我表姐，抢我偶像演唱会门票欠了我的，又或者是说她曾经开车撞过我，总是对我很抱歉才这么客气的……

但我就是说不出口。我讨厌张璋，以至于我连编谎话都编不出口。

快步走了一会儿，我回头。他们五人落后很远，隔了一个红绿灯路口，有说有笑的。

我转了个弯，到了我走了很多次的北门，每次晚上出去见宋玉，我都从这里走。

进了北门，一般走主干道就行，若想走最近的路，可以选择穿过一片幽静的小树林。小树林里有好几条交叉的小道，还有几张长木椅，面积很大，却只有零星几盏路灯。那灯泡偷懒，根本就照不亮多远，一到晚上就没几个人走这条路。

学校真抠门，我心里骂着。这晚的月色也黯淡，根本看不清路，我走得缓慢，隐约看到前方一张长木椅上有一个男人的身影。

我走上前，打开手机电筒，晃了几下，让光源在他脸上乱照。

宋玉眯起眼，闷声笑，一把拉过我坐在他腿上，将手机夺走，迅速关了手电筒。

我这半个月都在想，要是再见到宋玉一定要作一作。可此刻，我却像是顺了毛的猫，享受地坐在他的怀里，搂着他的腰，脑袋搁在他的肩膀上，只会小声叫唤："玉哥哥。"

宋玉温温柔柔地"嗯"了一声，秋夜的风很凉，我抱紧他，很温暖。

我低声说："我好想你的。"

我明显感觉到宋玉胸膛处的起伏停滞了一拍。

我笑了笑，半松开他的腰身，直起腰，正视他揶揄道："啊，玉哥哥这样就害羞啦？"

宋玉的那双眸子亮亮的。借着远处微弱的光，我看到他那张俊秀的脸上是淡定的笑。他嘴角微扬着说："但是一闻到你身上的火锅味，立刻就平静了。"

我不作声。

宋玉继续调侃："你还喝了酸奶对不对？吃火锅配酸奶……我们要不要找个离洗手间近一点儿的地方，不然我有点儿担心你的肠胃。"

我有些无语。

我立刻从他身上下来，站在一边，不开心地说道："给我这个美少女一点儿面子好不好？"

宋玉仰头看着我，眼神宠溺，他说："我又没嫌弃你。"

我说："怎么没嫌弃了，不是嫌我刚抱你的时候气味不好闻吗……"

我越说声音越小，我哪儿知道宋玉今天会来找我，我刚吃完火锅就想回宿舍洗澡休息，也没用漱口水和香水遮掩一下味道。

宋玉站起身，来拉我的手，我甩开，他继续来拉，这次我没甩开，但垂着头不看他。

宋玉上前搂住我，然后突然就亲上了我的嘴，我要推开他，他力气大，我推不开，怎么那胸膛就跟墙壁一样硬实呢，这个吻真是接得不太体面。宋玉最后松开我，笑道："还说我嫌弃你吗？"

我捂着嘴，传出来的声音闷闷的："我嫌弃你！老流氓！"

宋玉说："我这就流氓了？"

我俩对视了两秒，随后搂在一起笑。

宋玉拉我上了他的车，我以为是随便聊聊天，就可以回宿舍了，可他不由分说就将车子启动了。我看了一眼时间，问道："你带我去哪儿？"

宋玉说："去就知道了。"

车子竟然开到了皇族，我下了车，皇族会所的招牌五光十色的，很闪亮。

宋玉见我驻足，问道："怎么了？"

我板着脸，狐疑地眯起眼："你该不会是……"

宋玉神色困惑。

我往后退了两步，警觉地看着他，冷声说道："宋玉，你是不是蓄意接近我，跟我谈恋爱，现在时机成熟了，你要把我献给哪个大佬？"

宋玉愣了，歪了歪头，好半天才感慨道："否否，你的防范意识很强啊。"

他这话说的……我背着包就要跑。

宋玉拽住我的书包，无奈地笑说："我是在表扬你，你这样很好，不会被骗。"

我回过头，宋玉一如既往温柔的面容也无法安抚我紧绷的神经。

宋玉没见过我这样，上前轻轻按住我的肩，轻声说道："否否，我只是想给你拿套裙子，你明天就要穿，我只想到蕊总这里有现成的，而且有很多款式，想让你随便挑，倒是没想到把你给吓到了。"

我说："我明天要穿的已经准备好了。"

宋玉眉眼弯了弯，笑道："晚上在火锅店，不是弄脏了吗？"

我忙又往后退了一步，质问道："你怎么知道？你该不会是找人监视我吧？"

宋玉的表情很复杂，我能看出其中掺杂的落寞。但随后，他还是柔声说："我没有，我怎么可能那么做？是张璋说的，她今晚在火锅店碰到你了。"

我问道："她特意跟你说我的衣服弄脏了？这么无聊？"

宋玉的喉结上下动了动，我猜到他在骗我，立刻逼问道："张璋怎么凑巧在我学校附近吃火锅？你怎么就今天晚上来找我？你该不会从头到尾都在骗我吧？"

我脑子里的阴谋论立刻就串起来了。

宋玉眼眸闪了闪，笑意也总算冷了下来。风吹着他的头发和衣摆，让他此刻看起来像是风中摇晃的白杨树。

宋玉从口袋里掏出手机，将他和张璋的聊天记录放在我面前，淡淡地说："你自己看。"

我仔细看了过去，张璋在晚上七点多给宋玉发了好几张照片，都是我和孟超凑在一块儿洗裙子的样子，我手里拿着那条浅蓝色的裙子，很显眼。

张璋随后补了一句："你女朋友和小帅哥在洗手间关系很亲密嘛。"

宋玉给她打了个微信电话，通话时长只有不到一分钟。

我浑身僵硬，颤抖着将手机还给宋玉。

我知道张璋在跟宋玉暗示什么，她不仅很坏，还很放肆，她明知道只要宋玉问我，就知道她是胡说八道，可她还要这么说。

我抬眼看着宋玉，咬牙切齿地说道："她瞎说，我和我学弟学妹们吃火锅，那衣服是被红油给弄脏了，我才在那儿洗的。"

宋玉说："嗯。"

他低头看了一眼手机，又说："张璋来你学校附近的确不是偶然，她开车跟踪我过来的。我在你们学校等了你好几个小时，她估计是饿了，去火锅店时碰到了你。"

宋玉的解释让我羞愧极了。他此刻态度还好，却不热切了，语气都冷淡了下来。我知道我刚才的反应，让他生气了。

我立刻服软，说道："对不起，对不起，玉哥哥对不起，我刚才怀疑你是坏人，我就是最近电视剧看多了走火入魔了。你知道我们女孩子出门在外，上个电梯碰到有人跟我同楼层都害怕的。"

我噼里啪啦地说着，宋玉一直面无表情地看着我，最后神情松缓下来，说道："那现在你还跟我进去吗？"

我笑容灿烂："不进去。"

宋玉捏了捏我的脸，说道："很好，陈否否，态度坚决，你以后怎么都不会吃亏了。"

他将车门打开："你在车里等我，我去给你拿衣服。"

我乖乖地上车，说道："要浅蓝色的。"

虽说龚芸将脏了的裙子带回去洗了，可为防万一，现在有机会多准备一套，那还是要准备的。

宋玉点点头，转身就进了皇族。我靠在椅背上，长长地舒出一口气。

宋玉给我拿了衣服，丢给我，就上车送我回学校，一句话都没说。连我下车跟他说晚安，他也没回应。

我将给他留的迎新晚会门票给他，他接过去，也只是敷衍地颔首。

我不生气，毕竟是我反应太激烈，他帮我取衣服，送我回来，已经很克制了。

可我也不后悔，以我这短短二十年的所见所闻来说，女人永远不要为了讨好一个男人而将自己陷入未知的险境。不管我和宋玉是什么关系，认识多少年，我多喜欢他，我都不会。

三十日下午一点，所有主持和表演的同学提前在音乐厅集合，确认上场顺序。

我化好妆过去，直接穿了宋玉昨晚给我拿的那套裙子，跟孟超买的那套有点儿不一样，颜色倒差不多。

进了候场区，龚芸找到我，见到我穿着一身崭新的衣服，愣了一下。

她手里还捧着那套衣服，我接过，说道："还是谢谢你呀，我怕这个布料洗不干净，正好我朋友有一套颜色一样的，我就先借来穿了。"

我一边说一边将她洗好的衣服打开，却发现裙子有点儿不对劲儿。

裙子比原先的短了好多，我放在腰腿处比画了一下，这要是穿在身上，走路一摇一摆都能看到内裤。

我看向龚芸，龚芸双手缠绕在一起，一脸纠结地说道："对不起呀，学姐，我昨晚带回去洗，还是洗不掉，我就让我妈给我洗。结果早上起来，发现我妈直接给我改成这么短了，她以为是我的……"

龚芸个子比较矮，她妈直接改短，假如是龚芸穿在身上就算是超短裙。

我尴尬地"哈哈"了两声，依旧笑着说道："没事，我现在不是有备用的穿吗？也没影响到迎新会——你快去准备吧，别放在心上。"

龚芸又道歉说了两句，然后归队去整理妆容了。

我将那套报废的衣服塞进包里，心里憋屈死了。

龚芸可能真的不是故意的，但我已经无法轻易相信任何说辞了。

人要是单纯，就会相信什么都是简单的。然而人心从简单到复杂，是条单行道，无法返程。

迎新会是在下午三点钟开始，我和孟超作为主持人，肯定是最先上场的。

音乐厅已经坐满了，伴随着开场前的流行音乐，我踮起脚尖看向观众席。我给宋玉的票是几排几座，我记得很牢，可那座位是空的。

他没来。

我恍惚了一下。

突然孟超拉了我一下，低声说道："学姐怎么了？我们要上台了。"

我这才反应过来，音乐已经停了，观众席都安静下来了，已经开始了。我迅速调整到最佳状态，拿着话筒上了台。

迎新会一共三个半小时，精彩热闹，我目光所及都是同学们绽放的笑靥，都是发自心底的，他们是真的玩得很开心。

除了我。

我一点儿也不开心，参加了三年迎新晚会，怎么都有些腻了。尤其这天宋玉始终没来。

观众席的同学们都陆续离开，于老师招呼所有参演人员，说道："大家收拾收拾，一会儿一块儿去吃个饭。"

我取过书包，走到老师跟前，低声说道："于老师，这周末我就考试了，我晚上就不去了，我在图书馆预订了座位。"

于老师点头说道："行，那你去吧，没事儿。"

我连眼尾的亮片都没卸掉，就径直去了图书馆。

肚子饿得很，我没去自习区，而是先去了一楼的咖啡馆。这里人不多，又不是备考月，所以还算清静。

我点了一份可颂、一杯香草拿铁，孟超就发消息问道："学姐不来聚餐吗？于老师请客的。"

我回道："不去了，来图书馆了，你们吃吧。"

我划到宋玉的微信上，他今天不仅没来，连个借口都没找来敷衍我。

假如我不问他，他也不来找我，这么冷下去就肯定要生分。

我将这天有人拍的我的主持照片，还有最后大家的大合照发了朋友圈，然后又单独发给了宋玉，说道："好看不？没来看这么好看的我，你损失可大了，哼！"

等了两分钟，他都没回，我想着，宋玉估计是真的有事在忙。

我学了半个小时，始终有些心不在焉。

我又打开手机，发过的朋友圈动态已经有了三十多个点赞评论了，点进去一看，其中居然有宋玉。

宋玉给我点了赞，就在十分钟之前。可他还是没回我微信。

宋玉心思那么细，不会是不小心，只会是故意的。他成心要让我不舒服，好的，他成功地做到了。

他轻描淡写，不说一字一句，这样的态度让我有点儿伤心，也有点儿懊恼。

我回到宿舍，乔华也在，她最近除了上课就是在宿舍待着，好像都没去约会。

乔华在看小甜剧，我说道："乔华，准考证可以打印了，你在哪个考场啊？我在十中。"

乔华说："哦，知道了，我等会儿看一下。"

她最近对我视而不见，我主动跟她说话，她才会回一句。

已经过去半个月了，我那天对她所说的一切，她该消化也消化透了。看来她心里始终介意，所以选择了和我这样的相处模式。

我肯定有点儿难过的，但也没关系。

教资考试的那天特别冷，上午的时候还有点儿阳光，下午从考场出来的时候，就已经狂风大作了。我裹紧身上的针织衫，走出十中，去公交站等公交回学校。

我没想到朱蕊会微信找我，她问我："妹妹现在方便吗？"

我回她："有什么事吗？"

朱蕊直接一个电话过来了，我接通。朱蕊的声音悦耳极了，她说："宋总前几天来皇族拿衣服，我还笑话他现在情趣降级了，随后看到你的朋友圈，才知道是给你穿着用的。"

我立刻说道："哦，那衣服我穿过就洗干净了，我明天就给蕊姐寄过去，这两天准备考试给忙忘了。"

朱蕊笑了起来，说道："我哪有这么小气呀，不用还，不用还，你留着穿吧。我就是想问问你，什么时候来皇族玩，我请你唱歌，你叫上朋友同学一块儿，吃的喝的都免费。你是宋总的表侄女，我总该表表心意。"

朱蕊的心思我很清楚，她信了我上次胡诌说的宋玉是我表叔，所以想要借我跟宋玉拉近关系。

宋玉这女人缘，啧，这么多女人为他花尽心思要追他。

我想了想，答应了，不用她开口提，我就送了她一个心愿："好哇，那我问问同学有没有要去玩儿的。蕊姐叫上我表叔呀，不然回头我妈查我回没回寝室，还是得靠表叔给我打掩护。"

朱蕊说："好，我给你留个贵宾包间，你叫同学，我去叫宋总过来。"

我能听出她是真开心，一时之间我都觉得两个月前，那个冷静成熟的女人不是她。

挂了电话，我还有些心虚。我并不是顺水推舟，我只是想让朱蕊替我联系宋玉，这样我不处于下风，他不来我也不丢面子。

只是还是犯了难，找哪些同学去撑场子呢？

我划拉着列表，最后选了孟超，孟超他人缘好，男生女生都能招呼来一堆人。

孟超自然乐意，他正在寝室无聊地看恐怖片，他说："学姐具体要几个人？你不说个准儿，我能把我们班的都叫过去。"

我说："五六个就行了，哎，对了，你问问龚芸来不来？"

龚芸喜欢孟超，顺便给他俩制造个约会机会。

孟超说："好，我问问。"

我说："你们直接过去就行，我先过去等你们。"

从十中过去挺近的，我坐上公交车，在车上顺便涂了个口红。

我的脸本就属于浓颜系，眉毛遗传了我妈，细长又浓密，根本不用画眉，我皮肤好还白，大一的时候，常会有同学怀疑我是化了裸妆。

我对口红不是很喜欢，总觉得粘在嘴唇上不舒服，喝水吃东西都碍事，还不时要补，所以我就只买了这一根，雅诗兰黛枫叶红的色号。

我涂好口红，整个人立刻显得艳丽了些。宋玉可真有福气，我平时可从没捯饬过这张脸。

到了皇族大厅，前台记得我，但是态度却和上回完全不一样，她笑着说道："陈小姐稍等，我给蕊总打个电话。"

两分钟以后，朱蕊从电梯里出来，冲我走了过来，说道："怎么就你一个呀？没叫朋友吗？"

我说："他们在路上呢，我从考场直接过来的。"

朱蕊拉过我，亲切地带我进电梯，说道："行，让你朋友来的时候跟前台说一声就行，直接带他们上来。你们玩到几点都行，我这有房间给你们睡。"

我说："谢谢蕊姐，我表叔呢？他过来吗？"

朱蕊说："给他打了电话说了，他说看情况，不一定几点过来呢。你玩你的，你妈要是真查寝，宋总心里有数，会帮你圆的。"

我干笑，心里却苦得很。我都找上朱蕊了，他要是今天还不来，那以后我都不找他了。

到了包间，特别大，就我一个，还真是有些空旷。

有服务员过来送吃的，还有很多饮料，朱蕊说："你们还是学生，就算成年了我也不敢给酒，你们就喝饮料算了，别说我小气呀。"

我笑道："怎么会觉得蕊姐小气呢？蕊姐这是细心，我那些同学也没有爱喝酒的。"

朱蕊撩了一下头发，又说："要是吃的喝的不够，打电话让服务员送就行，我先走了，还有别的事儿，你在这儿先玩。"

我点点头，冲她挥手。门一关，耳边寂静了，都有些不习惯。

桌上摆得满满当当的都是饮料和零食，还有果盘，可我现在饿得就想吃蛋炒饭。这个会所里肯定有餐厅厨房能做，于是我打了电话给服务部，说道："有蛋炒饭吗？"

那边愣了愣，说道："有的，还需要其他的吗？"

还真有哇，于是我的胃口又变大了，问道："有炒花甲和小龙虾吗？辣子鸡呢？臭豆腐？或者来一锅牛肉也行。"

服务员说道："都可以做，不过要慢一点儿，最少也要半个小时。"

半个小时，那差不多孟超他们就来了，我干脆就又多点了一些。

最后我说："也不用急，我等着就行。"

我不太爱唱歌，就坐在沙发上玩手机。

突然门开了，我以为是我点的饭菜送来了，一抬头，见到那熟悉的男人站在门口，穿着黑色卫衣和牛仔裤，散漫又清俊。

我一撇嘴，很委屈地说道："我今天自己进来了，沾了你的光，玉哥哥还生气吗？"

宋玉走过来，站在我面前，淡淡地说："表叔怎么能生表侄女的气呢，长辈不跟小辈计较。"阴阳怪气的，真难伺候。

我说："跟蕊姐这么说，是你同意了的呀。"

宋玉说："我同不同意也没那么重要，你主意大得很，说什么做什么都跩得很，我能左右你什么呢？我只要守好自己的本分就行了。"

我一时没反应过来。

这才几天，宋玉怎么进化成怨妇似的？

我拉他的手摇着，诉苦道："我这两天备考都学不进去，今天刚考完试就想你，又不好意思，就只好找到蕊姐。我难过得都吃不下东西，今天又饿又冷，你都不心疼我的。玉哥哥，你别再生那天的气了好不好嘛，我就只有你了。"

宋玉听完，面色缓和了点儿，没那么阴冷了。他刚要说什么，门又被打开了，我立刻松开拉住宋玉的手。

服务员带着孟超一行人走了进来，孟超扬声说道："学姐，人我都给你带来了，要嫌人不够，我还能给你找！"

他带了五个男生一个女生，女生是龚芸。她兴奋地说道："这里好漂亮！学姐下次来玩也带我！我叫上我姐妹！"

宋玉凉凉地瞟了我一眼。

他们走进来后，紧接着有服务员推着餐车进来了，一盘一盘地摆在餐桌上，还带报菜名的："麻辣牛肉锅，辣子鸡丁，毛血旺，香辣蟹，爆炒花甲，麻辣小龙虾，干锅土豆片，酸辣包菜，小炒空心菜，臭豆腐和烤猪蹄，最后还有这一锅蛋炒饭——齐了，陈小姐请慢用。"

宋玉缓缓看向我，抿了抿唇，努力压抑着气愤的笑，不知是笑他自己还是在笑话我。他咬牙切齿地问道："这叫难过得吃不下东西？"

我不知道如何回答。

Chapter 06

我们都开始变得贪心了

孟超和龚芸等人好奇地看着我和宋玉。

宋玉转身就走。

我对孟超说道："干站着干吗？你们先吃，给你们点的。"说完我就跟着宋玉出了包间。

我也顾不上可能会碰到朱蕊，便上前挽住他的手臂，笑道："我还以为你今天不会来了。"

宋玉没有撇开我，只是无奈地瞥了我一眼，投降似的叹了口气，然后另一只手从口袋里掏出一块巧克力递给我说："头还晕吗？"

我将巧克力打开塞到嘴里，笑着说："看见你就不晕了。"

宋玉径直带我来到走廊尽头的一个包间，他刷了卡直接就进去了，里面比朱蕊给我开的那个高级包间还要大，且装修更豪华精致，灯光反射在地板上的镜面玻璃上，亮堂又迷幻。

宋玉打电话要人送吃的，我凑过去，冲着他得意地摇头晃脑，笑道："我就知道玉哥哥心疼我。"

宋玉坐在沙发上，调了个电影频道出来，说道："考完试了？"

我热情地依偎着他，像个狗皮膏药贴着他，并说道："嗯，我要是过了，你给我什么奖励？"

宋玉睨了我一眼，说道："你想要什么？"

我试探他说："要你不许再跟张璋联系，如何？"

宋玉明显愣住了，眼神复杂，神情讳莫如深，过了一会儿才沉声说道："你要的奖励就是这个？"

他这样问，我反而不敢说是。我很紧张，怕宋玉跟我翻脸。我是不是有些太放肆了？竟然蓄意挑战我与他之间始终存在的禁区。

许是我不太会掩藏害怕的情绪，宋玉看出来了。他伸手捏了捏我的脸，笑道："怎么这副表情？我很吓人？"

我嘟囔道："刚才的确有些凶……"

宋玉说："我改，回头对着镜子练习表情管理，可不能再吓到我们否否了。"

我注视着他，心里拿定了主意，说道："玉哥哥，我要的那个奖励，你到底给不给呢？"

宋玉颔首道："给，当然给，否否要的我肯定给。"

我没想到宋玉会爽快地答应，问："真的吗？你舍得？"

宋玉说："你就这么不相信我？上回不相信我的为人，现在都不相信我说的话了。"

他颇幽怨地看着我，又说："否否，你太伤我心了。"

我立刻哄着他说："我相信你，不相信你跟你谈什么恋爱呀？谈恋爱不都要磨合一下吗？玉哥哥别伤心，我给你唱歌？《伤心太平洋》？《男人哭吧不是罪》？"

宋玉说："陈否否，嘲讽是门艺术的话，那你就是个艺术家。"

我坏笑，上前捧着他的脸，亲了亲，问道："那现在还伤心吗？"

宋玉唇角勾起，搂住我的腰，说道："不敢伤心了，不想听你唱歌。"

他又问："否否很讨厌张璋？"

我顺势埋到他怀里，闻着他身上熟悉淡雅的雪松香，缓缓说道："当然讨厌，她怎么可以那么侮辱我。"

宋玉抚顺我的头发，说道："别往心里去。"

我说："假如她不是发给你，而是发在网上，带上我学校的话题，随口造谣，我和我同学怎么解释？就算打官司打赢了，又有多少人会信呢？我怎么可能当成小事给忘了呢？"

宋玉轻声安抚我道："是，你说得对，我已经警告过她了，她以后不会了，你放心。"

我很想骂她，论骂人我陈否否可厉害了，但在一个男人面前说另一个女人的坏话，说多了会适得其反，于是我停止了对张璋的控诉。

我起身去了趟洗手间，出来的时候，服务员已经来送饭菜了，正好朱蕊也来了。我冲她笑，打量着她的一身红色低胸开衩裙，心里很是震惊。

这……会不会有点儿太刻意了？朱蕊追男人都这样的？

宋玉坐在餐桌前，说道："蕊总吃过了吗？一起吃点儿吧。"

宋玉点的也都是一些炒菜，都是我平时跟他去餐厅会点的。

朱蕊自然不会推辞，落了座，说道："宋总来了多久了？都不跟我打个招呼，显得我待客不周了。"

我坐在一旁，拿起筷子默默开吃，但耳朵却支棱起来，不想漏听一句话。

宋玉笑道："也就刚到，找否否过来问问她最近怎么样，还没来得及跟蕊总打招呼。"

宋玉给朱蕊倒了一杯葡萄酒，然后递给我一排 AD 钙奶。

我默默接过来。

朱蕊乐呵呵瞧着我说道："看来你这位表叔还把你当小孩子呢。"

宋玉说："她就是小孩儿。"

我呵呵一笑，将一排四瓶饮料都插上吸管，然后喝了起来。我偷偷朝着宋玉白了一眼，他嘴角上翘，看来扮演我表叔玩得很开心。

朱蕊说："前一阵子付总来我这儿玩，我说起宋总你，付总还跟我冷脸了，宋总和付总闹矛盾了？"

宋玉轻描淡写地说："不是什么矛盾，只是当不成朋友了。"

我啃着排骨，心里还挺惊讶。我印象里，男生之间打一架，之后也就当没那回事了，没想到宋玉和付深直接断了。

朱蕊面上迟疑了一下，还想继续问，宋玉便温声说："蕊总以后见到付深，也别提我了，省得他迁怒于你，找你不痛快。"

朱蕊很感动的样子，说道："嗯，明白。"

我有些腹诽，宋玉这是不想付深说多了，把我给说出来了，看来这表叔侄女的游戏，他还想继续玩下去。

我吃了个半饱，微信总响，拿过一看，是孟超发来的，问我什么时候回去一块儿玩儿。

我立刻回他："我现在就过去。"

反正朱蕊在这，我和宋玉也说不了什么。

我擦了擦嘴，跟宋玉和朱蕊说先去找朋友玩了。宋玉只是"嗯"了一声，朱蕊想起来什么，说道："我原本过来的时候去那边找你，那个叫孟超的男生，还问我你去哪儿了，挺担心你的，是不是在追你呀？"

朱蕊看向宋玉，打趣道："还把你家否否当小孩呢，都要被小帅哥哄跑了吧？宋总忙归忙，也要提前替否否爸妈把把关哪。"

宋玉投来玩味的视线，我捧着 AD 钙奶咬着吸管，幻想着是在咬着朱蕊的脑袋。

我连忙溜了。

我推开包间的门，里面的声音简直震耳欲聋，孟超带来的几个哥们在那唱《我的好兄弟》，那哪儿是唱歌，就是比谁嗓门大。

倒是孟超和龚芸还坐在另一边的沙发上，正窃语着什么。龚芸抬眼见到我，连忙说道："学姐，你去哪儿了？你不在，我们在这吃吃喝喝的都不好意思。"

我说："去和老板娘打个招呼，毕竟她请客。"

我坐下来，孟超给我倒了杯柠檬水，问道："刚才那个男的是谁呀？看起来不像学生。"

我说："我远房表叔，他跟这里的老板娘是朋友，要不然你以为老板娘为什么能给我免单？"

孟超欲言又止地看着我，龚芸此刻又问他一些选修课的事情，他也就没跟我说什么。

我靠着沙发昏昏欲睡。这天的主要目的就是见到宋玉，此刻任务完成了，也就提不起来什么劲儿玩儿了。而且我昨晚背书背得很晚，根本没睡好，现在困得眼皮都撑不住。

也不知道睡了多久，就被人轻轻地摇醒了，我睁开眼，龚芸笑着对我说："学姐，你表叔来接你了。"

我立刻清醒了，包间内安静一片，大家都准备要走了。我偏过头一看，宋玉正双手抱胸站在一旁俯视着我，淡淡地说道："在哪儿都能睡着，也不怕被人卖了。"

我暗暗叹了口气，一个大男人怎么这么记仇呢？

我拎起书包，顺便看了一眼时间，也才九点半，回学校还来得及。

孟超说："学姐也回学校吗？"

我瞟了一眼宋玉的脸色，然后说道："不回了，我去我表叔那儿。"

孟超狐疑地看着宋玉。宋玉冲他眯着眼和气地笑笑，还说道："我帮你们叫了两辆车，在楼下等着呢，谢谢你们今天来陪否玩。"

孟超在学校里挺拔有型很耀眼。可人就怕比较，宋玉站在他面前，他就显得气场很弱，青涩得很，还带着男大学生特有的躁动感。

孟超笑了笑，说道："谢谢哥，那我们走了。"

他带着一行人走了，龚芸还冲我挥了挥手。

只剩下我和宋玉，我背好书包，宋玉说："蕊总给你留了房，你是在这儿过夜，还是去我那儿？"

我笑道："那当然是去你那儿了。"

宋玉抿抿唇，露出满意的笑。

朱蕊送我们到门口才走，我看出来她真的很喜欢宋玉，眼神一直离不开宋玉，柔光中带着潋滟，灯光下更是性感柔美。宋玉却当没那回事，应付了她两句就开车带我走了。

临走前，朱蕊还热情地跟我说："否否，要记得经常过来玩。"

我嘻嘻哈哈地应着。

宋玉开着车，我挑了一首音乐播放，伴随着轻柔的音乐，我问道："我能问你关于朱蕊的事情吗？"

宋玉柔声说："有进步了，知道开口问我了。"

我轻哼一声，倒豆子一样地问道："你认识她多久啦？怎么认识的？关系到了什么程度？"

宋玉将音乐的音量调小了一点儿，然后缓缓说道："认识有三四年了吧，以前皇族的老板不是朱蕊，是她男朋友闫老板，我和闫老板很熟，一来二去的也和朱蕊很熟了。后来……闫老板和她分手去南方了，走之前把皇族送给朱蕊了，这些年谈生意约朋友大多是来皇族，我这样的老客户，朱蕊当然要很热情，关系就到这个程度。"

宋玉意味深长地瞥了我一眼，继续说："至于你说的朱蕊在追我，我倒是没看出来，也没想到否否这么在乎我俩的关系。"

我扬声就反驳："我在乎你们？我只是怕你不老实，到时候你那些追求者，尤其张璋，不怀好意针对蕊姐，蕊姐多好哇，还请我吃饭，我可不想蕊姐受欺负。"

我说得振振有词，宋玉不置可否，笑了起来。他知道我在掩饰，却也没拆穿我。

我之后回想起来，才发现我那些关于朱蕊的问题，宋玉并没有全部回答。

已经两个月没来宋玉的顶楼大平层了，什么都没变化，只是我闻到了淡淡的桂花香。

我看到落地窗前多出来个花架，上面放着两盆桂花盆栽，养得挺好，枝叶茂密，花朵一簇簇开得很好，离得近就更香了。

我闻着桂花，说道："等以后我毕业了，有自己的房子了，我要养一阳台的花花草草，到时候玉哥哥你把这两盆桂花送我吧。"

宋玉笑道："我倒是想送，只是这两盆花怕是熬不到你买房的那一天。"

我瞪了他一眼："这么瞧不起我？"

宋玉说："我只是陈述事实，不过要是你毕业后愿意住在我这儿，这两盆桂花不用搬家就是你的了。"

我大脑一时空白，这……算是宋玉在邀请我吗？

不待我做出什么反应，宋玉就伸手在我额头上弹了一下，笑道："今晚怎么了，这么容易受到惊吓？"

我给自己找补，说道："玉哥哥你要知道，睡得少就容易神经衰弱，我这都好几晚只睡五个小时，能不一惊一乍的吗？"

宋玉声音轻柔地说道："那快点儿去洗漱睡觉吧，明天周日，可以好好睡个懒觉。"

我点点头，抱了他一下，又踮脚亲了他一下，软声说："玉哥哥晚安。"

也许是我在皇族打了会儿盹的原因，我躺在床上却睡不着了，闭着眼不断回想着刚才宋玉的话。

我知道宋玉只是试探我，可我疑惑的是：他想要的是什么呢？

深夜总是会让我的大脑浮起很多黯黑的猜测，以至于做梦了。梦中我和宋玉住在城堡里，宋玉冲我温柔地笑，他递给我一串钥匙，让我看好家，这是家里所有房间的钥匙，只是其中有一间房间千万不要打开。

他说完就出远门了。

好奇害死猫，我还是将那个房间打开了，里面挂着好几个女人的尸体，我大声尖叫，钥匙掉了，沾上了血迹。

我隐约听到宋玉在叫我的名字："陈否否？"

我立刻就吓醒了，一睁眼，宋玉那张英俊的脸就放大在我面前。我想也不想地就伸手抓他的脸。

宋玉反应快，抓住我的手，沉声问道："梦到什么了，这么恨我？"

我喘着气，这才感觉到睡衣都湿了，沾在身上很不舒服，那都是梦中吓出来的汗。

我平静下来，说道："没什么。"

宋玉拧着眉。

我哈哈笑了起来，说："我梦到我正在高考，我明明是文科生却做的是理科题，那个物理都看不懂，然后就急哭了。"

宋玉说："那你干吗要打我？"

我说："因为监考老师是你，你不告诉我答案。"

他被我这荒诞的梦给逗笑了，摇着头说："那我肯定不是故意的，因为我物理也很差。"

我看了一眼窗外，天还没亮，透明的玻璃窗反射着我和宋玉的身影。

宋玉说："才四点半，我听到你在喊我，看到你梦魇了，就把你给叫醒了。"

宋玉伸手抚着我的背脊，轻声问："没睡好吧？继续睡吧，我守着你，不会再做噩梦了。"

我却不困了，直勾勾地盯着宋玉发了一会儿呆。他穿着黑色的真丝睡衣，睡衣的第一粒扣子扣得很严实，头发蓬松还有些凌乱，额头被碎发遮住了，比起平日里的精神十足，此刻却显露出少见的疲倦，也更有着一股子真实的暖意。

我还是忍不住去想刚才做的梦，我们学文学的，很会解析文学作品里作家描写的一个个或荒谬或迷醉的梦境，所以我很清楚，我对宋玉有惧意。

怎么可能呢？我明明那么喜欢他，比当初喜欢段涯还要喜欢，可是我喜欢段涯的时候，我一点儿都不害怕段涯，而现在我却害怕宋玉。

我所有的负面情绪都涌上来，最后堆积成了眼泪。宋玉不明所以，搂住我，我埋在他怀里，听到他哄着我说："否否别哭，天亮了我陪你学物理，下回做梦就不会做不出来题了。"

我抽噎道："谁要和你学物理？我不学……我最讨厌物理。"

宋玉说："好，那我学，晚上我去做梦，梦到去给你监考，偷偷告诉你答案。"

我的眼泪浸湿了他的睡衣。

宋玉的声音温柔又悦耳，继续说着："否否最近是不是很不开心？是我的不好，是我没怎么陪你，以后不会了。"

我摇着头，一句话也说不出来了，嗓子好像被堵住了。

这是我第一次在宋玉面前哭，一点儿用处都没起到，纯矫情了，我好气我自己。

我哭得迷糊，宋玉把我给哄睡着了。醒来以后是上午九点，外面刮风下雨，天气阴沉，我穿着睡衣不想出卧室，索性将窗帘都拉上，不开灯，缩在被窝里看电影。

宋玉叫了外卖，没喊我去客厅吃，而是端着小木桌放在我面前，也没嫌弃我将汤汁弄到被子上。

吃完了他将碗筷都收拾走，我去卫生间刷牙漱口，镜子里的自己眼睛红肿一圈，嘴唇也没有血色。

我回到被窝里，宋玉走进来，坐在我旁边，和我一起挑电影，最后挑了岩井俊二的《四月物语》。

空灵雀跃的钢琴音乐响起，宋玉却没看电影，而是目光沉沉地注视着我。我歪了一下头，也静静地看着他。

我特别喜欢宋玉不说话看着我的样子。他专注又缱绻的目光，总让我恍惚以为，我是他眼里的珍宝。

宋玉先开了口，声音略喑哑："否否，我有时候觉得你太信任我，可有时候又觉得，你离我很远。"

我说："奇怪了，我也这么觉得。"

我伸出食指按在他的唇上，宋玉的唇软软的。我冲他笑笑，说道：
"宋玉，和你谈恋爱真的挺开心的。"

宋玉唇角上扬："谢谢夸奖。"

我说："我妈以前跟我说，男人把你哄到手之前，和哄到手以后，
会是不一样的两个人。宋玉，你以前对别人，是不是也和现在对我一样？"

宋玉的笑意逐渐变冷，原本属于我们之间的温和的气氛也瞬间变得
冰冷。

我没感受到他的情绪变化，只自顾自地说："我们最近是不是都开
始变得贪心了？宋玉，我特别害怕，我们会变成互相讨厌的样子，我怕
你讨厌我疑神疑鬼，甚至野蛮取闹，我也害怕你不再对我这么温柔细心，
而是敷衍冷漠。"

之后我们陷入了漫长的沉默，耳边只有电影传来的对话和断断续续
的配乐，仿佛我和他也随着电影一起回到我们初识的春日里。

好半天宋玉握住我的手，十指紧扣，他的声音坚定而又轻淡："否
否，不要害怕，时间会证明一切。"

我凑近他，认真地说道："我不想害怕，可我也不想等时间证明了。"

宋玉面容严肃起来。

我不想他误会我的意思，轻笑着说道："我看网上有人说，台风天
最适合睡觉了。现在十一月刮不了台风，但今天雨大风也大，也算台风
天吧。"

宋玉意味深长地睨了我一眼，说道："你还没睡够吗？"

我说："确实不太困——你家里有酒吗？"

宋玉起身，说道："我记得上回有合作商送过两瓶红酒，我去拿。"

我看着他去拿酒，突然发现宋玉的耳朵都红成了一片，我欣慰极了。

宋玉说红酒度数不高，我喝了应当不会醉，但他一定没想到我会对
瓶吹，毫无优雅可言，最终把自己给灌醉了。醉酒的感觉就是神魂都颠倒，

我偏偏也不困，就闹着要跳舞，宋玉陪我跳，我隐隐约约听到他问我："开心吗？"

我说："超级开心，和你在一起我就很开心。"

跳到一半，太热了，宋玉伸手正要开空调，我说不开，爬起来开了一扇窗。雨丝随着冷风吹进来，窗帘被吹得在房间内乱飘，茶几上的花瓶也被吹倒了，再加上一地的衣服被子，一切都乱七八糟。

我喜欢乱七八糟，一贯干净整洁的宋玉也陪着我乱七八糟，我们闹腾的阵地逐渐扩大，也没个规矩，卧室，客厅，厨房，再到浴室。最后我们在宋玉的房间睡了，也不知道是几点。

我醒过来的时候，脑袋很晕，身体酸得很，我伸了一个懒腰想缓解一下酸疼，却发现胳膊都使不上劲儿。

窗外明亮，是白天，我顺便看了一眼墙壁上的时钟，中午十二点。

宋玉此刻推门进来。他穿着米白色的家居服，手里端着一杯水，坐在床边托着我的脑袋让我喝水。

我喝了一大杯，躺回去，还是晕，我说："饿了。"

宋玉将我的手放回到被窝里，温柔地笑着说："阿姨正在做饭，我去给你拿点儿饼干垫一垫好不好？"

我将脸蒙到被窝里，想到昨晚一向冷静自持的我竟然发酒疯，实在是好笑。尤其是醉酒后拉着宋玉比赛看谁吃奥利奥夹心更快，这事儿也就当时不觉得什么，事后却不能想，太让人害羞了。

我只好装作什么也记不得的正经样子，说道："不吃饼干了，吃够了，以后我也不吃了。"

特别是那个夹心，腻得很。

宋玉伸手将被子掀开一点儿，压低声音含着笑说："那就忍一忍，马上就能吃饭了。"

他拉住我的手，我害羞发烫的脸暴露在他的视线内。他清俊的面容上是柔和的笑，眼里的宠溺要挤出温水来。

我躺不下去了，搂着宋玉的脖子，双腿顺势像八爪鱼一样地缠着他，说："我想先泡个澡，我能在浴缸里吃饭吗？"

宋玉说："那不行，缺氧了怎么办？"

我坏笑道："接吻都不缺氧，吃个饭怎么还能缺氧呢？你双标！"

宋玉轻笑，打了一下我的屁股，然后将我抱到浴室里去。

宋玉离开浴室前，我冲他喊："宋玉！我没衣服穿了！"

我现在穿的都是宋玉的 T 恤，当睡裙穿。

宋玉说："阿姨上午就给你洗好烘干了，我给你拿过来了，你出来就能看见。"

我缩在温暖的浴缸里，过了一会儿突然意识到，阿姨上午就来了，肯定是来打扫卫生的，打扫……卫生……

昨晚被我闹得都是一片狼藉，我还是在浴缸里吃饭吧，实在不好意思出去看到阿姨。

宋玉还是很细心，他喊我去吃饭，说道："我已经让阿姨走了。"

我这才穿好衣服出去，外面收拾得干净整洁，像是什么都没发生过的样子。

宋玉见我往客房走，说道："你要干吗？"

我说："找手机呀，不知道放哪儿了。"

宋玉拿起手机，坐在餐桌前，命令道："先吃饭，我再给你手机。"

我乖乖地坐在餐桌前，吃着我喜欢的酒酿圆子。

宋玉说："否否，吃饭别乱动。"

我冲他摇着头笑，在桌子底下继续用脚蹭着他的腿。他没阻止我，也没躲我，由着我这样没个正经地吃完了饭。

吃完饭，我把头发吹干，宋玉也洗好碗了。他上前抱住我，低声问：

"出去走走吗？"

我点头答应。

宋玉没开车，我也不想坐车。一天没出门也没怎么下床，还是走路能接点儿地气，迅速恢复精力。

珠翠华庭这个地段很好，出了小区没多远就有一个高奢商场，宋玉拉着我到处逛。他说我该买几套衣服，以后过来就不会没衣服换了。

我走马观花般瞧瞧，衣服都挺好看的，却也提不起什么兴趣。我挽着他的手臂，贴着他说："我下次来会记得带的。"

宋玉注视着我，说："你自己不挑，回头我给你买，不喜欢别跟我闹。"

我说："不可能，我穿什么都好看，我就没有不喜欢的衣服。"

算是不拒绝。

我们随便逛了一个小时，然后在一楼买了两副墨镜，一人一副。我给他挑，他给我挑。

隔着墨镜，视线里的一切都暗了下来，像是世界的色彩都降低了饱和度，可宋玉还是那么好看。他只站在那儿刷卡，我都觉得他漫不经心的样子也好迷人。

买好东西，我们又回到他家，出门的时候我们把阳台的门打开了，此时屋里太冷了，我打了个哆嗦。

宋玉将玻璃门关上，开了暖气，说："你这衣服太薄了，我去给你拿件我的。"

我跟着他去衣帽间，还不等他拉开衣柜的门，我就把他扑到小沙发上。

宋玉搂着我，长而密的睫毛轻颤，他说："否否，我们还有很长的日子，我又不会跑。"

我说道："我知道你不会跑，可是我只要不跟你闹，我就觉得无聊。"

宋玉伸手握住我的手腕，声音喑哑严肃，说："你该好好休息的。"

我挑眉，成心刺激他："我好得很，倒是你，是你有问题吗？总是让我休息，让我睡觉。"

宋玉不屑地嗤笑，可我看得出来，他没有被激怒。他淡淡地说道："我只是希望你和我在一起，是真的喜欢，而不是为了给我什么。"

我说："给你什么？初吻吗？已经给过了，没得给了。"

宋玉搂着我的腰，坐直了身体，说："否否，你什么都不用给我，你只要继续喜欢我，还在我身边，我就很开心了。"

他轻柔地吻着我的眼角，声音轻轻的，似在敲打着我的心窗："我对你，的确有情欲，可是除却那些，我对你的喜欢，有增无减。我希望你比我开心，比我感到的快乐还要多。"

我现在的确很开心，我觉得宋玉讲甜言蜜语真的太悦耳了。

我对他说："我很开心，我只是想亲近你，你要是嫌我腻歪，那我就走好了。"

我作势要起身，宋玉笑着将我拉回来，他的手掌掐着我的腰。

最后我搂着他，听着他沉闷性感的粗喘声，我跟他说："玉哥哥，我不想走了，我住在这里好不好？"

宋玉吻着我干燥的唇，眉眼舒展，愉悦地笑着说："好，当然好。"

我笑道："不嫌我黏人？"

宋玉伸手抚摸着我的脸，说道："你可以挑战试试。"

我说："那我就试试。"

我们相拥而眠，我希望这是醒不来的梦。

我连续一周都宅在宋玉家里，上完学校的课就回来，于老师有些学生会的事要找我，压根找不到我人，发来消息问我在哪儿，是不是出了什么事。

我回她："没什么，就是我妈家里发洪水了，回家帮忙。"

宋玉看了一眼我撒的谎，意味深长地笑说："那我真是希望这洪水永远也别退。"

于老师知道我在扯谎，却也没有深究，只说："学生会的事虽说有大一新生来做，但你也要盯着点儿。"

我说好，然后倒在宋玉身上，枕着他的腿说道："于老师肯定忙不过来了。"

宋玉说："我明早送你去学校，下午几点下课，我去接你。"

我说："不用，我周一到周三的课都挺满的，我睡宿舍，你别来接我了。"

宋玉说："你不是说舍不得离开我，要住在我这儿吗？"

我呵呵一笑："我这不是担心明天晚上回来又舍不得走了，这样下去怎么得了？"

宋玉莞尔而笑，说道："好，听你的。"

第二天宋玉送我回学校，我先回了趟宿舍。乔华刚洗漱好，看到我愣了一下，眼神晦暗，问道："你去哪儿了？"

我换着衣服，说道："谈恋爱去了。"

我以后会经常几天不回宿舍，倒也没必要撒谎了。

乔华却继续问："和段涯？"

我穿好卫衣和牛仔裤，疑惑地说："疯了吧，我和他谈恋爱？你瞎想什么呢？"

乔华却还是不相信我的样子，呢喃道："那他为什么都不理我了呢？"

我换好鞋子，把书本和笔记放进书包里。我想说没有原因，段涯就是那样的人，你以为是在和他谈恋爱，其实他根本没把你当回事。

我不能跟乔华说得那么直接，只说："要不你主动去找他吧？他大四了肯定忙一些，所以没时间吧。"

乔华这才点点头，但我觉得乔华一定也是猜了个大概，女生在情感中总是会选择自欺欺人。没办法，我们太软弱了，我们爱反省自己，并且很会替别人找理由开脱。

我问乔华去不去上课，乔华摇摇头，说道："不想去。"

于是我一个人去了教室，我踩着铃声进去的，刚坐下，老师就开始点名。

我正要跟乔华说老师点名了，乔华就先给我发来一句："我说我要去找他，他说没空不想见，除非我带你过去，他才有空。"

我回复道："他有病。"

可乔华却说："否否，你帮我一次好不好？我觉得就算他不想跟我谈了，我们也该见一面说清楚的，你就当陪我去分手，好不好？"

我看着手机上乔华发来的文字，一时内心复杂，连老师点我的名字我都没听到，还是后面的同学提醒我。

我这才大声说了一声："到！"

老教授扶了扶眼镜，慈眉善目地说道："我的课不许玩手机。"

我正襟危坐。

等到教授专注地讲课，我也思考好了，给乔华发了消息："好，我陪你去。"

两分钟以后，乔华给我发了地址，说道："晚上六点，哈姆雷特。"

哈姆雷特是个音乐酒吧，我在网上看到过一些本地探店，说这家店很火，因为老板很任性，每晚会请一支独立乐队或者唱作人来演出，顾客都要提前半个月预约。

我不得不怀疑段涯是提前安排好了，就等着我答应乔华过去。

我可能是对于我个人的魅力有些高估了，当我和乔华来到哈姆雷特，进到了山洞一样装修风格的酒吧里时，看到一个女人正和段涯打情骂俏。

这真是个俗套的场面，段涯肯定是故意要让乔华看到这一幕的，乖乖女看到这种场面，肯定不会再痴情于他，直截了当要分手。

乔华也的确是这么做的，她愤恨地看着段涯，说道："我本来想和你好好谈谈的，不过现在不需要了，你不就是想甩了我吗？好哇，现在咱们掰了，是我甩你！不是你甩我！"

乔华转身拉着我就要走，我却说道："你要不在外面等我一会儿？"

乔华"嗯"了一声就出去了。

哈姆雷特的乐队还没到，此刻酒吧里只有舒缓的轻音乐，客人也还只有段涯和他身边的这位——梁昭昭。

梁昭昭的针织衫恰到好处地滑落下来，露出白皙圆润的肩头。她撩了撩大波浪鬈发，看着我，却是对段涯说道："你把我约过来，就是为了见她？"

段涯的身体往后靠着椅背，淡淡地说道："看来你认识。"

段涯锋利的浓眉冲我挑了一下，冷声说道："你该不会也认识她吧？"

我干脆拉了个椅子过来坐下，双手抱胸跷着二郎腿，说道："认不认识都要跟你汇报吗？"

段涯说："她才是宋玉的女朋友，你真以为宋玉是真心喜欢你吗？"

梁昭昭插嘴道："等一下，我们先梳理一下关系，我有点儿晕。"

我说："那是你喝醉了。"

梁昭昭说："陈否否，想不到你也不简单哪，段少该不会是你的备胎吧？"

段涯闷声不悦道："我是她哥！"

我说："他不是，他自封的。"

梁昭昭说："自封的哥哥——那不就是备胎？"

我们三个人鸡同鸭讲了好几分钟，还是没把关系给搞清楚。

最后段涯将桌上的那杯威士忌一饮而尽，我长叹了一口气。

段涯冷着脸，重复道："她是宋玉的女朋友，陈否否你究竟听没听清楚？宋玉不只有她，还有别的女朋友！"

我说："你什么都不清楚，我不需要你提醒我——倒是你利用乔华让我过来，就是要我知道这个，你好幼稚好无聊哇。"

段涯黑着一张脸，恶狠狠地瞪着我："我幼稚？我无聊？"

梁昭昭已经不想继续待下去了，她将针织衫穿好，把肩头裹住，拎起包包，笑着说道："的确有些幼稚，行了，被人耍了一趟也该走了。"

她起身，临走前还问我："陈否否，你蛮厉害的哟，宋总把张璋拉黑了，你怎么做到的？"

我愣了愣，然后勾唇笑，有些挑衅的意味，我说："做他女朋友呗，还能做什么。"

梁昭昭原本云淡风轻的笑被我这句话给击碎，她神色复杂，转身离开，高跟鞋踩在地板上那疾速的声音似乎在替她诉说着嫉妒和不甘。

梁昭昭走了，我也想着赶紧回学校，我饿死了，还没吃晚饭。

段涯随着我起身，一把攥住我的手腕，他力气太大还没轻重，攥得我特别疼。我想甩开他，却怎么也甩不掉，只好大声说："你干吗？"

段涯像是暴怒的野兽，目眦欲裂的样子着实让我心惊。他的声音像是从胸腔中挤出来的一样："你真的跟宋玉在一起了？"

我淡定地说道："在一起了，怎么的？还想听细节呀？"

段涯咬牙道："陈否否！宋玉他在玩弄你的感情！就跟我当初一样的！"

听到这话，我明白段涯为什么这么生气了。我毫不掩饰对他的嘲笑，笑道："你这是酸了对吧？你当初没得到我，居然能耿耿于怀这么久。现在打着是我哥哥的名头，美其名曰为了我好，其实就是想破坏我的恋爱罢了。"

段涯被我的话击中了，他眼眸闪烁着，我们僵持着，连服务员都想要过来劝说，或许是有所顾虑，最终还是没上前。

最后段涯松开我，他冷静了一点儿，说道："这对我不公平，你凭什么喜欢那个男人比喜欢我要多？"

我的天哪，我的世界观都要被眼前这个自大的渣男颠覆了。

段涯继续列举宋玉的不好："他才没有把你当他女朋友，你可以说我花心说我渣，但至少我跟你交往的时候是认真的。他人品也有问题，你知道宋玉怎么发家的吗？他是靠着巴结有钱人，找准机会挣上钱的，才有现在的人模人样。陈否否，哪天他为了利益卖了你，或者是背叛了你，那都是极有可能的事，你怎么可以相信是在和他谈恋爱的？"

我仍镇定着，说道："我一直以为只有女人才会喜欢嚼舌根，没想到你们男的也喜欢干这种事，编人家坏话这招儿太低级了，下次别用了。"

段涯说："你不信我说的？你猜我怎么知道的？我妈说的，我妈和宋玉认识。"

我笑道："段涯，你是不是妈宝男呢？连编宋玉的坏话，都要抬出你妈来才能增加可信度。我反而更不信了。"

我转身往外面走，乔华正抹着眼泪等我。

段涯不甘心地跟在我身后，质问道："你和他才认识多久？你恨我也好，至少你对我是知根知底的吧？你相信他都不相信我？"

乔华红着眼看着段涯和我，问道："怎么了？"

我说："他发疯。"

我不理会段涯，直接招了一辆出租车，和乔华上了车。

段涯又给我打电话，我不知道他怎么知道我的号码的，估计是我爸给他的。

他说："否否，我知道我妈和叔叔的事情伤害到了你，我也知道我以前伤了你，可我现在是真的为你好。你听我的，和宋玉断了，你喜欢他这样的……我给你找还不行吗？我现在是把你当亲妹妹的。"

我一声不吭地挂了他的电话，然后拉黑。

疾驰的出租车内，乔华一直在观察着我，说："否否你怎么了？不要哭……"

我靠在乔华的怀里，低声说："他真是个渣男。"

乔华说："对，他是渣男，我们以后谈恋爱都要小心。"

我们让出租车在学校附近的美食一条街停下来，随便进了一家店吃饭，乔华叫了两瓶啤酒。十一月份初冬的季节啤酒一下肚，五脏六腑都冷得蜷缩了起来。

乔华说起和段涯的这一场稀里糊涂的恋爱，她说："我不知道别人谈恋爱是不是我这样的，每次微信都是我找他，我说一大堆，他就回我几个字。我和他也没约过几次会，去北浮山的那几天，他也玩得不太开心，我以为是我哪里不好，或者说错了什么话，问他他就说没有……说个私密的事吧，他都没亲过我，都是我自作多情吧？"

我心里乱糟糟的，也实在分不出什么心思安慰她，只是说："都结束了，以后会遇到更好的。"

可说出口又觉得这是句废话，甚至说不准是个诅咒。因为我当初也是这么安慰自己的，遇到的宋玉……真的是更好的吗？

乔华还说："当时我感觉到段涯对你有些关注，后来知道你和他的关系还挺复杂的，又是交往过，又是兄妹的，我还很嫉妒你、讨厌你，真是对不起。"

我跟她碰杯，还是那句话："都过去了。"

乔华有些醉意，趴在桌子上啜泣："我就是想谈个普通的恋爱，好难哪。"

的确是有点儿难。

回了宿舍，乔华直接上床睡着了，我坐在书桌前想写点儿日记记录一下，可打开电子笔记又不知道从何写起。

脑子还有些晕晕乎乎，难受得很，我是真的不喜欢啤酒。

宋玉给我发微信："吃过晚饭了吗？"

我回道："吃过了。"

宋玉说："今天你不在，我已经有些不习惯了。"

我说："我也很不习惯。"

宋玉说："否否，你今天不过来，那我去找你好不好？"

我看着空空的文档，还是选择关闭，不写了，有什么好写的，还不如早点儿睡觉。我自然也没有心情理会宋玉，便回他："但是我今天不太想见你。"

过了一分钟，宋玉直接给我打了电话。

我不接，不想和他说话。我现在头太晕了，得睡一觉才能冷静一些，才能和他正常对话。

宋玉紧接着给我发消息："陈否否，你总是这样。"

这下我连消息也不回了。对，我就是这样，不开心就不理人，我很擅长冷暴力。

我洗了个澡，便上床睡觉。我没关灯，反正十二点的时候宿管阿姨也会熄灯的。

蒙眬中听到有人敲门，我起来开门。门外是一个脸生的女同学，她礼貌地问道："陈否否在这儿吗？"

我说："我就是。"

她笑道："那就好，你男朋友找你，在楼下，他说联系不上你，才托我上来叫你的。"

我笑道："谢谢。"

女同学说完便走了，我皱着眉去阳台往下看，耳边是楼上楼下还有旁边宿舍女生们的议论声。

现在十一点半了，宿舍外已经没有人了，所以宋玉以及停在宿舍门口的那辆银色奔驰格外显眼。

他一身灰色风衣，身姿笔直地站在路灯下，一动不动地盯着我这栋宿舍楼的门。

我真是给他脸了，他可真招摇。

宋玉给我打电话，这次我接了。

一开始只有彼此的呼吸声，最后宋玉沉沉地叹了一口气，说道："下来，我带你去吃好吃的，好不好？"

他明明可以冲我发火的，他甚至可以像段涯那样态度恶劣地吼我，质问我凭什么不接电话、不回消息，而不是这样态度温和地哄着我。

我的眼睛痒痒的，哽咽道："不好，我很困，我想睡觉。"

宋玉还是轻柔地说道："那我接你回家睡好不好？我昨天给你买了一台助眠的香薰机，要不要试试？"

我明白过来，他把车开到我宿舍楼下，那表明了，不管怎样，他是一定要带我走的。

于是我对他说："好。"

我换了衣服就下楼，出了宿舍门。宋玉看到我，紧锁的眉头才舒展开来。

宋玉把车开到了最近的一个公园旁，公园为了节能减排，连路灯都没有开，此刻如同城市的一片沼泽地，深不见底的黑。

宋玉将车灯也熄了，解开安全带，问道："今天发生什么了？"

我低着头抠着指甲。我还在犹豫，要不要说，要怎么说。

宋玉也不着急，就沉默着等我开口回答。

我的眼睛适应了黑暗，也总算开了口："碰到梁昭昭了，她说你把张璋拉黑了。"

宋玉问道："那你发什么脾气？你不高兴吗？"

我转过头，看着他，蒙眬中还能看到他侧脸的轮廓。我也能感受到他的热度、他的呼吸，他在我身边。

我说："是高兴的事，可是我也在想，哪天你会不会为了别的女人，这么对我。"

这话还真不假，我真的有一瞬间那么怀疑过。

宋玉拉过我的手，摩挲着我的手背，沉声说："否否，你究竟是对你自己没信心呢，还是压根儿就没信过我？"

我老实说道："我不知道。"

宋玉不说话了，松开我的手。他一动不动，只有胸膛因为呼吸而起伏着。

我解开安全带，然后移动到了他那边，跨坐在他腿上，我穿着又厚又长的棉麻连衣裙，还是能感受到他的体温。

我们四目相视，我小声问："生气了？"

宋玉淡淡地说："我对你，都生不起来气。"

我说："那你干吗不说话了？"

宋玉说："我在反思我自己。"

我问："反思什么？"

宋玉说："我其实……很困惑，否否，我不知道要怎么做，才能让你离我近一点儿。"

我嬉皮笑脸地说："我现在离你还不近吗？就在你怀里。"

宋玉眼下却似乎真的没心情听我开玩笑，只眨了眨眼，平静地说道："你知道我说的不是这个意思。"

好吧，看来他这是打算走心了。

我搂着宋玉的腰缩进他的怀里，他的怀抱真是宽大又舒服，闻着他身上的味道，更是舒心。我突然就舍不得跟他闹别扭了，不该让他伤心的。

我软声说："你有没有想过，其实我是骗你的。我没有不相信你，只是想作一下，让你更在乎我。"

宋玉不置可否地轻笑了一下，说："你现在这句话才是在骗我。"

　　我纳闷："你怎么听出来的？"

　　宋玉说："你聪明得很，你才不会瞎作，你这是在放风筝，扯一下线又松开，我是你手里的风筝。"

　　我缄默。我觉得宋玉说得不对，我才是他手里的风筝。他是不是觉得我在玩他，就像我觉得他在玩我？

　　我没有开口这么问，既然宋玉觉得他是我手里的风筝，那我在这段感情里还算处于上风，我不能暴露。

　　所以我甜甜地冲他笑，还有些得意地说："那我现在不想放了，我收线了，你能别反思了吗？快乐地陪我玩会儿吧。"

　　宋玉弯起眉眼，柔声说："玩什么？你不是困了吗？"

　　我主动亲了亲他。

　　只听到他压低嗓音笑着问："这叫玩？"

　　宋玉低头吻着我的脸颊，寻找着我的唇。他好像是一把火，要把我燃烧。

　　宋玉用极低的声音跟我说："否否害羞的样子很美。"

　　尾音带着迷人的笑意。

　　我脑子嗡的一声，那火势蔓延到了全身，我想，他要把我烧成灰才罢休。

　　第二天，宋玉依旧醒得早，做好早饭叫我起床，我埋在被窝里不起来，宋玉笑说："三好学生不去上课了吗？吃完我送你，还来得及。"

　　我试探着说："嗯……三好学生今天请个假吧？"

　　宋玉说："不行，去上课。"

　　我不耐烦地翻身背对着他，叛逆似的刷手机玩。

　　宋玉说："不起来是吧？那我陪你。"他说完就掀起被子压在我身上，有些凉的手掌在我身上挠痒痒。

　　我叫着："流氓！无赖！"

被子被踢到地板上，我觉得有点儿冷，就双手双脚抱着宋玉。宋玉挑眉，勾唇坏笑道："你再不下床，那今天上午就都别下床了。"

我不服气："那我以后不来了。"

宋玉说："你忍得了？"

我不得不松开了他。

我恹恹地起床去洗漱。如今宋玉的房间已经是我和他的房间了，卫生间里也多了很多女生才用的洗漱用品，甚至连柜子里都有了好几包卫生巾，都是宋玉准备的，我没那个闲心。我感觉到，我在侵入他的世界，宋玉那么有界限感的人，也很欢迎我。

Chapter 07

你受什么
刺激了

下午三点有节课，宋玉送我回的学校。

宋玉说："晚上我来接你。"

我说："不用，我今晚睡宿舍。"

宋玉瞟了我一眼："那不行，你还是在我眼皮子底下，我才安心。"

我不动声色，问道："你都花时间陪我了，不忙工作吗？"

宋玉给我解安全带，笑着说："员工才需要忙工作，我是老板，当然不用。"

我说："真是体现了资本家的傲慢。"

我下了车，冲他挥挥手，转身去教学楼。

两个小时的课，让我有些昏昏欲睡。

五点半下了课，乔华问我要不要去食堂吃饭。我说不用，先回宿舍收拾了一点儿日常用的东西，还有几件厚衣服。宋玉待会儿要来接我。

我给宋玉发消息说我已经下课了，他可以来接我了。宋玉没回复。

我等了几分钟，有些烦躁。看吧，男人秒回这件事，总是分时机的。

我玩了一会儿游戏，宋玉依旧没动静，倒是朱蕊给我打电话了。

朱蕊说："否否，你现在有空吗？"

我迟疑了一下，听出来朱蕊的语气不太好，但还是说道："有空，怎么了？"

朱蕊说："那你来一下皇族吧，段少……就是段涯，他来找宋总，现在和宋总单独在包间里。我看他那样子挺吓人的，还是想让你过来一趟，以防有什么事儿。"

我愣了好半天，才说道："哦，好，我马上过去。"顿了顿又问，"段涯还跟蕊姐你说什么了吗？"

朱蕊说："他也没说什么，就说要跟宋总单独聊聊，你先快过来吧。"

我背起包就出校门打车去皇族。

我轻车熟路地上了楼，朱蕊一身西服正站在电梯边等我，见到我松了口气似的笑道："你进包间看看吧，我不方便进去。"

我直接推门进去，却压根儿没见到段涯和宋玉，只有一个约莫二十五六岁的女人和一个四五岁大的小女孩。小女孩扎着两个麻花辫，正在玩手里的芭比娃娃。

小女孩好奇地看向我，然后问女人："妈妈，她是谁？"

女人也抬头望向我，那真是张很美艳的脸，只是她太瘦了，多了些成熟的韵味。这张脸若是年轻几岁，那一定更艳丽。

可能是因为生过孩子的原因吧，生育会剥夺掉女性属于青春的那一面。

女人摸了摸女孩的头，然后说："你玩你的。"

她又冲我说："你也是来找宋玉的吗？他刚跟一个男的出去谈事情了，没说要多久，你要是找他的话，就先在这儿等着吧。"

我笑起来，说道："好，那我就等等。"

我坐在沙发上，忍不住地观察起女人来。我大概猜到她是谁了，不出意外就是那位楚小姐了。

她素颜，没化妆，穿着蓝色的棉毛衣和白色的丝绒长裙，瞧着很温柔恬静，长发乌黑光滑，小女人的范儿。

她抱着女孩，陪她给芭比娃娃换衣服，对我也不好奇，也不过问。无论是张璋，还是梁昭昭，都没有楚小姐这样的淡定自若。

张璋和梁昭昭对我，是敌意多一些，而楚小姐方才打量我的目光，反倒是欣慰惊喜多一些。

这大概也是朱蕊把我骗到这里来的目的吧。

朱蕊应该是知道了我和宋玉根本不是什么表叔侄的关系，她被耍了，自然要借机耍我一遭。

我原以为我能一直等到宋玉过来，可还是如坐针毡。我的胸腔里空空的，有风在呼啸，得赶紧找个暖和的地方缓一缓。

我起身，对楚小姐说："我晚上还有点儿事，还是不等了，就先走了。"

楚小姐冲我点头，笑了笑，也没说什么。

我走出包间，走廊安静得落针可闻，朱蕊不知道去哪儿了。

我下了楼，倒是在前台看到她了，她正翻看着什么文件。瞧见我，她笑容可掬地问："你怎么下来这么快？宋总和段少呢，没打起来吧？"

我笑道："没见着人哪，估计换地方了吧？打起来也不要紧，管他呢。蕊姐忙吧，我先回学校了。"

朱蕊佯装要送我，我直接快步出了皇族招了辆出租车，出租车司机懒懒地问道："去哪儿？"

我说："华润商场。"

宋玉的高级理发店SONG，在华润商场负一楼开了一家。我一进去，就有理发师来问："美女是会员吗？"

我冷着脸，果断地说道："不是会员，不办卡。"

理发师笑道："好的，了解了。那美女这头发是打算怎么做呢？"

我坐在镜子前，看着镜中自己保养了这些年的长发，说道："剪短，再染个色。"

理发师拢着我的长发，问道："美女是打算剪到哪儿？"

我指着我下巴，说道："到这儿差不多了。"

理发师愣了愣，随后有些可惜地说道："美女这头发这么好，剪这么多，再想养就很难了，其实我建议美女想换发型可以烫一下，也会很好看的……"

我打断他："给我剪。把色卡盘给我，剪完了再给我染个色。"

理发师见说服不了我，便听话地照着我的意思来。

这么长的头发一下子剪短，我感觉脑袋都轻了，轻到我一下子也清醒了不少。我翻看着色卡，最后挑了一个我喜欢的。

中间宋玉给我打了电话。我当时在洗头，没接，还真不是故意不接的。

我给他发消息："我和乔华在逛街，逛完了我打车回去，你别担心。"

宋玉回我："好，你记得要回来。"

做完头发，效果很好，我觉得都不像我自己了，估计宋玉看到要吓一跳吧。

我付钱离开，去了一家女装店买了两套衣服。今天被朱蕊叫出去得太急，收拾好的衣服都没带，正好，那些我也不想穿了，该买新的了。

销售一直在旁边夸我身材好，我一高兴，又买了两条黑丝。

销售说："这个比较薄，春夏穿比较合适，美女不如买这种厚一点儿的吧，现在穿也不冻腿。"

我嘻嘻哈哈地笑道："不要，就要薄的。"

拎着购物袋，我又去了趟超市，随便买了点儿吃的用的，结账的时候超市已经没人了，收银员只剩下一个，超市广播播放着今日打烊通知，居然已经十点了，难怪我肚子饿得很。

我这一通消费，算是把前两天刚发的奖学金都花了大半，不过没关系，我开心就好。

出租车开到了珠翠华庭门口，我下了车，大包小包的不方便，正费劲儿地要掏门卡，就听到宋玉那清润的声音，语气有些不确定："否……否？"

我转过头，看到宋玉高大却又显得萧索的身影。他居然在小区门口等我。

我跑过去，有些踉跄，新买的高跟皮鞋还有些不习惯。宋玉走上前拿过我手里的购物袋，他眉头紧锁，上下打量着我，好半天才挤出来一句话："你这是怎么想的？"

我摇着头，短发真是轻盈舒服，我说道："不好看吗？网上超级火的，蓝灰色的，我选了好久呢，玉哥哥，你家以后多了个蓝精灵，喜欢吗？"

宋玉还是没有笑，反而神色复杂。他垂眸看着我的腿，我的包臀短裙下就穿着黑丝，在寒风中瑟瑟发抖。

他的视线又回到我脸上，神情凝重了起来。

我连忙灿烂地笑，踢了踢腿，说道："本来只想试一试的，结果穿上太好看了，就没脱，想穿着赶紧回来给你看，喜欢吗？"

宋玉没说话，沉着脸，转身刷了卡进小区。我跟在他后面，冻得直哆嗦，回了公寓才暖和点儿。

宋玉将我的购物袋扔在沙发上，他站在那儿，笑了两声又沉默了起来。我走上前，故意问道："怎么了？不喜欢吗？尺寸没买错吧？"

宋玉将盒子丢在桌上，看了我一眼，淡淡道："陈否否，你厉害，能有什么是你玩不明白的？"

我眯着眼说："你呀。"

宋玉目光沉沉，他努力心平气和地与我说："你今天见到楚湉了，很开心？"

我慵懒地靠坐在沙发上，拿过毯子盖住我的腿，听到宋玉问出这么一句，我没忍住又打了个寒噤。

果然我没猜错，这天皇族包间的那个女人，就是楚小姐。

我笑道："玉哥哥这么问……我有点儿不太明白，我究竟是应该开心还是不开心呢？"

宋玉说："这不是应该不应该的问题，我只问你，你为什么要见她？你和她说了什么？"

我是真的不明所以，我说："不是我要见她的，是碰巧。我去找你，进了那个包间，她和她女儿就在里面，我和她没说两句话。我等了你一会儿，有点儿无聊就走了。"

我这么说着，宋玉看我的眼神依旧让我很不舒服。我总是捉摸不透他，我不知道他问这些究竟是想要确定什么东西。

宋玉转身去了厨房，身影透着孤寂和寒意。他倒了杯热水递给我，我不接，冷冷地看着他。

宋玉便将冒着热气的杯子放在我面前的茶几上，轻声说："累了吧？去洗个澡好好睡一觉吧。"

我说："宋玉，段涯今天真的去找你了吗？"

宋玉说："是来找我了。"

所以朱蕊也不算是骗我去皇族，段涯的确是来找宋玉了。

我问道："他找你说什么了？"

宋玉的薄唇翕动了两下，却又止住。他叹了口气，然后很是疲倦地说道："说我配不上你，让我不要和你在一起了，就这些。"

我又问："那楚小姐跟你说了什么，以至于你刚才那么质问我？"

我没那么好糊弄，宋玉从来都没有这么质问过我，如今跟楚湉一打照面，他就这么在意？

宋玉语气轻淡地说道："否否，楚湉她精神上有些不太好，你突然见她，她会很敏感，如果说了什么刺激她的话，她情绪也会非常不稳定。我问你只是想确认你有没有影响到她——"

"我什么刺激她的话也没说，你不必这副兴师问罪的架势，我只说了两句话，一句是'好，那我就等等'，另一句是'我晚上还有点儿事，还是不等了，就先走了'，请问这两句话，如何解读才能刺激到你的楚小姐？"

宋玉走上前按住我的肩膀，柔声想要安抚我："否否，我没有兴师问罪，我没有，你别这样，冷静点好不好？"

我厌恶地推开他，站起来，怒视着他说道："我没打算问你楚湉的事，即使看到她身边还有个小孩儿都没打算多问。可是宋玉，我本来觉得你喜欢我，至少我们是平等的，我哪儿能想到你喜欢我，是因为我是楚湉的年轻版平替？你还说我玩你？谁玩谁啊，嗯？"

偌大的客厅都回荡着我的怒斥声，以至于我才反应过来我的嗓子都哑了。我仰着头颅，傲慢又愤怒。

楚湉的长发飘飘，楚湉的貌美容颜，楚湉说话时的神态语气，楚湉的穿衣风格……从我见到她的第一眼，愤怒就已经在我的身体里游窜了。

我本来不想和宋玉撕开说这些的，是他逼我的。我怎么就刺激到了楚湉，我不清楚，但宋玉确实是刺激到了我。

宋玉听我发泄完，难以置信地看着我。他俊秀的脸上蒙上了一层困惑，转瞬即逝。

宋玉柔声说："否否，你怎么会这么想？不是你想的那样。"

他脾气一向很好，我生气他哄我，他生气我哄他，我们俩总有一个人会服软，这次自然也是他软着来。可这次他要上前抱住我，我却往后退了一步躲开了他。

我皱着眉看着他局促无奈的样子，心里觉得难受，很酸也很涩。我说："不是我非要这么想你，朱蕊能故意把我引过去见楚小姐，就说明她很清楚楚小姐的分量，不是吗？"

宋玉脸色微变。

我绕过他去拿包和购物袋，宋玉看出我要走，说道："这么晚了你要去哪儿？"

我说："有的是酒店住，再不济还能去找段涯。"

话音刚落我就后悔了，我不该搬段涯出来，这无异于也在用相同的方式伤害宋玉。

宋玉上前抓住我的手，东西掉了一地。他的脸色阴鸷可怕，他拽拖着我的身体往卧室走，说："陈否否，你哪儿都不许去，是你说你不想走要和我在一起的，现在说走就走还要去找段涯，你想都别想！"

他将卧室的门反锁，又将我甩在床上。

我头晕目眩，只静了半分钟，宋玉就满是怒气站在一旁看着我。我意识到，我和宋玉现在是真的在吵架，以前那顶多就是打情骂俏。

我看向他，说道："宋玉，今天晚上我回来，你应该是笑着夸我的新发型好看，夸我新买的衣服漂亮，你会问我有没有吃晚饭，我会说我好饿，你给我煮面吃。你之前都是这样的，可是你今天只在乎我有没有说什么话惹楚湉不舒服了。嗬，果然得到了就不用珍惜了，也不用惯着了，是该给个下马威让我看看自己究竟几斤几两了对吧？"

宋玉紧绷着脸，气得脖颈的筋脉都凸起来。他结实的身体俯下来，抓着我的双肩，咬牙切齿地说道："陈否否，我真想把你的脑子给撬开，看看里面究竟是怎么长的！我究竟还要怎么惯着你，你才不钻牛角尖？你怎么能说这样的话？我只是问了一下你和楚湉说了什么，怎么就能让你多心到想这些有的没的？"

我说："有的没的？那就是证明我说的那些是有的了？"

宋玉微微张着嘴，一副被噎到的样子。好半天，他攥起拳头重重地砸在床面上。

我们吵了这么久，他可以抓住机会解释。可他偏偏不，只是一次次地让我别这么想，别那么想。真是好笑，要想让我别乱想，那你倒是说清楚哇。

无非就是我想对了，我确信无疑。

宋玉半跪在我面前，头抵在我的膝盖上。好半天，宋玉终于开口了，眸中一片悲伤："否否，你是不是打算借着楚湉闹一顿，想要跟我分手？"

我立刻又火冒三丈，音量都提高了："宋玉你王八蛋！你想要分手就直说！你犯不着把提分手的锅扣到我头上！"

我用拳头打他，眼泪噼里啪啦地往下掉。我要委屈死了，他要是这么提分手，我现在除了哭，一点儿潇洒的劲儿都没有。两年了，原来我竟然一点儿长进都没有。

宋玉起身抱住我，声音柔得像水："我没想分手，从来没有。"

他的双唇颤抖着来吻我的眼泪，可我的眼泪还是止不住，只能哭着骂他："迟早要分的！你都有女儿了还跟我装什么深情！要装也该跟楚湉装！你王八蛋！渣男！"

"她不是……"

"你找我就是图年轻！"

刚说完，宋玉就抱着我的脑袋吼道："不是！"

泪眼蒙眬间，我看到他脸色铁青，眼角都泛着红，一贯的斯文俊雅都不复存在了。他欲言又止，最后还是没说什么，只是吻住我的唇，呢喃着也还是那句："她不是。"

蒙眬中听到窗帘被拉开的声音，紧接着一道刺眼的光照在我的脸上。我微睁开眼，日光太刺眼，只得赶紧闭上。

我翻了个身坐起来，揉了揉眼睛，听到宋玉熟悉的声音。他问道："昨晚睡得好吗？"

我习惯性地就要扎头发，摸到脖子后才反应过来，我的头发已经剪短了，只能扎个小鬏鬏。

宋玉双手插兜站在床尾，一脸平静地看着我。

我说："睡得挺好——你呢？"

宋玉说："不好。"

我的眼睛干涩，很不舒服，是昨天哭太多的原因。我想起来昨晚和宋玉吵架吵得很凶，吵完了也听不进去他说什么，只顾着哭，最后躺在床上睡着了。

宋玉肯定是见我没心没肺还能睡着，心塞得没睡好。

我掀起被子下床，小声说："我去洗个澡。"

我在淋浴间里洗着澡，闭着眼一直回想着昨晚和宋玉说的话，真的是……太混乱了。

我洗好澡，吹干头发，换上昨天新买的一套衣服。紧身的毛衣短裙配上一件带棉的黑色皮衣，还是穿着黑丝和高跟皮鞋，顶着一头蓝灰色的短发，妥妥就是个性感酷妹。

我走出卧室，宋玉正在餐桌前摆盘，他煎了牛排，还做了番茄意面。他看到我，歪了一下头端详两秒，然后说："很好看。"

我不屑地嗤笑，说道："还有哪里像楚湉，你跟我说，我去改。"

宋玉神情淡淡的，他说："你能不提楚湉吗？"

我笑道："不能。"

他移开椅子，示意我落座吃饭，我走过去坐下，宋玉坐在我对面。

桌上桌下都没什么动静，只有刀叉碰到瓷盘的声音。吃到一半，宋玉率先打破了沉寂，他说："我昨晚说的你听进去了吗？"

我问道："你说什么了？"

宋玉表情很不好，他捏着叉子的手指都泛白了。

宋玉说："我没有孩子，楚湉的女儿不是我的。"

我愣了一下，实在记不起来宋玉昨晚有这样的解释。我点点头，说："哦，知道了。"

这又能证明什么呢？孩子不是他的，他还那么宝贝她，那这位楚小姐可真是厉害。

我低着头，不去看他，宋玉放下刀叉，说道："吃完饭，我送你去学校。"

我承认我昨晚不应该这么醋意大发，奈何就是按捺不住。可能我和宋玉都需要一点儿时间冷静，然后就当作什么也没发生过，继续谈恋爱，等到互相都腻了，就和平散去。

我希望我可以对他腻了，可是目前来看，似乎做不到。

我说："今天周四，我没课——你是在赶我走吗？"

宋玉深吸一口气，说道："我没有，我不知道你今天没课，既然没课，那你想去哪儿玩，我都陪你。"

我说："我明天也没有课，我们明天去北浮山玩两天好不好？上个月我去兼职，也没抽空去玩，听说有蹦极，我想蹦一次。"

宋玉眉心的褶皱舒展开，说："好。"

我又说："要不把朱蕊也叫上？"

她知道宋玉和我的关系暧昧，昨天才摆那么一道，要是叫上她，来给我和宋玉当电灯泡，能硌硬死她。

宋玉琢磨过来我的坏心眼，扯了扯唇角，笑说："下次她找你，你别理她，皇族也别去了，不和她打交道就行了。"

我阴阳怪气道："我怎么听着，你在护着她？"

宋玉无奈地摇头，说："我护着她什么了？"

我不置可否地笑，说道："你还没说，到底要不要把朱蕊叫上呢？"

宋玉说："不叫她，朱蕊在，像什么话。"

我这才满意。

宋玉递给我纸巾，说道："明天才出发，那你今天打算怎么过呢？"

我说："还是要回学校，和乔华约了看电影。"其实我骗了他，我根本就不是要去看电影。

宋玉挑眉："怎么不和我一起看？"

我说："乔华失恋了，我这个当朋友的不能顾着自己谈恋爱开心，也要陪陪她。"

宋玉说："那我送你。"

我说："不用了，你昨晚不是没睡好吗？你补个觉吧，我自己打车过去。"

我去房间收拾包，宋玉跟了上来，说道："今天又降温了，才五摄氏度，你穿成这样会冷的。"

我说："不冷，我有暖宝宝贴。好了，别啰唆，我是成年人了，穿多穿少都有数的。"

宋玉看着我，黑亮的眸子幽深似一口古井。他搂了一下我，说："好，那你晚上早点儿回来。"

我坐上出租车，给自己涂了个口红，染了这样招摇的头发，脸上必须得挂点儿红才能显得更艳丽。

我又给乔华打电话，这么冷的天，又没有课，乔华还在被窝里睡懒觉。本来我一个人也可以去售楼中心看房的，只是我想有人陪，又不想宋玉陪，所以找乔华最好了。

我说明白要她陪我，乔华不情不愿地说："你都有男朋友了还找我陪？外面好冷的你知道吗？我看天气预报说下午五点多要下雪的。"

我说："看完了房我请你吃饭还不行吗？你想吃什么都行。"

我难得这么大方，乔华听到后笑了起来，说："行啊，陈否否，看来你真是发财啦，这又是请客吃饭又是要去看房的。"

我说："你可快点儿吧，你有这说话的工夫，现在都洗完头换衣服出门了，可别让我等久了。"

我挂了电话，把地址发给乔华。

乔华来了以后看到我，大吃一惊，一个劲儿地问："你是受什么刺激了？你那么好的头发怎么弄成这样啦？你穿成这样不冷吗？我穿了秋裤都冷，你就穿这么点儿？"

我冲她笑："好看吗？"

乔华点头："好看，绝了，够辣，就是看着你我就冷。"

我们走进售楼中心，我去的是珠翠华庭那个开发商今年新开的楼盘，新楼盘是在城北中心，和珠翠华庭差不多的布局设计。

乔华看着那个价格就讪讪地小声问道："否否，你是帮宋玉看的吗？"

售楼小姐走过来，给我和乔华一人倒了一杯咖啡。我坐在沙发上翻看着新楼盘的小册子，跷着二郎腿，懒懒地说道："不是，我自己随便看看。"

乔华说："你买得起？首付最低都要一百万。"

　　我喝了口咖啡，说道："我愁的就是这个，我手头现在就只能付得起首付。"

　　乔华问道："你哪儿来那么多钱的？"

　　我笑说："你忘了？我爸妈离婚了，北城那套房子卖掉了，分了一半的钱给我妈，我妈把钱全给我了。"

　　乔华点点头，又问道："那你妈呢？她竟然放心把这么多钱给你？"

　　我没说话，此时销售走过来，热情地问我们有什么需求，她来给我们详细介绍小区楼盘。

　　销售讲解完，问我要联系方式。我想了想，给她留了宋玉的号码。

　　我将宣传单小册子都放在包里，和乔华走出售楼中心，乔华还在感慨着："我刚才都不好意思说，你要是真想买房，这个太贵了，我们学校附近地段就挺好的，我之前听老师们聊过，好像均价是一万五一平方米，你一百万直接可以全款买一套的。"

　　我说："那确实可以考虑考虑。"

　　我看了一眼时间，下午三点钟，天却暗沉得很，云层厚厚地挤压在头顶上方，的确是要下雪的征兆。

　　我问乔华："说好了请你吃饭的，你想吃什么？"

　　乔华冷得缩着脖子，说道："砂锅！"

　　我们去了附近的地下美食城，找了一家砂锅店。吃完砂锅出来，外面开始飘盐粒大小的雪了。

　　"真下雪了！"乔华兴奋地喊道，即便北城每年都下雪，可初雪的时候人们还是会激动，雪才是冬季的存在感。

　　我们往地铁站走去，反正时间也不急，风太冷，我和乔华也顾不上说话。

　　这个点距离晚高峰还早，地铁上人不多，好在暖气充足，我冻僵的手可以活动起来。我掏出手机，找到之前拉黑的段涯的号码，搜索微信号，申请好友。

那边很快就同意了，发来一个问号，我说："我是陈否否。"

段涯发来一个"！"。

我说："你上次说的话还算数吗？"

段涯问："什么话？"

我说："你说我喜欢宋玉那样的，可以给我找。"

段涯回了我一个省略号。

我说："原来你说话不算数啊，就是喜欢瞎忽悠人。"

过了一会儿，段涯直接给我发了一张男生的照片，问道："这个，能看上眼吗？"

我点开，男生长相白净清秀，戴着眼镜，理工气息很重，站在工大图书馆门口，瞧着个头儿不矮，身体也健硕，还算是个标准帅哥吧。

我说："凑合。"

段涯说："我们系的研究生，叫张壁，你要是想认识，我给你介绍。"

真挺意外的，我没想到段涯真的会准备好帅哥介绍给我。

我说："好哇，今晚他有空吗？"

段涯说："你这么着急？"

我说："我乐意，不给？"

过了一分钟，段涯说："晚上六点他导师有讲座，走不开，除非你来工大，不过你一个女孩子主动来见他，不太好。"

我阴阳怪气地说："你也知道女孩子主动找男生落下风啊，我当初找你那么多次，你都笑话我的吧？"

段涯说："你怎么老喜欢翻旧账？"

好吧，我不翻了。

我说："我在地铁上，到工大还有半个小时，你到地铁口接我吧，你们学校我没去过。"

段涯回复："好。"

正好师大站到了，乔华起身，我跟她说："我今天也不回宿舍。"

乔华眼神暧昧，笑了笑，然后挥挥手就下了地铁。

半个小时后，我走出工大地铁站口。雪下得更大了，像纷纷扬扬的白砂糖。

我一眼就看到了站口的段涯，他撑着一把伞，穿着黑色的毛呢大衣，戴着黑色口罩，即便隔着风雪，我也一眼就对上了他那双鹰隼般锐利的眼。

段涯快步走上前，我浑身颤抖着对他说道："快走快走，冷死了。"

段涯的声音从口罩里传出来，他说："你脑子坏掉了？怎么搞成这样？要当小太妹？"他拽住我的手臂就拉着我往学校里走。

段涯走路从来就不顾及身边人的速度，见我在他后面蹒跚着，还不耐烦地说："你是乌龟吗？"

我白了他一眼，说道："明明是你走得快，腿长了不起呀。"

段涯反倒笑了一下，扬眉朗声说："腿长就是了不起。"

他揽过我的肩，稍微传递了一点儿热量给我，然后放缓了步伐，配合着我。

总算到了阳光报告厅，距离六点的讲座还有两个小时，一个人也没有，段涯在门口将撑开的伞放在地上。

我在第一排的红色座椅上坐下缓了缓，工大的暖气竟然比我们学校的要暖和。

段涯走进来，站在我面前，拉下口罩，说道："张壁在路上了。"

我觉得他的表情很奇怪，带着一股子别扭劲，他锋利的眉紧蹙着，上下打量着我，他从地铁口开始就打量我，不知道在琢磨什么。

我的脑袋靠在柔软的椅背上，双腿交叠，冲他没好气地说道："看什么看！没看过美女吗？"

段涯冷哼了一声，说道："你是跟宋玉分手了吗？浑身上下看起来都不太正常的样子。"

他说着，将大衣脱掉，甩到我身上："不怕冻成老寒腿？"

他的大衣还热乎着，我将大衣裹住双腿，心里是有点后悔的。为了跟宋玉较劲儿这么虐自己，图什么呢？可我还是要将偏强进行到底。

我说："没分手。"

段涯坐到我旁边，声音低低的，他问："他昨天回去给你气受了？"

我突然想起来那件事情，便侧过脸看着他说："段涯你是不是很闲？你昨天没事去找宋玉干吗？"

段涯凸起的喉结动了动，面无表情地闷声说道："给他个提醒，要跟你谈恋爱就认真谈。我跟他说过了，你有我们段家撑腰，他要是敢欺负你，我让他在北城混不下去。"

他的侧脸瞧着凹陷下去，面相都透着一股子桀骜的狠劲儿。

我坐直了身体，笑道："你这都摆出我娘家人的架势了？"

段涯瞥了我一眼，说道："我说过的，我把你当亲妹妹。"

我嗤笑，却也没原先那么排斥，只觉得有些荒诞，不太真切。

偌大的阶梯教室内空荡荡的，我的笑声显得很突兀，却透着愉悦。

段涯说："这么开心？"

我歪着脑袋，说道："段涯，你以后有真正喜欢的女生，就要像对亲妹妹一样对她好，那样肯定能在一起一辈子。"

段涯沉默了一会儿，然后轻声说："否否，要不你考虑下我，让我吃一次回头草怎么样？"

我愣住了，眨了眨眼，说道："段涯你真太不要脸了，上一秒还说把我当亲妹妹呢。"

段涯哂笑了一下，说道："你究竟是喜欢宋玉那样的呢，还是喜欢我这样的所以找上了宋玉？"

我沉着脸，说道："段涯，你别逼我跟你吵架。"

段涯的眼神暧昧又自信。他缓缓地说道："宋玉和我很像不是吗？花心的渣男，长得好看又有钱，冷调子的样子也有些像我。我问过他了，你当初跟他确定关系，就说喜欢他的性格……否否，你是想在他那里学到点儿什么吗？你觉得你没能拿捏住我，是因为你手段不行，所以你拿宋玉当教材了对吧？"

我死死地看着他，寒意从脚底蔓延至全身。我不知不觉地咬紧牙关，却也止不住地颤抖。

段涯倾身搂住我，他的怀抱还是记忆中那样的宽大温暖。他抚摸着我的头发说："小哭包，你叫他玉哥哥……你该叫我哥哥，该和我谈恋爱，你想要的本来就是我。"

我喉头发痒，咳嗽了两声。段涯更紧地抱住了我，压低声音继续说着："否否，我跟你道歉，是我当初没珍惜你，我们和好吧，你一毕业我们就结婚，我想和你一辈子在一起。"

我回到珠翠华庭时，风雪还未歇，手机里有新消息，是张壁发的。

张壁说："今晚实在是不好意思，下了课导师突然找我有事，耽误了时间，改天我请你吃饭，你一定不要拒绝。"

我回道："没事的，是我自己先走了没等你，改天再约好了。"

张壁说："今天雪大路滑，你注意安全，到宿舍了给我说一声，我好安心。"

倒是个周到体贴的男生，只可惜我先走了，没见到他本人。

是张壁找段涯要了我的微信，主动加我的。

我说："我已经到了，不用担心了，你忙吧。"

电梯打开，我输入密码进了公寓。公寓内暖气很足，我腿脚冰冷，可是脸颊滚烫。

宋玉不在家，室内没开灯，一片黑暗，我摸黑进了卧室，将皮衣外套脱掉，直接就钻到了被窝里。

被窝里是冷的，我从来没有觉得那么冷过。奇怪的是，我觉得我身上明明在燃烧。

我又有些想念我妈妈了，她还在我身边的时候，冬天她一定会给我准备热水袋放在被窝里。我妈总笑话我娇气，家里暖气那么足都能穿T恤，睡觉却一层被子还不够。

我爸会坐在沙发上看电视，说："女孩子嘛，就是要娇气些。"

我妈就会絮叨起来，说她小时候日子过得有多苦，姥姥、姥爷是如何穷养她的，然后又要数落我吃不了苦。

我妈是个传统的好女人，对我的教导也很传统，女孩子要温柔大方，还要能干。能干指什么呢，指的是要能够将事业和家庭都管理得很好。

我妈就是太能干了，她平时店里那么忙，还能将我爸每天的穿搭都安排得明明白白，还督促我爸运动健身，以至于我爸在一群四十多岁的秃头油腻中年男性里还散发着迷人的魅力。

在搞房地产的段晓娟和我妈这样的小餐饮店老板娘之间，我爸毫不犹豫地就做出了选择。

我高三那年忙着学习，都没注意什么时候我爸和我妈其实已经离完婚，分完房了，我爸搬走了，我不知道他搬去哪儿，他只说他去朋友家住。

我妈在我高三的那个寒假结束后，把餐饮店转卖了，只神色淡淡地跟我说："否否，妈妈照顾不了你了，你下学期住校吧，我不想影响到你的学习，你要考一个好大学。"

我去住校了，高三时间紧，只有清明节才放了一天假，等我回到家，我妈却不在家。

我妈打电话跟我说："否否，你先把高考考完，我再跟你说。"

我当时也和现在一样想念我妈妈，我想回家，我不想住校，我妈却不理我，她在电话里说着那句已令我耳朵起茧子的话："否否，女孩子就是要多吃点儿苦头的。"

我气恼地冲着她吼："凭什么？！"

似乎是在嘲讽我，我高考发挥失利，回到学校收拾行李，坐在行李箱上哭。

考完第二天，还没去见我妈，就被我爸带着去见段晓娟。

我妈依旧没回家。她打电话跟我说，留给我的钱锁在衣柜抽屉里，房子卖掉了，钱都给我，让我保管好，密码记清楚。

然后她才告诉我，她太难过了，她要找个寺庙住着静静心，在什么寺庙也不告诉我，她说："看到你就会想到你爸，还是不见的好，省得伤心。"

我没有怨恨她，她把这辈子能给的爱都给了我爸，她甚至都没有在我面前骂过我爸一个字，就离开家了。在这一点上，我妈其实并不是一个传统的女人。

我妈要是看到我现在跟她一样，行事作风洒脱得很，其实也就是打肿脸充胖子，全是虚的，内里还是个"恋爱脑"，也不知道会怎么劝我。

劝我也去庙里住住？

我笑了起来。

耳边突然冒出来宋玉的声音，似乎很是无奈："烧成这样还笑得出来……"我艰难地睁开眼，嗓子疼得像是在吞针，脑子也很沉，浑身只觉得热得很。

宋玉拿了一件羽绒服，将我从床上捞坐起来，说道："我现在带你去医院输液。"

我搂住他，他应该刚从外面回来，身上还带着寒气，冰冰凉凉的，很舒服。

宋玉拽住我的胳膊要给我穿羽绒服，我不干，死死地抱住他，迷糊地说："外面冷，我不要出去。"

宋玉温柔地哄着我说："不冷，我给你穿暖和些，我开车送你去，不会冷的。"

他力气大，我反抗不了。他把我裹成粽子一般抱起来，坐电梯去车库，开车带我去医院。

雪还没停，道路却变得越来越难行，车子开得慢，路很堵，后来停在半路上了。我看着前面那辆出租车红色的尾灯，只觉得脑子更晕了。

我控制不住地咳嗽，嗓子咳成破锣鼓。宋玉给我开了一瓶矿泉水递到我嘴边，我喝了一口，皱眉道："好凉。"

宋玉秀气的眉紧蹙，看我的眼神心疼又埋怨，他说："让你多穿点儿就不听，作成这样还不是自己受罪。"

他把瓶口挨着我的嘴巴，我咳嗽着拒绝："不要。"

宋玉说："否否乖，喝点儿水润润喉。"

我眯着眼看他，声音都是哑的："玉哥哥，我太乖了你就离开我了。"

宋玉不解，问道："什么？"

我说："我妈就是觉得我很乖，她很放心我，所以就离开我，不管我了。"

宋玉专注地看着我，用带着凉意的指尖抹掉我的眼泪。他的声音似窗外飞扬的雪花，轻轻的："我不会的……我怎么也放心不下你的。"

他似承诺，又似自言自语。

我泪眼蒙眬地叫他："玉哥哥，我好难受。"

我很久没发烧了，怎么会这么难受，晕得想吐。

宋玉摸着我的额头，很是着急，推开车门出去看了一眼前头究竟还要堵多久。过了一会儿他回来，发丝上都是雪，一进车里就化成了水。

宋玉说："再忍一会儿，前头在清雪，马上就通了。"

宋玉怎么那么好，我喜欢他，喜欢得不得了。我很苦恼，不知道怎么才能留他久一点儿。我只能靠着一点儿小聪明让他头疼，让他觉得我很不乖，他就暂时离不开我吧。

来医院输液并没有让我立刻退烧，输了半个小时，再加上宋玉让我喝了好多热水，我贼想上厕所。

我想喊宋玉，他不知道去哪儿了，只好继续靠在那儿等着。

输液区的人还挺多的，对面那个大妈一直在看着我。我被她看烦了，回看着她，然后大妈就被我看得移开了视线。我偷偷笑了一下。

结果大妈视线又转回来，跟我搭讪："小姑娘这么年轻，就结婚了？"

我说："我像是结婚了的样子？"

大妈颔首看向一边走过来的宋玉，说："他不是你老公，能这么服侍你？"

我干笑，却不想否认。

宋玉小心翼翼地端着一个纸杯，手里还拿着一盒红糖，走到我跟前。他坐在我身边，只穿着黑色羊毛衫，紧身贴合的羊毛衫勾勒出他精壮的身形，他的大衣盖在我身上，带着淡淡的雪松香。我直起身，问道："你冷不冷？"

宋玉摇了一下头，说："不冷，你别操心我，你感觉好点儿了吗？"

他抬头看了一眼我输液的进度，还有一瓶要输。

我摇摇头，他见状将纸杯递到我嘴边，温声说道："喝点儿红糖水？我刚给你冲的。"

我说："你怎么想的？我又不是生理期。"

宋玉说："你刚才不是说口苦吗？我就想给你冲糖水，白糖哪有红糖好？"

我有些不好意思地朝他笑，说："待会儿吧，我想先上个厕所。"

宋玉放下纸杯和红糖，帮我拿过输液瓶举着，又拉着我的胳膊，说：

"我陪你去。"

走到厕所门口，我叹气道："为什么医院的女厕所也要排队？"

宋玉摸了摸我的头，低声说："要不去男厕所？我看没人。"

我有些无语。

我也看了一眼，的确是没人。但我还是不确定，说："你先进去看看。"

宋玉马上就进去将隔间都看了一眼，走出来小声说："没人，快进去吧。"

男厕所和女厕所也没什么不同的，就是那排小便池实在是存在感太强。

宋玉拉我进去，还顺带把门给关上了，以防有男的突然进来。

我走到一个隔间里，宋玉举着吊瓶跟着我。

我浑身发热，手都热乎乎的，但还没什么劲儿。真不是我矫情，我本来穿着紧身包臀毛衣，出门的时候宋玉着急，直接给我套上了他的一条休闲裤，裤子太长，他就给我提得很高，直接勒到我胸下。

所以我现在要把裤子给先脱下来，把毛衣给卷出来，又要防着裤子别掉到厕所的地上弄脏了，我还只能动一只手。我费劲儿地将毛衣给卷了起来，然后抱怨地看向宋玉："宋玉，你能别干笑吗？我要憋不住了。"

宋玉在很努力地克制，可唇角还是不断地上扬，乌黑的眼里是亮晶晶的笑意。我猜我现在看起来一定很滑稽。

他将吊瓶递给我，笑道："举着。"

他让我扶着他，他弯腰，让我逐一抬脚，把那条又长又厚的裤子给脱掉了，我立刻感受到了轻松。

我感觉到了肌肤碰触到低温空气的凉意，以及从心理上弥漫起的微微的羞耻感。

我低着头蹲下，宋玉拿过吊瓶退出了隔间，但隔间的门无法关上，他转过身，等我解决好后，又细心地递给我纸巾。

直到他给我将那条厚长的休闲裤又套上，他才直起腰，我们四目相对。

在沉默中，我那微微的羞耻感一下子就消失了，取而代之的是从未有过的舒心感。

我仿佛可以透过他沉静温柔的眼里看到，我们就是这样的亲密无间，我在他面前已经没什么好羞涩好伪装的，一切都是自然的坦荡的，可以不用遮掩地相伴，在这个沉默的过程里，一切都是理所应当。

洗完手，回到输液区，我坐下，宋玉给我披上大衣，他问我："头晕不晕？"

我点点头，他说："可能是输液速度太快了，我让护士给你调慢一点儿。"

他把还热乎的红糖水塞给我："喝完，你嘴还是干的。"

我听话地喝红糖水，红糖本就不是特别甜腻的，喝了以后从嗓子到胃里都暖乎乎的。

护士给我调慢了输液速度，宋玉坐在旁边继续陪我。我嫌躺椅太硬，靠在他怀里打盹，迷迷糊糊地问他："几点了？"

宋玉说："十点多了，快结束了，还剩一点点。"

我"嗯"了一声，头缩到大衣里头，闻着宋玉身上的味道，让眼睛隐匿在温暖的黑暗里。

输完液回到家，宋玉把我抱到被窝里，然后问我："我给你煮点儿饺子吃好不好？"

我说："不想吃，吃了我也吐，更难受。"

宋玉说："那好，你睡吧。"

我也没睡得很深，就记得过了一会儿宋玉上了床，他的脚碰到我的脚，然后说："浑身都烫，脚怎么还这么凉？"

他又下床，没几分钟，在我的脚下放了一个热水袋。

第二天一早，我的烧就退了，只是身体酸得很，说话时嗓子似有灼烧感，人也提不起来劲儿。吃了早饭还得吃药，宋玉看着我吃。

我盖着毯子坐在沙发上看综艺节目，宋玉也还是一身家居服，没有出门的打算，他坐在我身边，我习惯地靠到他身上。

宋玉说："本来今天要带你去北浮山玩的，现在还是老老实实给我在家里待着吧。"

我挠了挠头，说："我想去洗个澡。"

宋玉无奈道："你现在走路都要倒，还洗澡，先别洗了，老实待着。"

他一句话一个"老实待着"，看来是被我这两天的折腾弄怕了。我笑道："我昨天回来都没洗澡，你不嫌我臭吗？"

宋玉眼睛看着电视，敷衍了一句说："你哪儿臭了？你一直都是香香的。"

我哈哈地笑了起来："玉哥哥你太讨人喜欢了！"

宋玉说："那还不赶紧多喜欢我点儿？"

我说："喜欢了，很喜欢了，不能再多了，再多就要腻了。"

宋玉哼了一声。

于是我们就这么自然而然地和好了。之前吵了什么架，因为什么吵的架，闹得不愉快，突然就消失了，真是奇怪。

我们看了一上午的综艺节目，有些倦了，还觉得吵。宋玉去做午饭，我躺在沙发上睡了一会儿，睡醒吃饭。

吃完饭我们不看电视了，宋玉居然找出来一个棋盘，教我下围棋。我不想学，于是我们就下五子棋。宋玉根本不让我，玩一盘输一盘，玩了一个多小时，我就不想玩了。

宋玉将黑白棋子一粒粒收好，眉眼里满是宠溺，笑道："什么都要顺着你，一不顺着你，你就要赖，就不玩了。"

我说："你让着我点儿，让我赢两盘，我就跟你继续玩。"

宋玉说："我就不让呢，你以后都不跟我玩了吗？"

我说："那就不玩，反正也没什么大不了的。"

宋玉神情复杂地看着我，说："那假如每盘都是你赢，我要你让我一盘，你会让我吗？"

我说："让啊，这有什么不能让的，我不像你，小气死了。"

宋玉说："你跟别人玩的话，会让吗？"

我说："当然不会。"

宋玉这才满意地挑眉，说："那我们再来一盘？这盘我让你赢。"

我说好，跟他又玩了一盘。

结果宋玉耍我，还是把我吃得死死的，我败下阵来。我上前掐着宋玉的肩膀，怨道："说好的让我呢？骗子！"

宋玉开心地笑，由着我打他，然后将撒了满地毯的棋子捡起来，说道："我也就能赢你几盘棋，别生气呀否否。"

我才没有真的生气，我搂着他，看着落地窗外阴沉的天。昨天下了一夜的雪，今天没下，但是温度比昨天还低，看着那个零下的数字就不想出门。

我说道："这么冷的天，要是每天都跟玉哥哥在家里玩就好了。"

宋玉低声说："我也是。"

我想象了一下，然后皱着眉说："那我们好堕落呀，要成废物了。"

宋玉笑道："废物？那就活动一下好了。"

我说："我不想运动——我才退烧！我还没洗澡。"

他打横抱着我进了浴室，浴室里又湿润又暖和，简直像是在泡温泉。

不久我听到他在门外关心地问："否否，有不舒服吗？"

我说："头有点儿晕，其他还好。"

宋玉说："对不起，你还病着，我不该拉着你玩这么久的。"

我抑制不住地笑，说："你跟我说实话，你跟……"

我止住了，差点儿又要提楚湉了。我清醒过来，深知不能提了，再提又要破坏这短暂的温存了。

但宋玉似乎没注意到我话只说了半截，他声音低哑，自顾自地说："我跟你在一块儿，就像是中了毒一样，上瘾。"

我问："上瘾不好，什么东西上瘾都不好。"

宋玉却愉悦地说："可是我上你的瘾，感觉才像是真的活过来一样。"

我哼了一声，说道："说这些云里雾里的，还上升到了意识流。"

宋玉没好气地说："陈否否，你能不能认真点儿？"

我说："我很认真啊，是你不认真。"

宋玉不再说话。

洗完澡他进来扶我的时候，样子特别性感撩人，长长的睫毛在眼下投下一片阴影，高挺的鼻梁，秀气的唇形，清晰利落的下颌线，无一不是我心动的看点。

我依旧在想，肯定不是我一个女人这么爱他，爱他这副样子，我敢肯定。

Chapter 08

你总能睁
着眼睛说
瞎话

宋玉对我这次突如其来的高烧很怀疑，他问我那天和乔华去的是哪个电影院，能把我冻成那个样子，又说，电影最长不过三个小时，我肯定又和乔华去哪儿玩了。我打哈哈糊弄过去，宋玉便也不问了，只是说："平时好学生的样儿，疯起来没轻没重的。"

我说："是呀，我要是不疯，能跟你谈恋爱？"

别看宋玉平时斯文沉稳，人模人样的，相处时细心温柔，其实也很能作很能折腾，真是神奇又诡异。

我周日下午要回学校，因为周一上午的必修课要交一个小论文作业，我需要回学校图书馆查资料。宋玉帮我收拾书包，说的话却颇有种无可奈何的怨夫意味了："什么资料不能在网上查到？你就是要出去瞎作了。"

我说："真不是，我在你这儿学不进去。"

宋玉说："你写你的论文，我又不会打扰你，怎么就学不进去了？"

我说："我老想和你说话和你玩，怎么学得进去？"又叹口气说，"老师们说得都很对，谈恋爱就是影响学习。"

宋玉不置可否地笑了，拉着我去车库，开车送我去学校。

我去了图书馆，这一头蓝色短发实在是引人注目，一进自习区，就有不少人偷偷打量我。我还挺后悔的，应该染个低调的颜色。我有时候做事情就是会比较极端，改不掉，就要自食其果。没想到周末大家还这么好学，自习区已经没座位了。我下楼去咖啡馆，有人给我发来消息，我打开，是张壁。

张壁说："陈同学今天有空吗？之前说过要约你吃个饭。"

我问他："你们工大的图书馆有座吗？"

张壁说："应该有，就算没有，我也可以带你去资料室，那里只有研究生能进，很多座位。"

我说："好，那我现在过去，晚上一起吃饭。"

我坐上地铁，张壁这天大概是闲下来了，一直在主动跟我聊天。

张壁问："那天段涯说他有个妹妹介绍给我，我还吓了一跳，我都不知道段涯还有妹妹，他之前都说自己是独生子。"

我说："他就喜欢到处认妹妹。"

张壁说："那我不会，我只会认弟弟，哈哈。"

再一次来到工大，路边都是堆积的残雪，地面上即便是清理过了，可还是有雪被踏平后的冰面。我穿着防滑平底靴，走路很小心。

我想到了那天在报告厅，段涯搂着我说了些逾越的话。他说的话有些对，有些不对，我当时推开他，一声不吭地就走了。

后来段涯发消息给我，也是些要复合的话，我也没回，不想理他。

我这两天也在琢磨，终于想明白，其实段涯对我更多的也就是不甘心罢了。段涯有可能把这种心思误以为是真的动心了，于是连结婚都可以说出口。他深情得把他自己给感动了。我不想戳穿他，也不想理他，让他自己纠结痛苦去，也算是一种惩罚。

我走到工大图书馆，张壁站在门口冲我招手。他穿着一件军绿色的棉服，个子很高，戴着眼镜，还挺显眼的。

我走过去，张壁笑道："我直接带你去资料室吧，那里面比自习室还暖和。"

他走在前面刷卡，上了电梯去四楼。靴底沾上的雪进了有暖气的室内，立刻就化成水，电梯里不免就有水痕，我低着头看，此时张壁问我："否否，你晚上想吃什么？我提前订位置。"

电梯打开，我跟着他，说道："我想喝冬阴功汤，找家泰国餐厅，可以吗？"

张壁说："当然可以，我也很久没吃泰国菜了。"

张壁笑起来有虎牙，这和他身上那略微死板沉闷的理工气息有些违和，给他增添了一点儿朝气。

进了资料室，张壁刷了卡，他给我用的是他室友的，资料室里很安静，只有门口的管理员在边嗑瓜子边看书，还有零星几个在学习的研究生。

我们来到一张书桌前，我将电脑打开，联了无线网络，借了张壁的学号和密码，登了中国知网开始搞我的论文。张壁也不打扰我，他看着我笑了一下。为了不破坏安静的学习氛围，他拿了一张纸和一支笔，写了一句话递给我。字体很工整好看，我猜他一定是练过字的。

上面写着："我要去文史区借书来看，你有什么推荐的书吗？"

真惭愧，我最近好久没读闲书了，一下子还真想不起来有什么书值得一看，我想了想，才写下："去读童话吧，冬天适合看童话。"

我这是很认真地推荐，不是敷衍。张壁是学计算机的，学的东西太理性太重逻辑，人就会少点儿浪漫和感性，去读纯文学的东西会觉得烦躁，童话通俗易懂，而且可以自我解读，最适合了。我的字写得不潦草，但是排在张壁的字下面，实在是瞧着很没有美感。

张壁又回我："安徒生和格林童话我都看过了，你喜欢什么故事？"

我回道："我喜欢王尔德的，不过他写得少，我喜欢《夜莺与玫瑰》。"

张壁看完，镜片后的眼睛亮了起来。他笑着，小声说："我还真没读过，我去找找。"

张壁去了半个小时，回来的时候给我买了一杯热奶茶。我谢过，他晃了晃手里的那本《王尔德童话》。

我冲他笑笑，接下来两个小时我们都保持着沉默，他看书，我写论文，只听到他翻书的声音，还有我敲击键盘的嗒嗒声。

我写完论文，张壁也把那本不厚的《王尔德童话》看完了。他只淡淡地说了句："挺好看的。"

张壁又说："我去还书，你在门口等我。"

我点头，刷了卡走出资料室，张壁很快就回来了，冲我说："走吧，请你吃饭去。"

我们走去地铁站，一路上张壁都提醒着我别滑倒。坐地铁去商场，我们聊北城的天气，聊自己专业的一些事情，又聊到未来的工作选择。

张壁问我：“有考研的打算吗？”

我说："没有，我准备直接当老师。"

张壁笑道：“北城当老师的话，还是考个研究生更有优势，你本身就是师范，保研在本校，也就是多读两年的事儿。”

他说得很在理，现在北城的各个学校教师招聘，大多都是研究生起步了。

我说："当了这么多年的学生，实在是当累了，想早点儿出来工作。"

张壁说："那你这样想吧，你就算读完研，整个学生生涯加上幼儿园也就是二十年，和工作的四十年相比，要少了一半。"

他用数字这么一对比，还真的很直观，可是我觉得有些东西，不是这么计算出来的。

我便说："所以你是因为想少工作两年才读研的吗？"

张壁扶了扶眼镜，他认真讲话的时候会有种睿智精明的感觉，他说："那倒不是，我只是从初中的时候起，对自己的学历要求就必须是硕士起步。虽然学历并不全代表能力，却也是一个人选择自我塑造的初步体现。"

我说："那你一定也早就订好了要找年薪多少万的工作，要在哪里买房买车，要在多少岁的时候结婚，要多少岁生孩子，要生几个孩子……类似这样的目标计划。"

张壁低笑，眨了眨眼，说："是想过，但也没订得那么死，尤其是恋爱结婚。这都是要和另一半一起做决定的，哪儿有那么确定呢。"

我问道："那你想过找什么样的另一半吗？你幻想过吗？"

张壁沉吟片刻，他思考酝酿过后说："高矮胖瘦这种还真的说不准，但我想象的另一半都是冷静理性的，也会可爱温柔……不过也不具体，大概就是身上有这样的特质吧，会很吸引我。"

我捕捉到了他话里的信号，打趣道："意思就是不喜欢无理取闹的，不喜欢有负面情绪的？冷静理性就是希望不烦你，这样的女生一般心气高也努力，工作能力强也肯定能挣钱；温柔可爱呢，就是希望她也有女性都有的柔软细腻，会恋家会顾家，肯定也有慈母心肠，会生小孩也会教养小孩，都不用你多操心。"

张壁微微张着嘴，很讶异地看着我，随后无奈地笑了，说："怎么被你这样理解出来，好像我是个剥削者了，咱们不是在讨论理想型吗？"

我耸耸肩，抱歉地说道："不好意思，我过度解读得有点儿多了。"

张壁说："没有，听你一说倒是让我在反思，以后表达需求的时候，最好先把我能给予的也说出来，这样不会显得我的要求很无理。"

他这句话让我的大脑灵光一闪。我最近一些很愤怒很无解的想法都得到了解释，可想象了一下，我还是有些怯懦。

我想和宋玉维持现状，可我这几个月来，又没忍住去推进我与他的关系，我可太矛盾了，他能给我温柔，我能给他快乐，我们很甜蜜，我们也很亲近，可好像还有一层窗户纸在那儿，若是捅破了，要么会更紧密，要么只是会灌风。

地铁到站了，我和张壁从车厢走出来，刷卡出站。迎着凛冽的寒风，我在想，宋玉的理想型，是什么样的呢？上次和宋玉因为楚湉吵了一架，我一个大变样，他也没说什么不喜欢的，所以他的理想型有因为我而变化吗？我就这样琢磨着，张壁在我身后叫我，说道："想什么这么走神，走错路了。"

我走回去，跟着他走人行道过马路。进了商场，我说要去个厕所，张壁在苹果店里一边看一边说："嗯，你去，我在这儿等你。"

我找着洗手间，路过一家品牌彩妆店，扫了一眼，却看到梁昭昭在试口红色号。她旁边站着一个男人，她涂上口红冲男人笑着问他什么，我看口型猜出是在问好不好看。

我低头小跑离开，希望梁昭昭别看到我。那男人肯定不是宋玉，他比宋玉矮一些，还胖一些，瞧着侧脸显露出来的脖子和下颌连接处的褶皱，年纪也挺大了。我不禁偷笑，宋玉知道梁昭昭有新欢了吗？

我从厕所出来去找张壁，张壁瞧见我，说："怎么了吗，这么高兴？"

我说："开心，待会儿可以吃好吃的了。"

周末的餐厅都很忙碌，大都要排号，好在张壁提前预订了。

我们点了几道菜，我拍了照，故意把张壁的半截身体给拍了进去。

我和张壁一边吃一边聊，聊电影、聊明星、聊喜好，倒不会争论起来，可也仅仅是能聊下去的关系。

我和宋玉刚认识的时候，也是很能聊得来，不过不是聊这些寻求共同兴趣的话题，我们都是在吐槽，在说大话，在胡说八道。

我忙着心动，忙着多看两眼宋玉温柔迷人的笑靥，都忘了我当时跟宋玉胡说八道了些什么。我没忍住，叹了口气。我可真"恋爱脑"，出来半天，我又在想宋玉。

张壁问道："怎么了？叹什么气？"

我笑道："不小心吃撑了。"

张壁结账，我知道提平摊欠妥，看了一眼表，七点不到，便跟张壁说："你着急回学校吗？我请你看电影？新上映的那个科幻片。"

张壁说好，我们就去看了电影。在电影院取票，还是很不巧，碰到了梁昭昭和她的男伴。梁昭昭扫了一眼我身边的张壁，深吸了一口气，悄悄冲我比了个大拇指，也没打什么招呼，就挽着那个男人先检票去了。

整场电影我看得心不在焉。我没有想象中的那样坦然，即便我和张壁连朋友都算不上，只是客套地吃了顿饭看了个电影。

梁昭昭心理素质可真好，得向她学习。

于是我把和张壁吃饭时候拍的美食照发在了朋友圈，写了句："泰国菜永远的神！"

看完电影，天已经黑透了，我裹紧我的羽绒服，和张壁挥挥手，直接打车回了学校。

上了车我才看手机，微信有新消息，宋玉问我："论文写完了？"

我说："写完了，我还和乔华她们一块儿出去吃了饭。"

宋玉问："现在回宿舍了吗？太晚了不安全。"

我说："回了，已经在宿舍躺着了。"

我骗他，明明出租车离学校还有五公里。

宋玉发了个照片给我，竟然是我的宿舍门口。他发来一句："碰到乔华，乔华说你今天没回学校，她也没和你出去吃饭。"

我的心提到了嗓子眼儿，宋玉怎么会来学校找我呢？他发现得这么早，竟然没有我表演发挥的空间了。

宋玉好一会儿没等到我的解释，便发来一串文字："你在哪儿呢？我没有查岗的意思，只是最近天黑得早还冷，这片不是很安全。"

他说的我知道，学校表白墙公众号里总是有一些投稿，说学校附近有个变态，有好几个女同学都碰到了。

我只好老实跟他说："我在出租车上，快到了，十分钟左右。"

宋玉说："好。"

到了学校门口，我看了一眼表，九点五分，说早也不早，说晚也不晚。宿舍楼下的同学很少，第二天是周一，大家早早都回宿舍准备休息了。宋玉穿着一件羊毛大衣站在路灯下，这次没高调到把车停到宿舍门口，有进步。

我跑过去握住他的手，他肯定干站了有一会儿了，果然没那么热乎。

我笑道："你怎么过来了？我明天有早课，睡宿舍方便些，我跟你说过了呀。"

宋玉轻轻地扯起唇角笑了一下，眼里却没什么笑意。他一开口，在寒冷的冬季飘出了一团白气，他平静地说着："本来不想来的，可又觉得不能拖，拖着拖着我可能就不想问了。"

我摸着他的手给他取暖，说道："那你问吧。"

宋玉说："边走边说吧。"

于是我们走去操场，一路上碰不到几个人，林荫道上偶尔有外卖小哥骑着电动车穿过。我挽着宋玉的手臂，拉着他的右手放在我羽绒服的口袋里，笑嘻嘻地问道："暖和吧？"

宋玉"嗯"了一声。他隐没在黑暗里，路灯的微光并不能让我看清楚他。我只猜着他情绪不高，也有些犹豫的样子。

到了操场的塑胶跑道上，有个男同学穿着运动服在夜跑，路过我们，哼哧哼哧的喘气声很有存在感。

宋玉总算开口说话了，不过不是问句，而是陈述句。

宋玉说："学校真是个神奇的地方，就跟你在操场走一走，我都觉得自己好像也是学生了。"

我说："学生想快点儿当社会人，社会人想回去当学生，围城套路。"

宋玉说："那我可不是，我并不想回到我的学生时代。"他似乎不想多聊他的过去，于是话锋一转，问道，"你今天和谁一块儿吃的泰国菜？"

我说："一个同学，他请客，我就去了。"

宋玉声音很低很沉，听不出他的喜怒才最让我忐忑，可又觉得有些刺激，他说："只是吃饭吗？不是还看了电影？"

我讶异："你怎么知道的？"

我朋友圈只晒了吃饭，可没晒电影票根，难不成是梁昭昭？

宋玉说："你的社交账号今晚标注了评分，刚上映的那部。"

我点下头，却想不起来什么时候跟宋玉说过我的社交账号，不过无所谓，我直接回答他："我总不能吃白食嘛，就回请看个电影，总不好拖到下回对吧？"

宋玉轻笑了一声，说："对，这个解释很有理有据。"

我说："玉哥哥，你到底想问什么？我只是跟一个学长吃了饭看了电影，正常社交活动吧，你就这么不开心了吗？"

宋玉偏过头，他不笑的时候，眼神也沉寂，有种难以靠近的疏冷感。

宋玉说："我想问什么，我想问问你怎么前天去看楼盘了，你和谁一起去的？你哪儿来的钱买房？还是说……是谁要给你买房？"

我很淡定，我给售楼小姐留宋玉的电话号码时，就是想要让宋玉知道，看来售楼小姐那天给宋玉打电话了。我那天很生气，我从宋玉身上感受到的不安全感，也要让他尝尝滋味，就这么简单。

我说："我和乔华一起去看的，随便看看，也没说要买。"

宋玉冷笑，说："乔华现在都成了你糊弄我的工具人了吗？你今晚跟那个学长出去吃饭，也是骗我说跟乔华一起去的。"

我微笑："就算我是跟其他人一起去看的房，或者是其他人要给我买房，其实你也不必生气，我都是跟你学的，朋友又不嫌多。"

宋玉眼睛都瞪圆了，他很震惊我会说出这样的话，一时哑然。

我继续软声说："你别生气好不好？我们最近吵架吵得有点儿多，可我们不吵架的时候又都很幸福很美妙，所以呢，你别管我跟谁交朋友，我也对你睁一只眼闭一只眼，不是挺好的吗？"

宋玉将手从我的口袋里抽出，温热又略带粗糙的手掌抚摸着我的脸颊，清俊的脸上是自嘲的笑。由于寒冷，他的唇色也淡了些，偏白，看起来有些脆弱疲惫。宋玉轻声说："也不知道究竟是我把你想得太美好，还是你把我想得太随便。"

那一瞬间我突然很后悔，我觉得我玩过了，宋玉似乎比我想象中要更在意那些挑衅的举动。我张口想解释一下，可宋玉放下了手往旁边走了一步，淡淡地说："你说得对，还是不吵架的好，不吵架可以维持现状。"

他眯了眯眼，眼神有些冷，语气也淡漠下来，说："可也不知道能维持多久了。"

　　周一的早课，教授说把论文都交给学委乔华，我翻着书包，发现忘带了。趁着两节课中间的间隙，我回宿舍去拿，寒冷让我稍微清醒了一点儿。我特别困，困得回到教室就趴在最后一排睡觉。

　　手机振动了一下，我打开，是张壁，他说："这周四周五我们学校有留学生美食节，你要不要来？"

　　我周四周五都没课，本想着上周因为发烧没去成北浮山，挪到这周去，但昨晚我和宋玉那个气氛……我也懒得提这事儿。假如再去见张壁，就真的是给他信号接受深入了解了，我知道男女之间是可以有纯粹的友谊，可我看不出来张壁是只想跟我当朋友的。

　　我暂时没回张壁，开始翻看我和宋玉的聊天记录，看着看着就笑了起来，我可真喜欢他。

　　我给宋玉发消息说："我晚上回去，你来接我吗？"

　　宋玉回了个："嗯，好。"

　　我说："我没吃早饭，好饿。"

　　宋玉说："想吃什么？我给你订。"

　　我说："螺蛳粉。"

　　宋玉不说了。

　　我说："你没吃过吗？我前天下单了一箱，今早派送了，你要是有空帮我拿下快递，我不介意你吃一包尝尝。"

　　宋玉说："可我介意。"

　　他发来个拒绝的表情包，然后截图给我外卖订单说："正好你下课，就送到了。"

　　宋玉上周把我的课表给要去了，他现在对我上下课的时间都很清楚。

　　我发了个比心的表情包过去。

我们昨晚没吵架，算是都接受了维持现状这样的结果。

我是有点儿累的，可我不能输。乔华很在乎段涯，所以最后被段涯冷暴力分手；我妈很在乎我爸，所以我爸对我妈的付出理所当然。天下男人都一样，你得等着他们为你臣服才行。

我转而给张壁发消息说："好哇，我周四可以过去。"

张壁回我："那我去接你，总让你坐地铁来找我，太不绅士了。"

我说："你来接我，也就是我们一起坐地铁过去呀，一样的。"

张壁说："不，不，不，我开车去接你。"

我回了个"好"。

我和宋玉在接下来一阵子都很和谐，宋玉接我上下学，我和他说说笑笑打情骂俏，偶尔我住在宿舍。周四那天跟张壁逛了工大留学生美食节，吃得贼饱，我还和不少留学生合影了，也发了朋友圈。

宋玉看到了点了个赞，什么也没问我。

梁昭昭也点了赞，还在底下评论了一句："大学生活真是好哇。"

我不知道她这句话的语气，但我能感受到她那股子阴阳怪气，而且这句话其实有两种解读方式，宋玉也能看到。

我没理梁昭昭，想了想，宋玉这一个月从没在公寓以外的地方住过。可我总觉得可能宋玉也和我见张壁一样，在我看不到的时候和楚湉在一块儿，只是他不发朋友圈罢了。他可能是不屑于来刺激我，到底还是他道高一尺。

我和张壁相处还挺舒服的，张壁说他一直单身，笑着问我："看得出来吧，我嘴巴很笨，不太会说好听的话。"

我说："谈恋爱并不是要会说好听的话的，你只是需要多社交。"

张壁的专业里多是男生，研究生生活更是独来独往，自己也不会去参加什么社交活动，所以一直到现在还没谈过恋爱。

段涯将他介绍给我，也有这一层的原因吧。张壁为人很踏实上进，不乱来，我不会吃亏。这么想的话，段涯这事儿办得倒是挺靠谱的。

张壁说："我这不就是在跟你社交？你却老发呆，是我很无聊吗？"

我忙说："没有没有，我那是在思考你说的话，我只是反应慢而已。"

张壁眯着眼笑，不客气地戳穿我说："你现在反应可不慢哪。"

我沉默了。

张壁拍了拍我帽子上面的雪，说："否否，平安夜要一起过吗？"

我犹豫了，张壁扶了扶眼镜，很耐心地等我回复。

我支吾其词："那个……我们学校一月十五号就放假了，估计我得准备期末考试，别说平安夜了，就是元旦跨年都没时间过。"

张壁了然地点点头，然后问："嗯，我知道的，那我那天去找你吃个饭行吗？就在学校食堂。"

我想了想，点头说："行啊。"

我们去吃了西餐，然后张壁开车送我回学校，这天又是周一，我跟宋玉说了不过去。张壁的车子是他父母送给他考上研究生的礼物，他家是本地的，家境也挺好，从小父母也不拘束他，他也没学坏，自己就挺有规划的，是个很让父母省心的儿子。他也一定会是个很省心的男朋友，他脾气很好，话虽不多也没什么情调，但他的原则性很强。所以这样的张壁，对情感没有我这样匮乏，需求也没有我汹涌。

我回到宿舍，乔华在看小甜剧。她特别喜欢看小甜剧，我就不爱看，总觉得那些刻意摔倒、拥抱、接吻的情节，还有那些心动的小细节太"工业糖精"了。

乔华看到我，扭过头问我："你去哪儿了？"

我说："看个科技展，怎么了吗？"

乔华说："教资考试成绩可以查了，我过了，你呢？"

我连忙开电脑查成绩，乔华也凑上来，说："你复习得比我还好，肯定能过。"

我笑道："我也挺有自信的，嘿嘿。"

我查得比较晚，这会儿网页已经不卡了，查询结果出来了，我的笑容立刻僵了，然后消失不见。

乔华也愣住了，立刻安慰我说："没事的，没事的，三门过了两门，明年三月份继续考就行，成绩保留两年，你明年再考一门就行，肯定能过的。"

我点头说："嗯，没什么难的。"

乔华又安慰了我几句，然后回去看小甜剧了，我起身去了卫生间，把门关上，打开花洒，坐在马桶上，心里涩得很。我知道这并不是什么大事，明年再考一门就行，顶多就是迟了半年拿证，可我就是难过，尤其是乔华准备考试的时间还没有我多，她却三门都过了。

我只是觉得，我可以做到的。就像当初的高考，我也觉得我能考好，可考完对答案的时候，心情就跟玩跳楼机一样，瞬间落下来。

手机响了一下，是张壁，他说他到家了，还说外面雪好大。

我跟他说："我教资笔试没过。"

张壁说："师范还要考教资吗？没事，还能继续考的，下次加油肯定能考过。"

张壁和乔华的安慰一样，我回他："嗯，我会的。"

可是心头那股子憋屈还是消散不了，让我难受得很。

宋玉此时也给我发消息，是一张图片，图里是珠翠华庭小区水池里的小美人雕塑，已经被厚厚的白雪完全覆盖了。

宋玉说："否否，我能去拿你那件红色的大衣给她披上吗？"

宋玉说的红色大衣，我穿了两年了，今年买了喜欢的新大衣，我就不穿那件了，而且那件也有些旧了。

我说："可以，把你的那条白围巾也给她围上吧。"

宋玉说："好。"

我很喜欢宋玉的这些小浪漫，浪漫有时候是不需要给我的，这种给生活的，也触动着我。

　　宋玉总说我脑子奇奇怪怪的，其实他和我很像。我们刚认识那会儿，还在许愿池里捡硬币，宋玉说要找我出生那年的硬币，我二十岁了，所以找了二十个，以后想见我的时候，说不定就能召唤出来一个陈否否。

　　我觉得这个说法很不错，我就也找宋玉出生那年的硬币，找二十五个。

　　我想他，我总是很想他，现在更想他了。我给他打了电话。

　　宋玉接过，他轻笑道："怎么，舍不得红大衣了？"

　　他的声音如雪花般清润又带着点儿凉，很好听。

　　我说："玉哥哥，我那个教资考试笔试没过，我很不开心。"

　　宋玉呵呵一笑，说："那就不考了，不考就不会不开心了。"

　　我被他逗笑了，笑着笑着就哭了起来，鼻涕眼泪一起掉。我哽咽道："我也不想考了，烦死考试了。"

　　宋玉听到我在哭，柔声说："否否别哭，我去接你好不好？"

　　我说："好。"

　　宋玉开车带我回了珠翠华庭，一眼望去，小区都是白茫茫的一片。

　　风还很大，雪倒是停了，小美人鱼雕塑上覆盖着一层厚厚的雪，我和宋玉将那层雪给清理掉，然后给她披上红大衣，戴上白围巾。小美人鱼看起来很奇怪，但看着很暖和。

　　宋玉揽过我的腰，摸了摸我的头发，说道："好了，她不冷了。"

　　他又捏我的下巴，轻笑道："那你也别不开心了。"

　　我作势要咬他的手，宋玉迅速撤走手，眯着眼笑道："回家。"

　　他温柔宠溺的笑是我无法抵抗的心动，我很想一辈子都沉醉在这样的温柔乡里。洗好澡，我钻到宋玉的被窝里，蹭着他取暖。

宋玉被我磨得低笑，抓住我的手说："不困了，来精神了？"

我说："困哪，可又舍不得睡。"

宋玉问："舍不得什么？"

我说："你呀。"

宋玉微微侧过身看我，微弱暗黄的床头灯下，他的神情显得朦胧又旖旎。

宋玉声音低沉，有些无奈的意味："否否，你总是能睁眼说瞎话。"

我说："我哪里睁眼说瞎话了？"

宋玉说："你舍不得我什么了？想来就来，想走就走，不都是你吗？想我了就亲我抱我，有别人陪你玩了都能好几天不搭理我。"

我震惊了，半撑起身看他，问道："我是这样的吗？"听起来好践好渣呀。

宋玉嘲讽地说道："你不是这样的吗？看来你对自己的认知很不准确。"

我埋在他颈窝里咯咯笑，他身上有沐浴露的馨香。

宋玉沉声说："看吧，想我了就馋我。"

我一时不知道他那句说的是"馋我"还是"缠我"，但无论哪个，我都很不好意思，只好"哼"了一声，背对着他钻到我自己的被窝里去。

宋玉却又凑上来了，笑话我说："被我说中了就躲，躲了还要装生气，就想让我哄你。"

他非要跟我过不去了是吧？我捞起被子盖住头，不想让他看到我面红耳赤的样子。宋玉却还是不放过我，他干脆也钻到被窝里，又使坏地用手捏住我的鼻子。被窝里空气本来就稀薄，我被他憋得没办法了，像是暴风雨来临前的鱼，要冒出水面透透气。我推开他，掀开被子深深地吸了一口气。

他起身坐在我面前，张扬地笑，眼里亮晶晶的，宠溺地摇着头说："还躲吗？"

我瞪他，却又很是心虚。我们互相了解，却又互相猜测。

十二月的课都不多了，很多老师都已经提前结课，我进入期末复习的状态。图书馆的座位特别难抢，咖啡馆也是人满为患，我干脆就去工大，借张壁的卡去研究生资料室里复习。

张壁忙着论文选题，我们就很默契地在一张桌上学习，早上我给他带热豆浆和面包，中午我们去工大食堂吃饭，吃完饭回资料室我会趴着睡一会儿，下午我们喝咖啡，晚上再一起去吃饭。他要么开车送我，要么就坐地铁送我到师大。

宋玉最近也在忙活，关于他的生意宋玉也不怎么提，这也是我很舒服的点。我最讨厌动不动把自己赚多少钱，做的生意有多大，挂在嘴边吹牛显摆的油腻男人。

不过相处这么久了，我也稍微知道一点儿，宋玉不开什么皮包公司，经营什么虚的业务，他就搞实体，开理发店、度假酒店、餐饮店……现在北城经开区那边要开个大型商场，宋玉准备加盟一个电影院玩玩，然后再开一个密室逃脱的店。

我之前跟宋玉说过，现在都在搞直播、搞流量，做网上生意，继续开实体店会不会很容易亏。宋玉就很漫不经心，他说有亏也有赚，不论网上还是实体本质都一样的，但最起码他的各种实体店解决了很多人的就业问题。

我鄙视地说道："瞧瞧你这资本家的嘴脸，压迫剥削劳动力还自觉是在帮助他们。"

宋玉不以为然："否否，你还是学生，你不懂，不是所有人想贩卖劳动力都有资本家愿意买单的。"

我说："我懂，不就是内卷嘛。"

宋玉微笑，靠在沙发上打游戏，淡淡地说："内卷内卷，也是有资格的人才内卷。"

这怎么还讨论到了社会话题上？太过于严肃了。我呆呆地看着他。

宋玉没听到我讲话，抬眼看我。他正儿八经的样子就有种成熟男人的疏离感，他说："也有你说不过我的时候了？"

我笑道："我觉得你刚才有点儿瞧不上我。"

宋玉说："我瞧不上你什么了？"

我说："你瞧不上我年轻，我好多都不是很懂。"

宋玉立刻就把游戏扔在一边，温柔地笑道："我哪儿敢瞧不上否否你，半点儿这个念头都没有，你别嫌我老就不错了。人都有自己不懂的东西，你上次跟我说张爱玲我也不懂。"

我佯装生气："那你当时还点头！我以为你听懂了还认可我！"

宋玉笑说："我以为你在说电影，谁知道你是在说小说。"

我当时问他觉得《色·戒》里的易先生怎么样，宋玉说塑造得挺不错的，我说张爱玲太会写了，这样的男人薄情，心机重，我甚至想到了我爸。

宋玉愣了愣就"嗯嗯"地点头，我继续跟他讲张爱玲的其他小说，他也时不时地附和，我以为他很认同我的读后感。结果我们压根儿就不在一个频道上。

我揉了揉眼睛，趴在桌子上睡觉，醒来后有点儿冷，感觉身上有些沉。张壁将他的大衣披在我身上了。

张壁见我醒了，说道："你刚才睡着还在笑。"

我有些不好意思，我刚才梦到宋玉了，自然会笑的。

Chapter 09

所有情绪最
终会随着风
消散

平安夜前一周，我就问了宋玉，要不要一起过节。

宋玉给我的回复是，他估计要去外地，不一定回得来。

我也没强求，说道："那也好，我就可以专心准备期末考试了。"

宋玉笑道："那我可不敢分你的心，好好准备。"

我呵呵笑着，更加努力地复习知识点，可不能让我塑造的学霸人设再次崩塌。

张壁之前提到过，平安夜要来找我吃个饭，在食堂就行。结果到了那天早上，我还在洗漱，张壁就给我打电话说，他订了一家墨西哥餐厅，晚上可以一起去吃。

真的到了节日跟前，我的学习进度倒没那么赶了，晚上出去吃个饭也不耽误什么，于是我便同意了。

张壁特意提醒了我一句说："否否，今天要穿好看点儿，毕竟是平安夜。"

我说："我平时也很好看哪。"

张壁笑说："是，就当我贪心，我还想看你更好看的样子。"

我一时语塞，敷衍了几句就算是答应了，然后挂了电话深呼一口气。

考虑到圣诞氛围，我穿了件丝绒绿长裙，配上马丁靴和红围巾，为了隐藏和全身不太搭的蓝灰发色，我便戴了顶贝雷帽。

我走到商业街，街上都是张灯结彩的，圣诞氛围很浓厚。我找到那家墨西哥餐厅时，张壁给我发来消息，说他在停车，马上就来。

我等了一会儿，果然看到张壁从拥挤的人潮中逆向而来。

我的心情很奇怪，有些焦躁，提不起高兴的劲儿，我看到身边很多依偎着的情侣，那么热闹的时刻，我却和张壁在一块儿。

张壁说："我们进去吧，我提前就排好了号。"

我点点头，跟着他走进去，服务员确认了信息，把我们带到一个四人桌前。

我解开围巾，张壁将菜单递给我，我选了两个，递还给他，张壁又点了好几道菜。

我说："我们俩吃不完的，去掉两个吧。"

张壁说："不用，还会有人来。"

张壁的微笑让我觉得他只顾着自己闷头兴奋，好像没热情招呼我。

我愣了愣，还是问道："谁呀？学长你没跟我说。"

张壁正犹豫着，我就看到服务员领着一个穿着千鸟格大衣的女人过来。她手上还拎着一个小香包，她走路的姿势是那样优雅，浑身气质也温柔迷人。

我不由得浑身僵硬，大脑瞬间下达指令：陈否否，快离开这儿。

张璋熟稔地拍了一下张壁的肩膀，然后坐在他身边，笑道："菜都点好了？"

张壁叫了她一声"姐"，说："点好了。"

张璋看向我，以一副陌生人的姿态说道："你好，我是张壁的姐姐，我叫张璋。"

我强迫自己淡定地看向她，也做到了。我说："你好，我叫陈否否。"

张壁倒了玉米汁给我们，我接过。张璋温声说："张壁最近一直跟我提起你，说交到了新朋友，说他和你在一起很开心，他一直只会读书，我总担心是不是他读研读魔怔了，出了什么幻觉，非要他带我来见你，现在见到你真人，我安心多了。"

张壁含蓄地笑，冲我说："否否，我怕提前跟你说了，你会有心理负担……你别往心里去。"

我强颜欢笑，说道："不会的。"

可我心里却很不高兴，不管张壁的姐姐是不是张璋，张壁的这个做法都使我不高兴，完全是把我当成被观赏的小丑了。

可能张壁觉得我会很欣喜吧，他如此诚恳，甚至都把他姐姐叫来认识我了。

服务员来上菜，桌子被摆满了，我却只吃了几口面前的墨西哥玉米卷，实在是心里堵得慌。

张璋没有表现出任何她认识我的迹象，她就像是个很好相处的邻家大姐姐，问张壁是怎么和我认识的，平时在一块儿都做什么。

张壁一一说了，我附和着笑，喝着面前的玉米汁，胃被撑得难受。

中途张壁去接了个导师的电话，只剩下我和张璋。我以为张璋会阴阳怪气数落我两句，可她没有，反而轻声说："我弟对你是认真的，他不是轻浮的人。今天不是我主动要来的，方才我那么说只是场面话。我弟他是想让我来看看你，如果我都认可，他就决定向你表白了。"

我心下了然，张壁是在确认交往关系之前，就要参考家里人的意见了，也是为了省去以后的磨合。

他倒是个稳重的人，可在感情方面，我不喜欢太过于功利。再说，就算张壁跟我告白，我也不会答应他。

我说："那你最好跟张壁说一声，我没有跟他交往的打算。"

张璋挑眉："怎么，还想着宋玉呢？"

她提起宋玉，很淡然的样子，对我也没什么敌意。

我沉默，张璋继续说："你见过楚湉了吧？"

我"嗯"了一声，转着面前的杯子，脑子里有些乱糟糟的，一如面前这盘沙拉。

张璋靠着椅背，缓缓说："男人总是忘不掉初恋的，即便我家世不错，即便你年轻，即便梁昭昭风情性感……都比不上初恋。哪怕初恋结过婚生过孩子，可是曾经没得到过的，如今再拥有，依旧爱不释手。"

她语气里有一丝惆怅，我竟然很能与她感同身受。

我看着她笑了一下，说道："你是因为楚湉和宋玉断了关系的吗？"

张璋说："算是吧。楚湉想安定下来，她甚至提出可以让女儿改姓宋，以后就认宋玉当爸爸。"

我一时难以判断张璋说这话的真实性，或许是她妄图挑拨我和宋玉的关系。

我想再问些什么，张壁恰好回来了，便不好提宋玉了。

而此时，让我觉得比见到张璋还要荒谬的事情出现了：从二楼下来了"一家三口"，宋玉穿着黑色的外套，里面是一件高领毛衣，那件毛衣还是我给他挑的，他用曾经让我如痴如醉的温润如玉的笑容，正温柔地对着一旁的楚湉说些什么，他手里还牵着一个小女孩儿。

我移开了视线，低着头，然后听到张璋冲着宋玉喊了一声，客气地打招呼："宋总，好巧哇。"

我一向是个没出息的人，碰到什么不想面对的事情就只会躲。我的勇气都在成年之前给用光了，留给宋玉的，并不剩多少了。

宋玉肯定看向了这里，随着一阵脚步声，他们来到了我们这桌旁边，我闻到了他身上很轻淡的香味，却不是雪松香，而是桂花香。

我大脑一阵空白，可我依旧强迫自己挺直腰板。我抬起头，对上张壁投来的询问目光，他也察觉出我不对劲儿了。

我冲张壁轻笑了一下，微微摇了摇头，用唇语对他说："我没事。"

宋玉泰然自若地对张璋说："是很巧。"

紧接着楚湉温柔地说："张小姐晚上好，好久不见了。"

张璋说："你们是吃过了吗？要是没吃的话我们还可以拼个桌，宋总来请客。"

楚湉说："我们吃过了，不知道你今天也来这家店，真是遗憾。"

宋玉说："没机会一起吃饭，还是有机会请客的，这桌我买单，你们慢慢吃。"

我始终淡定地坐着，没有看向他们三个，我有些担心张璋会把话引到我身上，可张璋没有。反倒是楚湉，她对我说："这个小美女好眼熟，我记得你之前来皇族找过宋玉呢，我们见过，你还记得吗？"

即便我保持沉默，也依旧是踏进了"修罗场"，不可能躲得掉。

我抬头对上她美艳的脸，觉着她比上次见面又瘦了些，有些娇弱的脆弱感。宋玉站在她身边，神情讳莫如深，他看向我，却是淡漠到使我觉得陌生。

我笑道："是见过，我记得。"

张璋笑说："她叫陈否否，是我弟弟的朋友。哦，忘了给你们介绍，这是我弟，张壁，你们肯定还没见过。"

张壁冲他们微笑，开口打了招呼，然后颇为无奈地冲我挑挑眉。

张壁不太擅长社交，肯定觉得局促。

一旁的小女孩儿觉得大人们的寒暄客套且无聊，晃着宋玉的袖子，说道："宋爸爸，我有点儿困了。"

楚湉立刻低头哄着她说："菁菁别困哟，待会儿我们还要去星海广场看烟花呢。"

宋玉看了一眼表，然后对张璋说："那你们慢吃，我们先走了。"

张璋笑着点头，我瞧着张璋对宋玉似乎真的没什么余情了，很坦然的样子。

我盯着宋玉逐渐远去并消失的挺拔背影，心里沉甸甸的。我竟然没有生气，只是心头有些酸涩，还有些疲累，头也疼得厉害。我没忍住，胳膊肘支在桌上，用手按着头皮想舒缓一些。

张壁说："否否，你今晚吃得很少，是不是不合胃口，你想吃什么，我带你去吃？"

张璋轻柔地笑道："我看不是不合胃口，是吃不进去，这时候适合喝点儿酒。"

我低笑，看向她，说道："你以前喝得多，回回都醉，有什么用吗？"

两个多月前，张璋在天域酒吧里买醉的样子，我可是都记着的。

张壁已经听不太明白我和他姐姐的对话了，他便只困惑地沉默着。

张璋说："还是有用的，能睡个好觉，比褪黑素、安眠药都管用——想去吗？我带你去喝酒。"

我没接话。

她眯了眯眼，说："你不要跟我说，你想去星海广场。"

张壁有一瞬的呆滞，直直地盯着我，瞳孔都放大了。

我问她："如果你是我，你会不想去吗？"

张璋说："想去，可没有意义，只会让你更可悲。你刚才当着他的面都没有勇气说任何话，你去了星海广场见到他，又能说什么呢？陈否否，你还记得在天域，我对你说过什么吗？我说过，你没有假装大方的资格。你没有，我也没有。你以为楚湉真的不认识你吗？她只是不在意，她那才是大方。"

张璋的话句句扎心，旁观者清。这些日子我怎么作、怎么闹，宋玉都顺着我，在他心里，我都是特别的，他对我的细心温柔是真的，他对我的宠溺是真的，我能感受出来。

可那又怎样？那只会让我在做了断的时候更痛苦罢了，就像现在，我疯狂地想去星海广场找他，想问问他那最狗血的问题：你选一个吧，你选楚湉还是我？

所以最终，这场游戏还是不可避免的，会以我的狼狈收场吗？

我犹豫着，张壁说："我也吃不下了，那我们走吧。"

我跟着张壁和张璋起身，服务员说我们这桌已经买过单了。张壁神色郁郁，张璋推了一下他，说道："我还有下一场，是酒局，平安夜还是很热闹的，你们要来吗？"

张壁说："我想去。"

我们站在墨西哥餐厅外，张壁看着我，等我的回答。他的视线隐隐有压迫感，他希望我也和他一起去。

张璋说："我去把车开过来，你俩在这儿商量好。"

张璋离开，张壁立刻沉声说道："我本来今晚是准备跟你告白的，否否，我喜欢你。"

我点点头，说："谢谢你……"

张壁苦涩地笑着，打断我，说道："不要给我发好人卡，我宁愿当你喜欢的那个坏男人。"

张壁为人不擅交际，不懂人情世故，可他不笨。宋玉离开以后，从我和张璋的那些对话里，他猜出了一二。

我硬生生地扯出几丝笑，抬眼看着他，即便是在拒绝他，我依旧心不在焉。我的视线已经模糊了，我忍了很久，从在餐厅看到宋玉的那一刻我就想哭了。我为什么如此高估我自己？

我哑声说："你真的很好，你对感情真的很认真，很郑重，是我配不上你的喜欢……对不起，我承认我和你在一块儿约会，从来都不是考虑交往，而是想刺激我喜欢的人……"

张壁说："别说了。"

我依旧要说清楚，也可能不是想说给他，只是想说给我自己："我想让他跟我低头，跟我说我们都不要这样玩儿了，我想让他为了我认输。可是他没有，他知道我和你的每一次见面，他什么都不过问，一点儿也不在乎的样子，他是不是还暗自轻松过我没有天天黏着他了？你说为什么……"

"别说了！"张壁黑冷着脸，低吼着打断了我。他瞪着我，眼里隐隐有红血丝。我感受到他所有的怨怒和痛苦。

我张着嘴，跟他道歉："对不起，对不起。"

他骂我也无所谓，都是我应得的，是我不对。

张壁平复着呼吸，好半天，他伸手想碰我的脸，然后又收回，从口袋里拿出一包纸巾塞到我手里。

他低声说："我告诉你为什么，因为躁动比不上踏实，因为心动比不上眷顾，因为喜欢比不上爱。"

我的眼泪在那一刹那就停住了。

张璋走了过来，看到我们彼此都很不对劲儿，说道："商量好了吗？"

张壁说："嗯，我跟你去酒吧，否否不去。"

张壁小声对我说了句"保重"，然后转身走了。

星海广场距离此处有一千多米，步行十分钟就可以到。

我头脑冷静下来，止步于这十分钟的距离，张璋说得对，没有意义，只会显得我可悲。

我去了附近的商场，商场人很多，里面播放着圣诞节歌曲，欢声笑语围绕着我，我却只能将面无表情甚至有些忧郁的脸埋在围巾里。

这家商场有露天天台，我坐电梯上去，天台上寒风刺骨，一片冷清，但是从这里可以看到星海广场那边的灯光和人群。

到了八点，烟花准时绽放，一簇簇的像是盛开在夜空中的鲜花，灿烂而盛大，却又转瞬即逝，一如我和宋玉这段注定无疾而终的恋爱。

拉黑，删除好友，屏蔽朋友圈，又或者是发仅对他可见的朋友圈，这些暗暗表达自己悲伤、气愤、失望情绪的方法，我曾经在跟段涯交往的时候都用过，得到的结论是：一个男人不在乎你，会全然视而不见。

那种感觉就像是你对着山谷呐喊，本以为会听到回音，可山谷太无情，只会吞噬，所有情绪最终会随着风消散。

星海广场的烟花秀结束，宋玉给我打电话，我靠着栏杆吹着冷风，没有犹豫地接了。他的声音有些听不太清，他那边太过嘈杂，好半天我才反应过来，他是在问我："你在哪儿？"

我说："要回去了，明早有个文学评论的考试。"

宋玉沉默了一会儿。我听到小女孩喊他"爸爸"，他一定是分身乏术吧，倒还真是辛苦他了。

宋玉说："你共享位置给我，我去找你。"

我乐了起来："你本来就跟我说过了，平安夜你可能赶不回北城，我就没准备等你，你现在来找我，我也没准备。宋玉，算了吧，我们都别为难自己。"

我话说得洒脱又轻巧，宋玉不满，他哑着嗓子说道："那你什么时候能准备好呢？"

我有一丝的恍然，这话如此熟悉，我想起来，我和段涯分手的那天，段涯也这样质问我："你还要准备多久？一年？两年？三年？"

我哈哈笑了起来，对宋玉开着玩笑说："死前肯定是能准备好的。"

宋玉被我气到呼吸都急促了些，我紧接着说："就这样吧，外面好冷，我回去了。哦，对了，你也别在我宿舍楼底下等，我今晚不回学校，我回家，我自己的家。"

宋玉的声音冷到极点，也很严肃，他说："陈否否，你今晚要是不见我，我也不会再去找你。"

原本我的心已经碎过了，可现在听到宋玉说出这句话，他简直就是在我碎过的心脏上又踩了一遍，直接碾成渣了。

我说："哦。"然后挂了电话。

我坐上公交，还是准备回学校。我刚才那样说是骗宋玉的，我不想看到他再追到宿舍楼下，那样我会心软。可现在骗与不骗也没什么区别了，宋玉说了，他不会再找我了。

手机又响了，我甚至还有些期待地看了一眼，不是宋玉，是段涯。

我接通，段涯轻声说："张壁都跟我说了，他不好再联系你了，但也放心不下你。我猜你要跟宋玉做了断，总该也要身边有人，给你撑撑场子……你在哪儿呢？"

我说："已经了断好了，我很好，我在公交车上，准备回学校，你和张壁都不用担心我……你替我跟他说一声谢谢。"

段涯说："我怎么那么不信呢？不哭不闹，不是你的性格吧？"

我笑了起来，说道："你巴不得我伤心欲绝是吗？怎么那么不盼着点儿我好？"

段涯也低笑了起来，说道："行，行，行，你很好，我信你很好。"

圣诞节后三天，每天都有考试，考完了我就去图书馆奋战，于是到了元旦放假第一天，我就偷懒在床上赖到了十一点才起来。

乔华感冒了，在床上弱弱地对我说："你睡得也太死了，我叫了你好几次。"

我问："你叫我干吗？"

乔华说："都中午了，问你吃什么呀？去吃食堂还是外卖呢？"

我说："外卖吧，懒得换衣服出门了。"

乔华说："那你要吃什么？我选择困难，你吃啥我就吃啥，我来订，你下去拿。"

我想了想，说道："麻辣烫，直接选套餐吧。"

乔华吸着鼻子，趴在枕头上开始订外卖，我去洗漱，洗好以后帮乔华冲了包板蓝根。

乔华从床上坐起身，一边喝着板蓝根，一边俯视着我，我瞧她欲言又止的，说道："你还要我给你拿什么就直接说，不用不好意思。"

乔华说："我跟你有什么不好意思的，给我递下纸。"

我将抽纸递给了她。

乔华又说："我就是想问，你跟宋玉是不是吵架了？你这几天都在宿舍睡的，而且今天元旦放假，你怎么也没化妆出门约会？"

我整理好这几天的衣服，将旧衣服扔到脏衣篓，等会儿要去洗衣房洗掉。听着乔华这么问，我淡淡地说："没吵架，就是分手了而已。"

乔华惊问："真的假的？"她立刻来精神了，一个劲儿地问我究竟发生了什么，怎么分的，还补充说，"我和段涯因为什么分手的，我都跟你说了，所以你也要跟我说！我好好奇呀！"

我言简意赅地说："他还是更喜欢他初恋，初恋的孩子都认他当爸了，你说我该不该分？"

乔华消化了一会儿，问道："你跟他交往之前都没问清楚吗？他这么渣呀？比段涯都渣！"

提到段涯，乔华又深吸了一口气，说道："否否，你该不会是吸渣体质吧？谈一个渣男就很倒霉了，你这渣男系数还带升级的！要不要去寺庙找大师给你去去晦气？"

我一时无语，也觉得好笑极了。乔华意识到她说得可能太戳心了，连忙说："不吃外卖了！我请你出去吃烤肉！反正今天是新年第一天，我们本来也不该在宿舍窝着。"

她爬下床靠近我，我们都蓬头垢面的。我觉得好奇怪，这些天平静地过去了，我也没什么情绪起伏，可是听到乔华说要请我吃烤肉，我竟然抱着她哭了。

乔华被我惊到了，浑身僵硬了几秒，随后又抚着我的背脊。她说："否否别难过了，哭过了明天再去找新的男人，旧的不去新的不来。"

我哽咽说："我才不是为他难过……我就是感动，我好久没吃烤肉了。"

乔华笑了起来，也没戳穿我，随后又长叹了一口气。她说："你还记得上次我失恋吗？我们一块儿喝酒，我也哭了好久。我一直都觉得你好酷，没想到你也会这么伤心。"

"否否呀，你说他们男人是不是就不会伤心呢？他们理解的爱情究竟是什么呢？我以前想着段涯是图新鲜的那种，可你看宋玉，他是更在乎初恋，新鲜却又比不上旧情了……我真的不太懂。"

Chapter 10

他肯定在风
雪里等了我
很久

新的一年再次迎来了大降温，今年比往年都要冷，我里三件外三件地把自己裹成粽子才敢出门。期末考试已经结束了，很多同学都在收拾行李准备回家，乔华考完可以直接走，但是不放心我，所以多陪了我两天。

我去找于老师开留校申请，于老师看到我，问我最近是不是在减肥。

我揉着头发，笑道："没有，就是太冷了，懒得吃饭。"

于老师说："天哪，我要是也能懒得吃饭就好了，我再懒也不会爬不起来吃饭的。"

于老师又说："寒假留校的特别少，别说本科生了，就是研究生也没几个。再说了，你去年寒假留校，大过年的在寝室煮火锅，差点儿出事故。所以今年学校刚开完会，任何学生寒假都不准留校了。"

我呆愣了一会儿，有种不知道去哪儿的孤独感。

于老师低声说："还有一周的时间，你还是收拾行李回家吧。你爸爸去年就给我打过电话让我劝你回去，今年学校是不会给你住了，你也低个头，去和家里人一起过年吧。"

于老师对于我的家庭情况是知晓一点儿的，知道我性子倔，也从来没劝过我什么。可今年情况的确不同，除了回家，我似乎没别的选择。

我点点头，谢过了老师，手揣着口袋离开了办公室。

我回到寝室，乔华已经离校了。我拿出手机给我妈打电话，准备哭得惨兮兮的，让我妈告诉我她待的地方到底在哪儿，我去她那过寒假去。顺便也学学我妈，修身养性，说不定真能治好我的情伤。

电话打通了，我还没开始号哭，就听到我妈开心地说："否否，我们母女真是心有灵犀，我还正准备找你说个事儿呢。"

我说："什么事呀？"

我妈说："我谈恋爱了。"

我心里一惊，像被什么东西击了一下。

我妈欣喜地说："都三年了，我终于走出来了，告别过去痛苦的最佳方式还是得靠新欢。"

我问道:"妈,你怎么谈成的恋爱?"

我妈说:"我们这会接待很多游客,你这位邹叔叔经常来,我们就是这样认识的。老邹他人很好的,丧偶好多年了,等这两个月我跟他去云南玩一趟回来,我带他见见你。"

我捕捉到了关键,说道:"你跟叔叔去云南,那我怎么办?"

我妈说:"你去你爸那哪。我跟你说,我现在一点儿也不恨你爸了,所以你也别跟你爸计较了,大家都和和气气的才能往前看。"

我一时说不出什么话来,我很替我妈高兴,可我又不太高兴。

我脑子里闪过我所熟知的所有人的脸,大家都在往前看,我知道这是对的,可是陷入痛苦的泥沼里时,总归还是需要点儿时间才能走出来的。我需要的时间才刚开始计时,我不知道什么时候结束。

即使连我妈都劝我不要跟我爸计较,过年去他那边过,我也不可能服软的,我就是这个性子,改不掉。

我翻着朋友圈,正好看到天域酒店的那个姜美玲在找大学生寒假兼职,每年十二月到二月去北浮山滑雪度假的客人很多,服务区那边很缺人,而且她说最好是过年期间都能加班的,加班费是平日三倍。

我犹豫了一下,毕竟天域酒店的老板是宋玉。一时脑子里有两个小人在吵架,一个小天使说,有地方挣钱还能住宿,管那么多干什么;另一个小恶魔说,你敢说你心里没有歪心思,其实是想碰到宋玉?

最后小天使战胜了小恶魔,我联系了姜美玲,说我可以干到二月底,过年都不会请假。

姜美玲那边很久才回复,她说:"那很好哇,酒吧还是缺服务员的。"

我说:"不是滑雪服务区缺人吗?"

姜美玲说:"你是于老师的学生,我哪舍得让你在滑雪服务区冻着呢,你去酒吧做吧,没那么累。"

我感谢道："谢谢美玲姐给我留美差，我过去了一定要请你吃饭。"

我和她说好过去的日子，我选了学校的封校日那天过去，这样我还有一周的时间休息。我长叹一口气，躺在床上放空大脑，什么都不想思考。学校的人一天比一天少了，总是能看到同学们拉着行李箱离开的身影。天黑得也越来越早了，天一暗下来，我就会去操场上散步。

段涯给我打电话，说他要来接我。

我说："我要去打工，不去你家。"

段涯没好气地说："陈否否，你天生劳碌命是不是？打什么工，你毕业了以后有的是工让你打。"

他又说："我已经在停车了，你在宿舍吗？"

我说："我在操场。"

过了十几分钟，我看到段涯走过来。我冲他翻了个白眼，说道："我说了不去你家，前两年不去，今年也不会去。"

段涯板着脸，凝视着我，过了一会儿他问道："去哪儿打工？打什么工？靠谱吗？"

我说："之前干过的，天域酒店的服务员。"

段涯呵呵笑了，嘲讽我说："不是跟宋玉断干净了吗？这又是准备弄哪出？"

我低着头继续往前走，我说："你管我呢，你回去吧。"

段涯没走，他陪着我散步，真是稀罕，他竟然配合着我的步伐。沉默了一会儿，段涯说："你几号过去，我送你。"

我刚要开口拒绝，段涯就说："陈否否，你就让我、让你爸，省点儿心行不行？我送你，是能把你吃了还是卖了？"

我说："十号。"

段涯又不满地说道："我就奇了怪了，宋玉有什么好，你当初和我分手以后，也没到我的地盘晃悠吧？宋玉就值得？陈否否，我好歹是你初恋，你怎么就没给我点儿排面？"

我笑了起来，说："你今天怎么这么聒噪了？你一直不都是冷酷薄情大少爷的人设吗？"

段涯嗤笑，他说："这不是你们女孩子都喜欢的人设吗？装着装着就习惯那样了。"

我一时语塞。

段涯又问："那宋玉是什么人设呀？"

我想了好久，说道："不知道，我似乎并不了解他。"

去天域酒店之前，我需要去一趟珠翠华庭，将我的一些东西拿回来。

我特意挑宋玉不会在家的时候去，他周三下午会去各个店里转一圈，有空还会开个会问问情况，所以肯定不在家。

宋玉的确不在家，我一进门，舒了口气，却正迎上从卫生间出来的楚湉。她素面朝天，穿着家居服，一看就不是客人的打扮。

没有旁人，只有我和她，所以楚湉的神情反倒没那样温柔和善，而是带着点儿居高临下的傲慢，她说："又是找宋玉？宋玉他不在，他带菁菁去超市了。"

我说："不找他，我是来拿我的东西的。"

楚湉嗤笑了一声，她"嗯"了一声，然后坐在沙发上看手机。

我将我的平板电脑、充电宝、衣服等都一股脑儿地装进行李箱，走出卧室，我看到木架子上的两盆桂花盆栽，花已经落了，只剩下小绿叶，之前宋玉说，我住在这里，那花就是我的。

我上前刚要捧盆栽，楚湉就说："那俩盆栽是我养好修剪好送给宋玉的，他说他很喜欢，你也喜欢？要是喜欢就带走吧，宋玉不会计较的。"

我很尴尬，顿在原地，随后笑了起来。我侧过脸看着楚湉，若有所思地说道："我还以为你和宋玉的感情很好，可是今天见到你，听你说的这番话，都是在故意刺激我，所以我觉得似乎又不是那么回事。"

楚湉敛起了笑，冷冷地看着我。

我继续说："你这些年看着张璋和梁昭昭在宋玉身边晃悠，从来都没急过，怎么我和宋玉在一块儿了，你就坐不住了？"

楚湉神色迟疑了一会儿，然后说："我坐不住？我坐不住什么了？"

我说："你彻底没有机会和宋玉在一起，所以你淡定不下去了。"

楚湉说："我彻底没有机会了？嗬，宋玉跟你说的吗？是你自己瞎猜的吧？"

我故意说道："宋玉说的，你还不知道自己连备胎都算不上吗？楚小姐你得找准自己的定位啊。"

我也尖酸刻薄起来，心里没多开心，但有点儿暗爽。

楚湉突然就面色平静了，我拉着行李箱离开。我都能想象到她此刻的心情，她一直都把自己当成真正能最后拥有宋玉的女人，宋玉和张璋、梁昭昭，甚至和我在一起，她都自我安慰，觉得宋玉不会动心的。

这就颇耐人寻味了，楚湉竟然也不过如此。可我又想到那两盆桂花，即便她不过如此，宋玉也珍惜她养的花。我又陷入到了一阵哀戚当中。

一月十日，段涯开车送我去天域，一路上我看着光秃秃的树林，心里也觉得荒凉得很。

姜美玲比之前要热情多了，她打量着我身边的段涯，然后说："这是你哥哥？俊得很。"

我没否认，段涯说："对，我是她哥。"

段涯帮我把行李提到公寓楼里，我的房间巧合的还是308。

段涯和姜美玲在门外讲了些什么，我走过去，就看到段涯给姜美玲塞了一沓钱，低声说："麻烦姜经理这阵子多照顾照顾我们家否否了。"

姜美玲推托了几下，最后也揣到兜里了。

我悄声回到房间整理行李，姜美玲走进来跟我说："否否，酒吧顶层冬天不开放，营业时间也只到晚上十二点了，你上班还是七点，你今天要是还没适应过来，明天再上班也可以的。"

我心里有数，而且我也不那么急着上班，便说："那我就休息两天，明天晚上上班。"

姜美玲笑得眼睛眯成了缝，说她还有工作，就先离开了。

段涯双手抱胸站在一旁。他个子高身体又壮实，显得整个房间都小了许多。他低声说："你知道那个姜经理刚才偷偷跟我说什么吗？"

我没吭声。

段涯说："她说酒吧不缺人，缺的是滑雪那边的员工，但是她特意越级请示了宋玉，是宋玉让她好好给你安排的。"

他说的这些，我在看到姜美玲热情的笑脸时，就已经猜到了，所以我并不吃惊。我说："那你还给姜美玲塞红包，你要是钱多没地方花，你不如给我。"

段涯咧嘴笑了起来，然后闷声说道："其实我就是有那么一点儿不甘心，就一点儿……他能给你开绿灯，我也能做到。"

我不想跟段涯聊这些事情，我已经有些后悔了，我不该来这里，我释放出来的信号，宋玉都知道，还摆出一副大方的前任姿态，却也没露面，这简直是变相折辱我。

我将衣服甩到床上，然后对段涯说："你能不能帮我个忙？"

段涯说："什么忙？"

我说："我想借你当我男朋友用一下。"

段涯沉默了。

姜美玲能越级请示宋玉，肯定是去年十一我离开以后，周菲已经将我和宋玉的关系给传遍了。

我如今又出现，却又还是苦哈哈地打工，而且宋玉还避着和我碰面，这自然会让人揣摩。为了避免她们觉得我可怜，我有必要让段涯给我撑

— 205 —

排面，毕竟他看起来还是个外貌帅气的优质男。

我说："走，我请你去食堂吃饭，碰到认识的人，我就介绍你是我男朋友。"

段涯没好气地冲我翻了个白眼，鄙夷地说道："陈否否，我要是宋玉，知道你用这招儿，我一定会笑话你。"

段涯犀利起来毫不给面子，我说："要么我被宋玉笑话，要么我被同事们笑话，那你说我选哪个？"

段涯只好点头："行吧，我陪你演一回。"

我挽着段涯的胳膊就去食堂，我请他吃了砂锅和两道小炒，我自己点了煲仔饭，看到有认识的同事路过，我就跟人家套近乎，介绍我的"新男朋友"。

段涯一开始还挤出微笑配合，次数多了他的不耐烦本性就憋不住了，皱着眉头只顾吃饭，还说："简直就是过家家。"

我说："那你也得给我坚持坚持。"

坚持到周菲过来就好，周菲那八卦传播速度，堪比光速。

周菲习惯中午十一点半来食堂吃饭，她手里转悠着钥匙，看到我时愣住了。我冲她打招呼，她笑着走过来，说道："我听美玲姐说你来了，我还不信，没想到是真的。"

她又看向一旁的段涯，冲我说："这不是你朋友的男朋友吗？你……"

我一时没反应过来。

段涯听出她语气里的不对劲儿，抬眼怒视着她："否否怎么了？"

周菲阴阳怪气地打量着我，又看了看段涯，然后小声说："喜欢当小三。"

她说完转身就走了。

段涯作势就急红眼了，欲要起身拽住周菲发脾气，我拉住他，说道："别这样。"

段涯冷冷地看向我说道："玩砸了吧？"

我撇撇嘴，承认这一点："嗯，玩砸了。"

一件不顺心的事情发生了，就像是推翻了多米诺骨牌一样，接连都是糟心事。

我脑子里再次冒出撂挑子不干了的想法，可一对上段涯那复杂的眼神，我还是硬气地对他说："吃完了吗？吃完了你就走吧，再晚要下雪了，别到时候山路给封了，你困在半路。"

段涯点点头，拉上羽绒服的拉链，无奈地往外走，也不等我。

段涯开车离开了，我回到单人宿舍里，想着该怎么开口跟姜美玲提，我不想干了。

我觉得很受挫，之前和宋玉在一起的时候，怎么折腾怎么乱来，都一帆风顺，还别有乐趣。可如今没了宋玉，我就成了跳梁小丑，专门给别人提供笑料。

我只好漫无目的地刷着朋友圈，想缓解焦虑，结果竟然刷到了宋玉刚更新的。

他是个不怎么发朋友圈的人，大半年没更新了，此刻却发了一个天域酒店房间卡的照片，门卡上写着门牌号："2126"。

我秒懂，这是专门发给我的暗示。

我捂着脸倒在床上，又想哭又想笑。

我也发了一个朋友圈，仅对宋玉可见，是我的宿舍门牌号："308"。

宋玉想让我主动找他，那是不可能的。但我又没完全对他视而不见，我能配合他发这样的朋友圈，已经是很留情面了。

我放下手机，去洗了个热水澡解乏。思来想去，觉得假如来了以后临阵脱逃，不仅宋玉会笑话我，连同事们也要在鄙夷我的基础上笑话我了。

我吹好头发，换了一身衣服，外面正好传来了敲门声。

我看了一眼镜子里的自己，面色粉红，明眸亮闪闪的，眸光潋滟，我深吸一口气，去开了门。

我已经半个月没见到他了，或许更久？我记不清了。

宋玉浑身带着冷冽的空气，他穿着一件黑色长款大衣，里面穿着一套整洁的西装，皮鞋底有融化了的雪迹。

我开门的那一刻，正对着他严肃的神情，他眉头紧锁，眼神锋利却又透着急切。在我刚要开口喊他的名字时，他便一个阔步进了房间，直接将身后的房门甩上，发出"砰"的一声巨响。

宋玉冰凉的双手箍着我的脑袋就开始吻我，他的手很用力，我被他弄得很疼。

我脸涨得通红甚至在发烫，不是害羞，是被他给气的。

我干脆就咬他，宋玉可太狡猾了，我才轻轻地咬了一下他的嘴唇，他立刻就撤离了封印我的唇。

这下我更生气了，我怒目而视，宋玉却抿唇轻笑，说道："气鼓鼓的，像个河豚。"

我又好气又好笑。他笑起来可真让人心酥，尤其穿着一身这么板正的西装，真是斯文败类型的性感成熟男人。

我板着脸瞪他，说道："你过来就没话跟我说？"

宋玉自嘲地说道："本来有，可是看到你，就忍不住。"

我不屑地哼了一声，不愧是情话王宋玉。

他接着说道："见你之前，我也很生气，为什么还是要我来找你？你就不能主动一次吗？你以为那天在餐厅看到你和张壁，我就不会吃醋吗？我也会很介意，非常介意。"

我说："我和张壁什么都没有，就算有什么，能比得上听小孩叫你爸爸吗？"

宋玉说："不是我让她叫我爸爸的。"

我仰头深吸了一口气，然后长长地叹了出去，说："假如你今天也只是跟我说这个'不是'，那个'不是'，一切都是我想得不对，那你可以走了。"

　　一切似乎回到了原点，陷入了冗长的沉默。

　　随后宋玉语气淡淡地说道："否否，我怕我都跟你说了，你对我就没那么喜欢了。"

　　我咬着牙沉声说："是因为所谓男人的尊严吗？有些事情我没提过，不代表我心里没数，你以为我只计较楚湘的事吗？你和段晓娟是什么关系？段涯之前跟我说，你跟段晓娟认识，现在你能先跟我说说，你为什么会认识她？

　　"那么巧，珠翠华庭就正好是段晓娟手底下的房地产公司开发的，你觉得我会怎么想？你的过去，你身边的那些女人都是怎么认识的，你从来没跟我说过，你在乎过我会怎么想吗？你就只会跟我说'不是'，我像个傻子一样地被你糊弄，你觉得很好玩吗？你多会糊弄我呀，现在还先给我扣上个'假如我知道了全部就会没那么喜欢你'的帽子，你可真行啊宋玉。"

　　在我这么一通质问之下，宋玉幽深的眼眸逐渐被悲伤覆盖，而后他挤出一个破碎的笑，哑声说："原来我在你心里，早就低贱到了那种地步。是，你清贵，你高傲，我就该对你俯首称臣，该求你爱我，求你原谅我，甚至于该求你玩弄我对你的心，是吗？如果你要的就是这样，那你已经做到了。"

　　我浑身僵硬，我意识到我伤害了宋玉，可宋玉这番话也伤害了我。比起伤害，我更讶异于他对我的剖析，他早就看穿了我，却也误解了我，我弄巧成拙，我自作自受。

　　我颤声说："我就不该来……你也不该来。"

　　我们没有歇斯底里地争吵，可却更糟糕，言语冷淡又锋利，像是一把匕首，是了，图穷匕见。

宋玉的眉心褶皱变得更深了，他的眼眸闪烁着，好像在做思想挣扎。

最后他喉头滚动了一下，声音低低地说："我来，原本是想跟你说，从开始到现在，我都没有情人，张璋不是，梁昭昭不是，楚湉也不是，之所以这么说，是我们刚认识的时候，你说你喜欢浪荡公子哥——后来我才知道你初恋是段涯，我更觉得我很可笑，可笑至极，我编了那些谎话，不过是让自己成为段涯的替身，完成你对初恋的不甘和遗憾。

"我这么说，你一定又不信，那我和你说清楚。楚湉是我很久之前的女朋友，不过她离开了我，跟了别人，什么也没捞到，最后大着肚子来求我，一帮就是这么多年，至于为什么她不走，为什么她要让菁菁叫我爸爸……你应该也能猜到，可我无意，即便没有你，我也没有那个想法，我和她已经是过去完成式。

"至于梁昭昭，我也不可能真跟她有什么，当初在酒店，她是被付深看上的，付深不想让别人知道，就故意让人误会她是和我有关系，现在你是第四个知道这件事的。

"张璋的父母是律师，以前有个合同纠纷是交给她父亲处理的，因为这个我才认识的她，张璋是追我，我拒绝了她，后来很久没联系。但是她后来听说了梁昭昭的事，问我凭什么梁昭昭可以她不可以，她也要同样的机会试一试——她想堕落，而我就是那个陪她堕落的工具人，她甚至不算喜欢我，我叫不叫宋玉、我开心还是难过，她都不在乎，只要我能满足她的放纵。"

他说完，眉眼恢复到冷淡，将一切情绪都掩藏起来。他冷冷地看着我说："这就是我经常跟你说的不是，什么都不是真的，没有人爱我才是真的。我之前有错觉，觉得你是爱我的，越是觉得你爱我，就越是不想让你知道这些，知道了只会显得我可怜，没有男人希望心爱的女人可怜自己。"

我张了张嘴，却竟然一句话也说不出来。

他真的走了。我全身瘫软在地板上，浑身抖个不停，唇上还有他残留给我的痛感，像是有什么开关被关了，我什么反应都没有。

雪下了一夜，我睡睡醒醒的，脑袋很涨，想到和宋玉的每一次约会，和宋玉的每一次亲密接触，原来我爱他，他也爱我。

早上五点，我就爬起来洗漱，我套上雪地靴，裹着过膝的棉服就上了大巴准备去北城市里。路上一直在飘小雪，车开得很慢，环卫工人在给道路清雪。我去了段家，从别墅区门口走到这里，在这样冷的天里，我浑身却是"热气腾腾"的。

段涯来给我开的门，他一脸不可思议，把我拉进屋，取了干毛巾给我擦了擦满头的雪水。

突然进了温暖的室内，我更是热，却也来不及脱去棉服，我在贵气逼人的别墅里乱转，段家养的萨摩耶也跑来围着我转。段涯亦步亦趋地跟着我，问道："你是找叔叔吗？"

我说："不，不，不，我找你妈。"

楼上传来脚步声，我连忙走到楼梯口，就见到段晓娟穿着一身暗紫色居家长裙，居高临下地看着我，然后微笑说："陈否否吧？三年没见了，出落得更漂亮了啊。"

她是个五十多岁的女人，保养得当，看起来也就四十出头，不用举手投足，只要一个眼神、一句话，就是贵气逼人的感觉。

我没有被她的气场给压制住，我定定地盯着她，问道："段阿姨，我想问你一件事。"

段晓娟说："嗯，不急，你看你喘的，进书房来慢慢说。段涯，去冲两杯咖啡过来。"

我立刻说："不用，我就在这儿问了，段阿姨，你和宋玉以前是什么关系？"

段晓娟的笑容都凝固了，她意味深长地瞟了一眼段涯，才幽幽说道："你猜测会是什么关系？"

我说："忘年之交？"

段晓娟说："那倒不是。"

我急声说："那是什么？"

段晓娟淡淡地笑道："否否，你可以相信他。"

段晓娟真是聪明的女人，见多识广，我什么都没说，只问宋玉，她就已经明白问题所在了。

我说："段阿姨，我相信他，但我还是想知道你们的关系。"

段晓娟说："真要用关系来概括的话，我算是他的客户吧，我做发型都去他所在的店里，那时候他还年轻得很，比你还年轻呢，他还在给人家当学徒。第一次去那家店，听到他老板在骂他业绩太差，准备把他开了，我看他长得好看，他其实比段涯大不了多少，我看到他就像是看到了段涯，所以心一软，就叫了他，成了他拉的第一个会员客户，一次性充了一万块钱，算是把他的工作保住了。"

我的呼吸平静了一些，可心脏还是怦怦跳个不停，我想象不出段晓娟口中那个被老板骂的宋玉是什么样子。

段晓娟说："还想知道什么？现在能去书房慢慢说了吗？"

我点点头，上了楼，跟她进了书房。

宋玉以前说我什么都不懂，虽说总打些零工，表面上是贫穷女学生，其实看不太出来吃过苦，骄纵得很，相处了以后就能发现，其实我是被娇养大的。

他不愿意提及过去，因为那是他泥泞的底色。

宋玉的父母在他高中的时候因为涉嫌刑事犯罪坐牢了，在那之后宋玉都是和他的奶奶一起生活。宋玉没什么念书的心思了，小小年纪把钱看得比什么都重，重过读书考大学。

高中辍学，他去了技术学校学习，段晓娟问过他谈没谈过恋爱，宋玉说谈过，我估摸着那时候谈的就是楚湉。

不知道因为什么，宋玉连技术学校都没念完，就去当了学徒，段晓娟就是那时候看到了他，帮了他，后来还推荐其他认识的人去找他开卡，宋玉一下子就变成了店里的香饽饽，店长还想借着宋玉的优越外形开账号炒作获取流量。

就在这时候，宋玉离职了，他用攒的钱和从段晓娟这里借的几十万开了自己的店，也就是SONG。

段晓娟笑道："说实话吧，我帮他，是因为认识越久，我看他就越像是在看一只股票，我想看他怎么涨，又会怎么跌。"

宋玉的SONG，并不是一帆风顺的，中途亏本很厉害，全靠宋玉在网上不断投钱做营销，最后才养活了。

钱生钱，后续就没那么艰难了，他按照银行利息还了之前借的钱，又开始开不同领域的门店。

段晓娟之前建议过他那么精通流量营销，可以顺势开个公司，赚流量的钱，几年前，互联网流量变现还没那么难，正是红利期。但宋玉拒绝了，他就要开门店，招来的员工都是和他有一样经历的人，他的原话是："他们在我这，不会被老板骂，年轻人的尊严很昂贵。"

听完这些，我双眼都无神了。我起身，看着段晓娟眼角的皱纹，心里有说不出来的感受，我对她说："段阿姨，别跟我爸说我来过。"

段晓娟轻笑："你这丫头，确实犟。"

我下了楼，段涯很关切地看着我。他将煮好的咖啡递给我，我一饮而尽，却也不觉得苦。

我对他说："你能送我回天域酒店吗？"

段涯叹了口气，说："留下来吃个午饭再走都不行吗？"

我摇头，我只要想到宋玉，鼻头都发酸，我说："不行，我怕他真走了，我得去找他，他一直想要我找他。"

段涯听完，穿上派克服，然后说："好，我现在送你。"

我在车上一直给宋玉打电话，可是都无人接听。

我给他发语音留言，跟他说我想见他，我不跟他吵架了，我都是在假装，和他一样地假装，我和张壁什么都没有，只是想气他。

段涯听着只叹气，一时气闷，干脆将广播打开了，城市交通广播里播报着一起事故，说的是通往北浮山的盘山公路没来得及封路，导致一辆车打滑出了意外，搜救人员还在事故现场紧急搜救中。

广播也没说是什么车，可我就是害怕，我想着是不是宋玉来找我了，所以出了意外。

盘山公路上不去，段涯将车停在路边，疑惑地问我哭什么。

我说："我怕宋玉出事……我怕。"

段涯蹙眉道："又没说是他，你就哭得跟奔丧一样。"

他说完"奔丧"这个词，我哭得更大声，眼泪更汹涌。

段涯怎么会明白，假如你爱一个人，什么都能想到他，希望他好，祈求他平安幸福。

我哭了一会儿，缓了缓焦躁不安的情绪，将电话打给了姜美玲。

姜美玲接过电话，问道："陈否否，有什么事儿吗？是住的宿舍有什么问题吗？"

我说："宿舍没问题，都很好。我是想问问姜经理，宋总还在天域酒店里面吗？你能帮我查一下他退房走了吗？"

姜美玲说："退房肯定是没有的，只是现在宋总也不在天域，他一大早就开车下山了，应该是有什么急事。"

我心都提了起来，问道："他几点走的你知道吗？"

姜美玲沉吟片刻，说道："嗯……大概是早上七点多吧，正好我今天来得早，刚好碰到宋总。"

我嗓子干涩地说："好，我知道了，谢谢姜经理。"

挂了电话，我再一次给宋玉打电话。

段涯叹气，直接下了车站在马路边抽烟。

这一次听筒里只"嘟"了一声，立刻就被接起，当听筒传来宋玉那熟悉清润的声音时，我的眼眶再一次潮湿了起来。

"否否？你找我……是有什么话想说吗？"

我抽噎着说不清话，我说："你在哪里呀？我刚才、刚才给姜经理打电话，她说你开车下山了，我听、听那个广播说，盘山公路上出事了，我要被吓死了……"

宋玉柔声说："你别担心，我没事，我已经在市区了。"

我说："我去找你，你把地址发给我。"

宋玉说："雪大，你坐大巴下山更危险，你是想让我跟你一样哭得稀里哗啦吗？"

我一下子被逗笑了，平复了一下心情，说："我比你下山还早，我也在市里，你也不用担心我，你快跟我说你在哪儿，我去找你。"

宋玉说："我倒是想你来找我，你不介意的话可以过来，我在第一人民医院这儿。"

他语气很低落，又夹杂着一点儿欣慰，我隐约猜到可能看病的不是宋玉。

我说："我现在就过去，等我到了，你再跟我讲究竟是怎么回事。"

我挂了电话，将车窗按下来，冲段涯说："段司机！送我去第一人民医院！"

段涯将烟蒂扔在地上踩灭，沉着一张脸上了车，系好安全带，说道："宋玉真出事了？"

我说："没有。"

段涯撇撇嘴，说道："真遗憾。"

大概半个小时到了医院门口，我下了车，冲段涯说道："谢啦。"

段涯颔首，对我说："陈否否，不要委屈自己。"

我轻松地笑了笑，说道："当然不会。"

他没说话，开车离开了。

走进医院，我先在便利店买了两瓶热乎乎的豆奶，揣在兜里走出去的时候，一抬眼就看到宋玉，他举着白色透明的伞，还是那一身黑色大衣，只是里面换成了白色的高领毛衣，整个人有些无精打采。他瞧见我，眼里却是亮的，还冲我笑。

我向他走去，他明明还是那个他，可在我心中却更加不同了。我说不上来这是什么感觉，我有点儿开心又有些心痛。

宋玉把伞撑在我头顶，顺带把我棉服的帽子给我戴上，说道："别冻到。"

他又说："眼睛那么肿，出来吹冷风，会很疼。"

我苦笑："昨天不是说我清贵，说我高傲吗？我冻着了、疼着了，你该解解气。"

宋玉一眼不眨地看我，我被他看得不好意思了。他一把把我揽在了怀里，我闻着他身上清冷的味道，他肯定在风雪里等了我很久。

宋玉一本正经地说："那为了让你也解我的气，我求你，我请求你，别离开我……留在我身边。"

我恍惚了一下，心跳得很快。宋玉的声音低沉，语气很卑微，我从没听过他这样说话，说这样的话。

我更用力地抱紧他，小声地说道："那我就勉为其难答应吧。"

我会永远记得那天寒风飞雪中，我和宋玉和好了，我主动找的他，他请求的我，这一次我们都向对方低头了。

宋玉拉着我走向急诊科那边，路上他跟我说，生病的是楚湉。

"昨天我去了天域，楚湉猜到我是来找你的，所以晚上就吞了安眠药，早上菁菁给我打电话说她妈妈醒不过来，我就先打电话给了医院，医院的人送她来洗的胃。”

他说起楚湉这个事，口气淡淡的，而且眉宇间还有些疲惫与冷意。

我问他：“你早上吃了吗？”

宋玉愣了愣，说：“没有，你呢？”

我将口袋里还热乎的豆奶递给他，说道：“我也没有，等会儿一块儿吃午饭吧。”

宋玉弯起眼睛笑笑，说：“好。”

进了电梯，我半靠在宋玉身上，宋玉低笑，说道：“累了？”

我说：“昨晚就没睡好，老是在想你，折腾了一上午，听到广播又担心出事的是你，现在放松下来，就有点儿困。”

宋玉摸着我的头，说道：“吃完饭，我带你回家睡会儿。”

楚湉已经洗胃结束了，她躺在病房里，已经醒了，只是精神还萎靡着。

我站在病房外，我不想进去刺激到她，当然最主要的是我不想见她，不想和她讲话。

医生和宋玉走出来，医生才说：“她吞服的不多，明天就可以出院了。你注意让她情绪稳定，保持开朗的精神状态，不要再让她碰什么安眠药了，这么折腾也不是事儿。

“这两天你也可以带她去精神科那边做下心理咨询，看是不是有抑郁方面的倾向，这个精神上的东西是需要长期治疗的，要多花点儿时间。”

宋玉点点头，医生递给他单子，说：“去那边缴费吧。”

我跟着宋玉去窗口缴费，缴完费宋玉说：“走吧。”

我疑惑道：“那楚湉呢？”

宋玉面色平静地看着我说：“刚才不是说了吗？我们先去吃饭，吃完饭回家睡觉。我也很累，昨晚也没睡好。”

他拉过我的手，手掌的粗茧蹭着我的手心。

我低着头看着我和他同频的脚步，想了想，还是问道："她刚才看到我了，你这么直接跟我走，她会不会想不开在医院有什么事儿？"

宋玉说："她不会，她在家吃安眠药也就吃了五粒而已。"

我忽然明白了些什么。

我感受到了宋玉话里隐藏的深意，他按了电梯一楼，我想到了什么，说："所以她精神上有问题也是假的？"

宋玉意味深长地给了我一个眼神，示意我的猜测正确。

我立刻阴阳怪气地说："那上一次你问我跟楚湉说什么了，还那么担心我会刺激到她，怎么，是你故意在我面前装的？想气我？"

电梯门开了，他拉着我出去，一边走一边说："我发誓我绝对不是故意的，我知道她拿假的精神鉴定来骗我，也就是上个月底的时候，我也在想该怎么处理这件事……"

他适时止住，似乎不想再提她。

宋玉说楚湉是他的前女友，不管他们曾经有多不愉快，后来又是如何成为这样别扭的关系，宋玉都给楚湉留足了面子。

我们上了车，车里暖和多了，宋玉问我："想吃什么？"

我说："去吃火锅吧，下雪和吃火锅绝配。"

宋玉"嗯"了一声，在手机里找了附近一家评分最高的重庆火锅，就开车带我过去了。

我们吃了一个半小时的火锅，吃完浑身火锅味，一上车，我便昏昏欲睡，直到看到越来越熟悉的街景，我拍了一下宋玉，问道："你知道我前几天回去拿东西了吗？"

宋玉说："知道，不过你也没拿完，你买的一柜子螺蛳粉还在那儿呢。"

我说："这不是重点，我想说的是，我那天在你家看到了楚湉，就算我和你掰了，那也不至于没多久你就让楚湉住进去了吧？"

我说完又有些后悔，明明吃饭之前我和宋玉都不想再提楚湉的，可是这件事一直让我心里堵得慌。

宋玉将车子开进停车场，立刻跟我解释说："我那天也不知道她来过，我原本猜到你那天会来。你多傲娇哇，肯定挑周三来我家，结果楚湉打电话说菁菁吃坏东西了要送去医院，她神经性头疼不能出门吹风，我就只好带小孩去看病。下午把菁菁送回去的时候，她也是在她房间里躺着的。"

我问："那就是说，她知道珠翠华庭这边的密码，自己跑来的？"

宋玉说："她不知道，周三一般我不会在家里，都是家政阿姨来打扫卫生，晚上家政阿姨才发语音跟我说，我前脚刚走没多久，楚湉后脚就过来了，跟阿姨说是我叫她来等我的。阿姨也没多问什么，打扫好就走了，谁知道楚湉是等你……她跟你说了什么吗？"

我突然明白那天楚湉有些急不可耐地刺激我的话语，她那天穿的家居服好像是客房里备用的。

我笑说："宋玉，楚湉精神要是正常的话，你不妨送她去学表演吧，她很会演戏的，说不定命好能红，会挣得比你还多呢。"

宋玉解开安全带，推门下车，我也跟着下车了。我对他说："不管怎么说，宋玉，你都该换一个家政阿姨了。"

宋玉了然，轻笑着说道："已经换了。"

再次回到熟悉的公寓里，我注意到，花架上的桂花盆栽竟然还在。只是瞧着状态很差，快被养死了的感觉，叶子都卷了边。

宋玉走过来，说道："果然我是养不好这个，还是换金橘树吧。"他顿了顿，说了句很俗的评价，"还吉利，比较旺财。"

我说："这两盆不是楚湉养好后送你的吗？"

宋玉拧眉，语气不确定地问道："你究竟是哪里来的这么多我都不知道的讯息？"

我真的憋不住了，抬起手臂掐着他的脖子咬牙切齿地说："楚湉说的！楚湉说的！你前女友楚湉说的！她还有什么是骗我的？先不睡觉了！我们一个一个地对清楚！"

宋玉无奈地笑了，握住我的手说："好，好，好，我也很想知道你都误会我些什么了。"

我们面对面坐在沙发上，先盘点了一下，最开始因为楚湉吵的那场架。

"你那天在气什么？"我瞪他，问道。

宋玉舔了一下他的浅粉色薄唇，那动作是下意识的。我和他相处了这么久，猜出来他是在不好意思。

他又干咳了一声，才说道："我那天其实……是很希望你像现在这样盘问我，可是你没心没肺地去做头发去逛街，完全就看不出来你在意楚湉，你那天脑子里在想什么呀陈否否？

"除了想听你问我，我那天也想问问你关于段涯的事，段涯那时候找我，跟我说，我配不上你，说我是他的替身。可是跟你那样不愉快地吵完，我就不敢问了，我总觉得，我问出口，会把你给吓跑。"

他说完，赧然地笑了一下。他这样笑起来真是好看，带着点儿伤感的暖意。

我脸红得发烫，说："其实那天我也觉得我是楚湉的替代品……所以才去做头发逛街买衣服的，你心里那么敏感居然没看出来吗？"

宋玉困惑地说道："你为什么觉得自己是楚湉的替代品？"

我音量都不自觉地提高了，我问他："你没发现楚湉穿衣风格和我很像吗？她头发都跟我一样长！"

我眼瞧着宋玉像是凝固住了一样，然后他恍然大悟说道："你们女人的关注点……真的很特别。"

"你没发现？"我不确定地问。

宋玉说："你让我现在想……我也想不出来她什么样的穿衣风格，

头发是什么样，倒是你——否否，你这蓝头发该补色了。"

我朝他的胸口捶了一拳，说道："你真的很滑头！"

宋玉低头凑近我，揽过我的腰，低声说："你信我说的吗？"

我说："我不信，那你打算怎么证明呢？"

宋玉不急不躁地说："无所谓了，反正你要知道，假如我说的是假的，那也是我太想留住你了……可我偏偏说的都是真的，因为我知道，说谎是留不住你的，我要你知道我是真的很喜欢你。"

我听宋玉说过很多情话，都从来没有今天听到的这样令我感动。我感觉身体里所有感应爱的热潮都在向我的大脑涌来，我的脸滚烫至极，说："我们先把以前的误会放一放，你刚才的告白让我有点儿上头，我先去睡一觉。"

我醒过来的时候天黑得厉害，房间里没开灯，我摸向床旁边，空的。

房间里开有暖气，被窝里非常暖和，宋玉还给我脚旁边放了热水袋。我伸手按了灯，宋玉正好进来，他穿着米白色的长袖衫和黑色的休闲裤，手里端着一碗刚煮好的饺子，热气腾腾的，他说："就在这儿吃吧，别下床了。"

他给我支起小餐桌，我坐起身，用手将了将头发，想扎起来，手腕上却是空的，宋玉伸手给我，我将他手腕上的黑色发圈给拿过来，将头发扎起来。

我表扬他："可以呀，现在都自觉到这境界了。"

宋玉说："那还要继续修炼，省得你嫌弃我。"

我幸福地笑了，吃着碗里的饺子，是虾仁芹菜馅的，我说道："这是你自己包的吧，不像是速冻的。"

宋玉说："对，面皮都是我擀的，吃着怎么样？"

我说："吃出了我妈妈的味道。"

宋玉不说了。

我认真地说："这是很高的评价！妈妈的味道是不可替代的！这还不能说明你在我心里的位置吗？"

宋玉微微颔首，眼里是满意的神采，他说："我知道你的意思，我该表扬你，现在也学会解释起来了。"

我说："你这话里有话呀，我什么时候不解释了？"

我继续吃饺子，鼻腔里还不忘哼了那么一声。

宋玉说："我不想掀你老底，反正你经常不承认的，撒撒娇就当什么都过去了。"

这话说得怨气十足，我观察着他的神情。他倒是没有任何气恼，只是平淡地在讲话。

我说："你说吧，我不会不承认的。"

宋玉说："真的？"

我说："真的，真的！骗你是小狗！"

宋玉的眼睛立刻就亮了，还有些玩味，他说："今天你看我的表情一直都很奇怪……问你怎么了你只嗯嗯啊啊的也不说清楚。"

我移开视线，看向了一旁。

宋玉将脑袋凑过来，讲话都带着股缠绵的意味，他压低声线："你不给我反馈，我以后怎么讨你喜欢呢？"

我将碗放在一旁的床头柜上，故意慢吞吞地收桌子，就是不好意思看他。

宋玉继续盯着我，调侃道："嗯？不是说什么都会解释吗？怎么不说了？哑巴了，陈小狗？"

我只好双手捂脸，只露出一双眼睛对上他含笑的眼，我说："汪！汪！汪！行了吧？"

宋玉揽住我，额头抵着我的额头，灼热的气息在我脸上吹拂，他说：

"不想听小狗叫，我想知道你究竟在想什么。"

我将脸埋在他心口，抱着他的腰身。我想到下午脑中突然冒出的一个念头，只觉得奇妙，还带有异样的感觉，那是情绪上的感触，遗憾、嫉妒……在我血液里奔涌。

我小声说："我讲了你也别笑话我，其实每个女生都会介意的，尤其我在你之前没有和男生亲过……我觉得你亲我的时候很熟练，所以我一想到你在我之前，也和别的女人这样，我就有一点儿难过。"

宋玉很久没说话，只是更紧地抱住了我，静默中，我听到他的心跳速度明显变快了。

我又说："是你让我说的，我说了，你可别自卑，你谈过恋爱很正常，你要是没谈过那才多没劲儿哪，青铜带青铜，一点儿乐趣都没有……"

他依旧不说话，却将脸埋在我的颈窝处，过了一会儿，我感觉到一片濡湿。

宋玉哑声说："对不起。"

我只觉得我心脏那个地方紧了紧，很疼的感觉，明明我该开心的。

我还是会有些难过，我总忍不住想，假如我和宋玉一般大，假如我早一点儿认识宋玉……我那么地奢望能更早地爱上他，也想他早一点儿爱上我。

天域酒店的工作算是还没开始，就已经结束了。宋玉直接把我摁在家里，淡淡地说："你舍得我孤苦伶仃？"

我本来也不打算去兼职了，只是假模假样表演一下而已，便说："你现在讲话怎么这样矫情啦？你那矜持高冷的调子呢？"

宋玉笑说："我还不矜持吗？跟你谈了大半年都不敢亲你，抱你都怕抱紧了把你弄疼了。"

我说："懒得跟你翻老皇历……玉哥哥，我们真的在一起了吗？我们要一起过年了吗？为什么我觉得像是在做梦一样？"

宋玉在厨房片着烤鸭，他这几天都跟我在一起，我想吃什么，他都亲自动手做，我也是才发现他是个厨艺高手，做什么都很好吃。

宋玉说："这个问题你每天都问一遍，还没得到答案吗？"

我抱着他，他又说："陈否否，我手里拿着刀，你最好离我远一些，我怕不小心误伤你。"

我说："我不，玉哥哥你把我当挂件吧，走到哪儿带到哪儿。"

宋玉说："你不嫌我烦？"

我说："该是你不嫌我烦才对。"

宋玉放下刀，烤鸭被他片得只剩下鸭架了。他举着油乎乎的手，也没法儿回抱我，便低头哄我："否否，我从来没嫌你烦，以前没有，以后也不会，你也别再摸我腹肌了，你这样真的很影响我。"

我嘿嘿地笑，说道："我是看网上有那个腹肌开瓶盖的挑战，想摸摸你的腹肌够不够硬，能不能挑战一下。"

宋玉不说话了。

我看他那张清俊的脸上是无奈又宠溺的表情，越看越喜欢，踮脚亲了他一口，笑道："玉哥哥，你现在幸福吗？"

宋玉微眯着眼，"嗯"了一声。

我说："那就好，我想你幸福，你幸福我也就幸福。"

我这天也装了一点点，装作很没安全感的样子。我觉得宋玉好像知道，他好像什么都知道，又好像什么都不知道。

我希望宋玉心里能满足一点儿，他只要感受到我爱他比他爱我多，那他一定会高兴。

楚湉已经出院好几天了，出院的时候宋玉也没出面。

关于那个桂花盆栽，压根儿就不是楚湉养的，是宋玉以前的员工开花店送给宋玉的，那天楚湉正好在，就要了两盆。

楚湉真的很会用小细节来拿捏我。她深知，女人最在意细节了，宋玉再心细也没想过桂花都能用来做话题。

　　因为这个，我再没问过宋玉楚湉的事情，我觉得我输得好丢人。

　　宋玉在小年之前找了律师，和楚湉划清了界限。

　　其实宋玉不欠楚湉什么，他可能只是陷入了一个牢笼，想为曾经没有能力做到的事情买单。如今他发达了，对楚湉的那点儿经济援助毫不费力，却没想到楚湉越来越依赖他，他想松手都没那么容易了。

　　我从段晓娟那里知道的关于宋玉的过往，我没跟宋玉提过，宋玉也没跟我说过。他不说我就不提，我能猜到他不说的原因。

　　宋玉在解决好楚湉的事后，在路上就给我打电话，说道："否否，明天是小年，我们去超市买点儿年货吧。"

　　我答应了宋玉，他直接将车停在小区门口等我。我上了车，他就塞给我用油纸包着的烤地瓜，热乎乎还泛着甜甜的香气，我用塑料勺子挖了一口吃，那简直是冲破天灵盖的享受。

　　我又挖了一勺给宋玉。

　　宋玉瞧着和出门前一样，没有任何不同。他开着车，说道："你猜地瓜是从哪儿买的？"

　　他这么问，我就一定要好好回想一下了。

　　我记得我没有跟宋玉买过哪家特定的地瓜，如果有什么特殊意义的话……哦，我想到了。

　　我惊奇地说道："难道是新十街口那个卖糖葫芦的老爷爷？"

　　宋玉低笑："我就知道你能猜到。"

　　我说道："那当然，和你在一起的每件事我都记得的。"

　　宋玉说："可以呀，否否，现在嘴巴讲话这么甜了。"

　　我说："我以前讲话也这样啊。"

　　宋玉说："没有，你之前讲这些话总有种打发我的感觉，没有现在真诚。"

我不跟他计较，继续吃着地瓜，胃里也暖乎乎的。

关于新十街口那个老爷爷，之所以印象那么深，是因为我和宋玉确认关系，就是在买了老爷爷的糖葫芦之后。

那天是三月二十日，北城的春天来得很晚，三月底的气温，也才刚零摄氏度左右。

宋玉没开车，和我吃完饭，就要打车送我。我特别想和他多待一会儿，就说："我请你坐公交吧。"

宋玉笑得如沐春风，说："好哇。"

我估摸着他其实也想和我多待一会儿。

我们上了公交车，正好有个靠窗的空座，宋玉让我坐，他站在我旁边。

公交车上我们并没有交谈，那是辆开了很多年的旧车子，总是带有一股子闷闷的汽油味，让我直想吐。

宋玉看出来我不舒服，把车窗打开一条缝，新鲜的空气让我缓了过来，我仰着脑袋冲他笑，脱口而道："谢谢玉哥哥。"

宋玉愣怔了一下，然后似不确定地低声问我："你刚才叫我什么？"

我说："玉哥哥。"

我认识他二十一天，我都叫他宋玉或者宋总，但我在心里都叫他"玉哥哥"，我觉得这个称呼亲切又独一无二。

宋玉莞尔一笑，唇角透着愉悦，我知道他喜欢这个称呼。

我不好意思地看向窗外。公交车停在新十街口的红灯前，我看到街道旁有个推着老式自行车的老爷爷，车头绑着个草靶，靶子上插着几十根糖葫芦，一串串红红的很惹眼，旁边路过了很多行人，却没有人为他的糖葫芦驻足。

寒风中，他穿着军大衣立在自行车旁，戴着黑色的毛线帽，花白色而稀疏的胡子随着风微微晃着，也不吆喝。我没有觉得他在发呆，他是在孤独。

我以前一直觉得孤独是名词，是形容词，可那个老爷爷让我意识到，孤独也可以是动词。

我正莫名伤感着，宋玉的声音在我头顶响起："过了这个路口，我们就下车。"

红灯停，绿灯行，公交车开过路口没多远，就停在了新十街口站。

我跟着宋玉下车，我猜到他要干什么，就也没问。

宋玉直接买下了那个草靶子，老爷爷收了钱，一句话也没说，骑着二八大杠就走了，那军绿色的背影带着酷劲儿。

宋玉拿着那插满糖葫芦的草靶子，瞧着可真违和，我取过一个糖葫芦就咬，挺酸的，酸得我直皱眉。

宋玉也取下一个糖葫芦吃着，他也被酸得皱起眉。

我哈哈笑他，差点儿被山楂核给噎住。我吐着核，说道："我这样好像《植物大战僵尸》里面的豌豆射手。"

我紧接着又吐了几个核，一个比一个吐得远。

宋玉想笑，强忍着。

他还是没憋住，很开心地笑了起来，看着我的时候眼睛亮亮的。

有人看我们围着糖葫芦草靶子吃得这么开心，就上来问卖不卖糖葫芦。

宋玉没收钱，反正我们也吃不完的，干脆就免费赠送。

很快就送完了，宋玉很没有帅哥包袱地扛着草靶子，我们沿着新十街慢悠悠地走着。

我嘴巴还酸着，问宋玉："我刚才觉得那个老爷爷好孤独，后来又觉得他就是个很酷的老爷子。"

宋玉说："我也这么觉得。"

我说："真的吗？"

宋玉侧过脸看我，路灯下看人真的更温柔，更让人心动，他说："我当时在想，假如我是他，身边有否否你的话，那就糟了，就酷不起来了。"

我说："为什么？"

宋玉说："和你在一块儿就忍不住想笑。"

我明知故问："是笑话我的意思吗？"

宋玉的笑容缱绻，让我心头迅速升温，仿佛感受到了春日的温暖。他说："当然不是，就是开心地笑，听你讲什么奇奇怪怪的话都觉得开心，你不讲话我也觉得开心。"

我嘟囔着："这是喜欢一个人的感觉吧？"

宋玉眯起眼，点着头："嗯，对，我喜欢你。"

他还扛着草靶子，样子滑稽却又遮掩不住俊俏。我听到他的告白可激动了，却又顾忌着他说的那些"风流事"，便强装淡定地说："我也挺喜欢你的。"

地瓜吃了一半吃不完了，我肚子好撑，然后听到宋玉跟我说："买糖葫芦那天晚上，你说你也挺喜欢我，陈否否，你当时特别酷。"

我疑惑地问道："不好吗？那你觉得我该什么样儿？"

宋玉幽幽地说着："没有不好，我只是当时觉得你连告白都那么跩，一点儿也不娇羞，看不出来你是真开心，还是随口应付我。我就想，那我可一定要下功夫装得更浪荡些，不能太热情，怕吓跑你。"

我咬着唇，我能看到后视镜里我荡漾得意的笑容，我可真厉害，原来那么早，比我以为的还要早，我其实就已经拿捏住了他。

Chapter 11

我们就是这样开始相爱的

小年那天，我没赖床，跟着宋玉起床了。

洗漱好，我跟宋玉去厨房。他昨晚上就把饺子包好了，鲅鱼馅的、蟹肉馅的、牛肉芹菜馅的，三种口味，搞了好几个小时。包好了我嘴馋想让他给我下几个尝尝，他也不给。

我这才自愿起大早，就图他包的饺子。

宋玉昨晚睡得晚，所以瞧着有些疲态，没那么精神，不过看我时还是笑得温柔，他说："否否，我还是想说，你头发该补色了。"

我摸了摸头发，确实长长了一小截，原来发色黑亮的，再加上染的蓝色也开始掉色了，所以头发现在就……很像杂草。

宋玉都看不下去了，那真的要去捯饬一下了。

我说："家里有黑色的染发膏吗？你帮我染回黑色吧。"

宋玉说："我这没有，我带你去店里染。"

他收盘子的时候又轻笑了一下，说道："否否，你怎么不想着染点儿其他颜色玩呢？红配绿怎么样？"

我白了他一眼，他明明知道了我突然染一头蓝发的原因，现在还来打趣我。

我认真地说："过两个月就又是教资考试了，这次笔试肯定能过，到时候面试总归要染回去的。"

宋玉将碗筷和锅都放进洗碗机里，想了想说道："否否，你还有一年就毕业了吧？"

我说："差不多。"

宋玉问："想当老师？"

我说："想啊，我也没什么别的想做的事情。"

宋玉眼珠子瞟向旁边，然后幽幽地笑着说："否否当老师的话，还是挺合适的。"

SONG 都是上午十点才开始营业，这才七点半，宋玉开车带我去了最近的一家。店里的灯全部亮了，一片通明。

只有我一个客人。

店里还可以冲咖啡喝，宋玉在找染头发需要用的东西，我就去冲了两杯咖啡。

宋玉先给我洗头，他双手按摩着我的头皮，力道很让人舒服，可不知道为什么我觉得很别扭，我闭着眼，脑子里浮现的都是他以前这么给别的客人洗头的画面。

洗完头，宋玉用毛巾给我包住，拉着我坐到镜子跟前。他站在我身后，把头发吹到八成干，然后给我围上围布，开始给我染发。

这个过程，宋玉和我一样，都是沉默着的，桌前我冲好的咖啡已经不冒热气，冷了下来。

宋玉给我涂好染发剂，接下来要等一会儿再给头发上色。他坐在我旁边的高脚椅上，对着镜子里的我端详了一会儿，说道："否否怎么看起来不太开心？"

我抿了抿唇，看到自己的嘴角是向下的，眉头微微蹙起，的确像不开心的样子。

我说："没有不开心哪，我只是觉得做头发的时候好丑。"

可不嘛，做头发的时候，头发湿漉漉的还被涂了一层东西，紧贴头皮，显得脸很大，身体被围了围布，脖子这里又垫了毛巾，看上去敦实得很。

宋玉笑了起来，将我的椅子转过来对着他。他认真专注地看着我的脸，说："否否什么时候都很漂亮。"

他伸手摸着我的眉骨那块，轻声说："听说两个人在一起久了，就会越来越相像，夫妻相就是这么来的。"

我想象不出来我和宋玉那个时候会是什么样，可宋玉这么一说，我心头的别扭感就消失了。

我腼腆地笑了笑，凑过去亲了口宋玉。

他的过去没有我，可是他的未来，我要全部都占有。

头发最后染回了黑色，又洗了个头，宋玉给我吹好，我又回到了一开始的陈否否，只是长发变短发，更灵动活泼了些。

已经十点了，员工都已经来上班了，看到宋玉都打招呼叫他："老板好。"

瞧见我，不知道是谁喊了一声："老板娘好。"

宋玉没说什么，反而摸了摸我的头发，说道："你是喜欢听老师好，还是老板娘好？"

我咯咯笑道："都好，都好。"

旁人都很有眼色，立刻也开始叫我老板娘，把我喊得害臊极了，拽着宋玉就说要回家。

我们去附近的银河公园转了转，北城冬季的日头在零下十几摄氏度的气温里一向是摆设，可今日倒是添了几分暖意。

银河公园里的湖面都结了冰，宋玉试着踩了一脚，评价道："不够厚，危险。"

我说："厚又怎么样？上冰面怎么玩？"

宋玉诧异地看我，问道："你会溜冰吗？"

我摇摇头："不会，我平衡能力很差的。"

大一的时候有溜冰课，我第一节课就扭伤了脚，从此看到这项运动我脚脖子就隐隐作痛。

迎着日光，宋玉的皮肤瞧着有透明感。他说："小时候我比较皮，一到数九寒天，河面结了冰，我能在冰面上玩一天都不回家。"

我笑道："有那么好玩吗？"

宋玉说："除了溜冰，还玩冰杂，就是冰陀螺，小时候觉得什么都好玩，现在去玩却又觉得没那么有意思了。"

我明白他这种失落的心情，立刻安慰他说："我小时候还觉得干啥都没意思呢，现在就觉得什么都很有意思。"

宋玉不说话了。

由于穿得厚，他抱我我也感受不到他的力道，我靠着他的胸膛，观察了一下不远处同样逛公园的人，还不少，有些遗憾地说道："这么冷，人还多，实在是不好发挥。"

宋玉的下巴搁在我的头顶上，声音低低的，闷闷的，问道："发挥什么？"

我说："亲你呀！"

我们继续沿着结了冰的湖面散步，宋玉跟我说："否否，有件事要问你的意见。"

我说："你问吧。"

宋玉说："你愿不愿意，跟我回去见我奶奶？你愿意的话，我们就一起陪她吃年夜饭。"

他说得很平和，没有半点儿恳求和压迫的意思。

我觉得这不是什么很有压力的事情，立刻就点头："愿意呀，可是我不会给你奶奶打下手，她别嫌弃我好吃懒做就行……"

说着我就惭愧了起来。

宋玉说："有我呢，哪儿轮到你打下手了，你就带着嘴去吃就行了。"

我更感到不好意思。

他又缓缓说道："我奶奶住在老城区那块儿，我每周都会回去看她，她都快八十岁了，我想把她接到我这边住，也好照顾她，她却不愿意。"

我问道："为什么不愿意呢？老人不都喜欢跟小辈说说话吗？独居老人多孤独，多危险哪。"

宋玉唇角扬起一抹苦涩的笑，他说："她嫌我烦，我以前叛逆的时候，让她操了不少心。她总说，让我赶紧走，别在她跟前晃悠，她好去找老姐妹打麻将。现在我成个像样的大人了，她也不愿意享清福，就说这些年怎么过来的就继续过，一人一种过法。"

宋玉看着我，很真诚地说道："否否，我想带你见我奶奶，就是见家长的意思。至于我爸妈……我也该告诉你，我高一的时候，我爸妈去讨薪没讨到，一时冲动就捅了人，现在还在服刑。我最近一直在想怎么告诉你，可事实如此，怎么讲也都是这个事，你不要有压力，你还是你，我也还是我。"

我表现得很镇定，一点儿也不惊讶。我也只是稍微觉得意外，宋玉刚才看起来竟然有些紧张，眼神里闪烁着微小的怯懦的光，他好像害怕我会因为这个离开他。

我早从段晓娟那里知道了，就算我不知道，是从宋玉这里第一次得知，我也不会因为这种事离开他。不是什么道德绑架，也不是我涉世未深脑子糊涂，而是我接受了他的所有过往所有背景，只要未来和他在一起，什么都不重要。

我揣着兜，撇撇嘴，轻描淡写地说道："哦，我知道了。"

宋玉挑眉道："我知道你会不介意，可你比我想象中的还要不介意。"

我冲他仰着笑脸说："这有什么介意的？我爸妈还离婚了呢，你不也没介意吗？"

宋玉缄默了一会儿，似在回忆，然后说："你好像没跟我说过。"

我反应过来，说道："那你现在介意吗？"

宋玉摇摇头："不介意。"

我说："那不就得了，快走吧，我饿了，想吃饭。"

宋玉拉过我，一脸满足的笑，暖洋洋的，像是此刻的太阳。

我嘴上说得轻巧，心里对于见宋玉奶奶这件事，还是有些紧张的。我在微信里跟乔华说着这件事，问她第一次上门见长辈，买点儿什么比较好。

乔华回了我一句："你问我？我能有经验吗？"

我说："你跟我一起想想，两个人一起想肯定更好。"

乔华说："老年人需要的，按摩椅？电热毯？保健品？"

我说："宋玉都给他奶奶买过了，都不缺。"

乔华说："那我想不出来了，我爸当年第一次去见我姥姥、姥爷的时候，就送了两套保暖内衣。"

我评价道："那也太砢碜了。"

乔华说："送什么不重要，人家相中你了，你就是什么不买都行，人家不喜欢你，你送什么都没意义。"

乔华说的话一下子将我心头的紧张感驱散了不少。

于是我去商场给宋玉奶奶买了两套保暖内衣，还有两双棉鞋。

宋玉去给店里的员工发奖金了，回来的时候看着桌上的购物袋，以为是给他买的，含笑打开盒子，见着大红色的秋衣秋裤，笑容又凝固了。

我顿了顿，先不准备解释。

宋玉一脸为难地说道："我十二岁本命年以后，就不穿红色的内衣了。"

我说："我就给你买的红色呢，你穿还是不穿？"

宋玉勉强地笑道："穿，你买的我都穿。"

我上前止住他拆包装的动作，说道："那我下次给你买一套，这套是给奶奶的，你就别试了，别把衣服撑大了。"

宋玉把手缩了回去。

腊月二十八，我爸打了个电话过来。

我还躺在床上睡懒觉，看到他的来电立刻就清醒了。这一次我没有挂断，倒是心如止水地接了。

我爸说道："否否，今年来跟爸爸过年好不好？你段阿姨也很欢迎你来的，房间都给你收拾好了，就等你来了，我去接你好不好？"

我说："不了，我有人一起过年的。"

我爸语气很不悦，他这几年在段晓娟身边一定很顺心，让他一点儿也受不得拒绝，所以那压迫感让我如此熟悉。他说道："陈否否，你这么大个姑娘，大学都读了三年了，怎么一点儿礼数也没有，哪儿有过年不跟父母一起过的？你段阿姨跟我都在一起这么久了，你当小辈的是不是该拜个年打个招呼？人家段涯对我就礼貌得很，叔叔长叔叔短的……"

我打断他，说道："我跟我男朋友一块儿过年，跟他去见家长，你有意见吗？要不你带着段阿姨也来见见？我怎么介绍你和段阿姨呢？这是我爸，这是我爸女朋友，你觉得怎么样？"

我爸被我气得直喘气，一声不吭挂了电话。

我乐呵呵地翻了个身。宋玉躺在一旁，早就醒了，他搂过我的腰，柔声批评我："你这么气叔叔，可不太好。"

我说："我这是提前杀一杀他的威风，让他心里有个数，改天带你去见他，他就不会给你下马威了。"

宋玉闻言，黏糊劲儿就上来了，亲着我，低声说："没想到否否也有这样的打算了，真是让我受宠若惊。"

我没跟他开玩笑，正儿八经地看着他说道："我认真的，我想和你结婚，一毕业就结。"

宋玉的眼神清明了许多，他说："这么急吗？"

我语气轻松坦白道："对，很急，我太恨嫁了，只对你……玉哥哥不想结吗？"

宋玉深吸一口气，然后轻声说："你总是把我想要的提前说出来，交往也好，现在结婚也是……我想，我很想，可我会怕你拒绝，怕你同意了又后悔。"

他深邃的眼里是无尽的温情，我从他眼里看到了我的小小倒影，心里满满的都是幸福感。

我说："我还怕你觉得我矫情做作，嫌我黏人，嫌我什么都不会，就会好吃懒做。"

宋玉说："嗯，我倒是没想到你对自己的认知这么清晰。"

我轻哼一声，问："你到底结不结？"

宋玉说："否否，求婚这件事，还是让我表现一下吧。"

我"嗯"了一声，翻了个身背着他偷笑。过了一会儿我还是没忍住，跟他说："我想要'鸽子蛋'。"

宋玉说："你能给我留点儿余地发挥吗？"

年三十一大早，我就起来化妆打扮，穿了一件大红色的大衣，亮眼得很。我觉得长辈们肯定喜欢看到年轻人红红火火的样子。

宋玉收拾好东西，看到我从衣帽间出来，愣了愣，然后评价道："挺喜庆。"

我说："过年嘛，就是要喜庆。"

我指了指我的脸蛋，说道："看，我还上了亮片。"

宋玉坏笑道："再给你个红手绢，你就能上春晚跳二人转了。"

太损了，这恋爱谈着谈着，两个人的情话就变成了互损。

我们提着大包小包上了车，除夕夜一大早的路上就堵了，终于在早上八点半到了老城区的锦绣小区。小区虽然老，却热闹得很，烟火气很足，门口还有不少小摊贩在做生意。

停好车，我跟着宋玉进了小区。宋玉奶奶住在二楼，小区楼道瞧着挺干净的，没有很多老小区那种腐朽的味道和破裂的墙壁纹路。

宋玉开了门，就说道："奶奶，我们回来了。"

房间里暖乎乎的，我闻到了檀香味以及厨房飘来的肉香味。

宋玉奶奶从厨房走了过来。她个头儿跟我差不多，身材比较瘦，腰板倒还直，精神头很足，穿着黑色的打底衫套着红马甲，银发被暗红色的毛线帽包了进去，耳朵上还戴着金耳环。

她瞧着宋玉，一双眼笑得弯起来，说道："宝玉回来得这么早哇。"

我一惊："宝玉？"

宋玉面色尴尬了那么一瞬，然后冲我挤了挤眼说："我小名，你可别跟着叫。"

我点点头，然后立刻迎上去给宋玉奶奶打招呼："奶奶好！我叫陈否否，是宝玉的女朋友！跟宝玉来陪你过年的！"

宋玉在一边不说话，只是笑。

我把给奶奶准备的礼物都提过来，奶奶已经笑得合不拢嘴了，握住我的手就说："多水灵的姑娘哪，宝玉怎么骗你过来的？"

宋玉还在笑。

我说："他说奶奶做饭好吃，让我一定过来尝尝，还说奶奶亲切，我就想来给奶奶拜年。"

宋奶奶点头呵呵地笑，礼物也不看了，就说："吃早饭了没有？我刚煮上玉米粥，你小姑娘肯定不爱喝，我给你们下饺子吧。"

她说着就往厨房走，我连忙跟上，说道："奶奶不用下饺子了，我们喝粥也行的。"

宋玉也跟着走了过来，狭小的厨房此时显得很拥挤，奶奶从冰箱里取出包好的饺子，冲我们挥手："宝玉呀，带否否出去看会儿电视吧，别都挤在这儿，我给你们做点儿吃的不累的，高兴着呢。你平时不在，我可闲透了。"

我刚要说我不看电视，我要打下手，就被宋玉拽了一下帽子，他对奶奶说："好，那你先煮着，我看家里对联还没贴，我和否否贴对联去。"

我高兴地笑笑，跟奶奶说待会儿再过来，就跟着宋玉去贴对联了。

对联是宋玉买好带过来的，我给宋玉递胶带，宋玉负责贴，然后又在冰箱上、柜子上都倒贴了福字，还在家里各处挂了红灯笼的装饰，年味一下子就上来了。

奶奶也煮好饺子了，喊着宋玉去端。

饺子胖乎乎白滚滚的，是猪肉酸菜馅儿的，蘸上蒜泥陈醋汁，很是开胃，我一个接一个地吃。奶奶坐在旁边喝着粥，她只吃了两个饺子，说是年纪大了肠胃就喜欢喝点儿粥和汤。

奶奶端详着我，笑道："丫头吃得好有福相呢。"

我说："是奶奶有福相，我就是来沾沾福气的。"

奶奶笑得更开心了，见我盘子里的饺子都吃完了，直接把宋玉的盘子端给我，慈祥地笑道："多吃点儿，不够我再给你煮。"

我没客气，吃着宋玉的饺子，冲他炫耀地挑了挑眉。

宋玉也没叫委屈，只是一脸柔和的笑，只吃了几个饺子都能一副餍足的样子。

年夜饭是奶奶和宋玉一起做的，满满一桌菜，奶奶还开了两罐黄桃罐头，一罐给我，一罐给宋玉。

奶奶一整天都很开心，吃完年夜饭，她让宋玉去洗碗，把我拉到卧室里，从马甲口袋里掏出一个红包塞给我。

我立刻拒绝，我怎么能收老人的钱，可奶奶低声说："宝玉都跟我说了，你以后就是他媳妇儿了，虽说是过年，可这钱不当压岁钱，当你第一次上门给你的见面礼，这可一定要收的，不收就是看不上我们宝玉，看不上我这老婆子。"

我笑着收下，说道："我很喜欢宝玉，也很喜欢奶奶，我会嫁给他，会成为奶奶的孙媳妇儿的。"

宋奶奶咧着嘴笑，说道："我没什么遗憾了，我都安心了。"

宋玉此时推门进来说道："奶奶，电视机给你调好了，要看春晚还是听戏曲？"

宋奶奶说："春晚越看越看不懂了，听听戏吧，你俩今晚搁这屋睡吧，我去客厅听戏去了。"

宋玉追了出去："奶奶，我和否否陪你一起听。"

除夕夜以后，春天仿佛被鞭炮声给唤醒了，气温直线上升，比起去年姗姗来迟的春意，今年要早了许多，才刚三月初，就已经是破冰的气候了。

我又迎来了开学，帮着乔华通知同学们去指定教室领这个学期的教材，听不少人讨论决定实习或者考研的事情。

我不考研，我在继续准备我那一门没过的教师资格证考试。

乔华倒是要考研，想考去北京，我问她为什么是北京，乔华皱着眉头很严肃地问道："我要说是因为我潜意识暗示我，那里有我的真命天子，你信吗？"

我沉默了两秒，说道："不信。"

乔华说："为什么不信我？你应该相信女人的第六感。"

我说："比起第六感，我更相信，比起读研，其实更想谈恋爱。"

乔华叹了口气，然后问道："否否，你和宋玉认识之前，那两年你都没有想谈恋爱吗？一点儿都没这个心思吗？我记得当时追你的人中也有几个不错的。"

我说："说实话是想过的。"

乔华说："那你当时刚认识他的时候，是觉得他算那些追你的男人里最好的，才跟他谈的吗？假如当时有一个比宋玉好很多很多的男的追你，那你还会不会跟宋玉谈？还是说，不管当时怎样，你就是想跟宋玉谈恋爱，除了他其他人都不行，不和宋玉谈恋爱，你就也不打算脱单？"

她说得很绕，但是我听明白了。其实她就是想问，我和宋玉，究竟是机缘巧合的偶然，还是命中注定的唯一。

我回想了一下，然后说道："说实话，假如当时没有宋玉，我应该到现在还是单身。"

乔华眼睛一下子就亮了，像是拨开乌云后见到的太阳，光芒耀眼。

乔华说："那就说明这世上还是有真命天子的，我的直觉没有错。"

乔华从我这里取到了对于爱情的信念，立刻提着书包去图书馆了。

教师资格证考试结束时已经快四月了，于老师在微信群里发消息说，有意向的人可以准备支教实习了，有好几个地方可以选。我看了一眼，想也没想就选了北浮镇中学。

我跟宋玉说了，宋玉说："镇上离天域酒店也不远，你别住教师宿舍了，我每天都接你回酒店，好不好？"

我期待地说道："好哇，好哇！休息的时候还能喝两杯！"

宋玉说："人菜瘾大，忘了你一喝酒就头晕吗？"

我说："但是喝酒刚开始那种上头的感觉，很舒服的。"

宋玉问："为什么？"

我说："大脑很清醒，清醒又疯狂，感觉身体里有一团火在烧，酒精遇上火，可不是越烧越旺嘛，旺到受不了了，就想赶紧找个人一起燃烧。"

宋玉目光炯炯地望着我，说道："你说的这种感觉，我的确也有过。"

我问："什么时候？"

宋玉说："第一次见你的那个晚上。"

我想起来，那天晚上宋玉确实喝了酒，他后来还说，一喝酒就有好事儿发生，比如遇见我这件好事儿。

我想到了乔华问我的那个问题，突然也想问他，我说："假如那晚你遇到的不是我，是另一个美女，你也会借着酒劲儿跟她搭讪吗？"

宋玉轻柔地笑了起来，神色认真地说："我喝了酒，反而会不太喜欢讲话。"

我已知晓答案，止不住地笑道："可是那晚你说了很多话。"

宋玉说："是呀，本来想装得高冷些的，却还是没忍住。"

我说："那我也跟你讲个实话吧，那天我早就注意到你了，你在樱花树下坐了好久，我一开始以为你在等人，后来看到你拿了瓶威士忌在喝，低着头好像是在哭，我就猜你是为情所伤了，伤心的男人好没意思哟，我就准备走了，结果又发现你在吃烤冷面。"

宋玉听我讲到这里，面色异样了起来，挑了挑眉说："空腹喝酒，胃会不舒服。"

我继续说："就是因为你吃烤冷面配着威士忌，那一刻我觉得好开心，不是好笑，就是觉得你好可爱，我觉得你这么可爱的人，肯定不是为情所伤而这样，你只是来休闲一下，这就是你的休闲方式。"

宋玉也跟着我陷入了回忆，然后笑了起来。

他笑起来的样子，一如一年前那个春夜。他在朦胧的灯光下叫住我，冲我笑着说："晚上好，可以邀请你跳一支舞吗？"

银河公园里樱花园旁边是个大广场，附近的中老年人憋了一整个漫长的冬季，每天晚上都会来这里跳广场舞。

因为男性也不少，所以都是男女搭配，配着《小苹果》之类的歌曲扭来扭去，好不热闹。

宋玉说出第一句话时，樱花花瓣随着夜风摇晃落下。

宋玉站在樱花雨的光影下，他穿着一身黑色的休闲西装，瘦瘦高高的，手插着兜，容颜清俊好看，眼睛亮亮的。

我耳边是广场那边音响里传来的音乐，女人在唱："我遇见你的那一天，世上才有风花雪月，十里香上关花开呀开，开不完相思的缠绵……"

我后来查到这首歌叫《最美的情缘》，广场舞歌曲里并不算热门的，我在寝室放了一整天，乔华一开始嫌弃说土气，后来听着听着又说好听，是很多网红歌曲都没有的缠绵感。

宋玉见我好半天没反应，又问了一遍："可以吗？"

我故作淡定地点点头，迎上他的视线，说道："跳。"

我们一点儿也不像是才认识的陌生人，宋玉虚揽着我的腰身，我主动拉住他的手，跟随着音乐的节奏踏着舞步。

我闻到了他身上的酒气，广场人很多，我也就没那么害怕，又使坏想试探他，故意踩他的脚，踩了好多下，他也没躲避。

我过意不去了，他的皮鞋被我踩得脏兮兮还瘪瘪的。

随意散漫地跳了一首歌的时间，宋玉松开我，说道："踩得开心吗？"

我乐了起来，他知道我是故意的，不是问我跳得开心吗，反而问我踩得开心吗。

我说："开心，下次我让你踩回来。"

宋玉说："真有下次吗？"

我说："当然。"

他像是舒了一口气似的，对我说："我叫宋玉。"

我说："我叫陈否否。"

我们四目相对，有什么看不见的东西在涨潮，那是春江潮水，那是心动的潮汛，热烈又汹涌，炽热又缠绵。

我们就是这样认识的，我们就是这样开始相爱的。

Chapter 12

宋玉篇

一

我爱上陈否否这件事，完全是不受控制的。

陈否否，她怎么可以连名字都这么可爱。

遇到陈否否的那天，我心情很不好。

我在城市里漫无目的地开车闲逛，等一个红灯时，扯了扯领带，憋闷感舒缓了一点儿，车上的两瓶矿泉水都被我喝完了，水喝够了就想喝点儿酒。

我当时在想什么？我不喜欢我身边的所有人，谁都不喜欢，包括我自己。我愈发觉得我只是个无聊又无趣的透明人，对任何人来说，我无足轻重，我只是个工具人。

开车路过皇族，正好去买瓶威士忌带走，好在朱蕊不在，我刷卡结账。

我想找个地方喝酒，又不想回家；我想找个人一起喝酒，脑子里空空如也，不知道该和谁一起喝。我在想要是有另一个自己就好了。

我绕着北城开了一圈，最后开到了银河公园，春日里的公园真是绿意盎然，又正好是周末，人也多，够热闹。

樱花园里有不少青春靓丽的大学生来拍照，自拍的、拍写真的都有，还有小情侣拉着手卿卿我我的，真是甜蜜浪漫。

我一个一身西装的成年男人，此刻在这颓靡地喝着酒，实在是有些奇怪，还很煞风景吧。可我就是挪不动步子，想在这儿多待一会儿，沾点儿勃勃生气也好。

酒没喝两口，饿得很，樱花园旁边穿过广场，就是西门，门口有卖吃的，我买了份烤冷面，多加了两个鸡蛋和甜辣酱。

我又回到了樱花园，天色已经黯淡下来了，年轻人走了许多，广场上逐渐聚集了一群中老年人，音响开始预放歌曲。我吃完烤冷面，又懒散地喝着酒，我酒量很好，喝了半瓶也没醉意。

我又四处看了看，意外看到一个穿着长款针织衫配碎花裙的女生，她的长发用水蓝色的丝带编成了两个麻花，垂在两边。她在湖边撕着面包片喂天鹅，面无表情，嘴角下撇有些不高兴的样子，她的眉眼很浓艳，这样瞧着更是一副不好接近的高冷样。

公园工作人员过来，对她说："小姑娘，我们这里不准给天鹅喂吃的，别喂了。"

女生声音清脆还有些不经意的娇软，语气甚是理直气壮："我没有喂天鹅，我在喂鸭子。"

工作人员说："这是天鹅！不是鸭子！"

女生不在乎地说："我说是鸭子就是鸭子，所以我没有在喂天鹅。"

工作人员大概是觉得她脑子有点儿问题，又不想惹事情，也没领导监督，就嘟囔了两句离开了。

女生继续喂面包片，天鹅却不吃了，又回到了湖里，不搭理女生了。

女生坐在长椅上把剩下的面包片给吃了。她吃得很慢，好半天才咽下一口，她望着前方，像是在放空。

我猜她是不是失恋了，不然为什么会一个人在公园里喂天鹅？现在的小姑娘不是做什么事情都会拉上闺蜜一起拍照发朋友圈吗？

可她瞧着太酷了，很冷淡的样子，一点儿也没有伤心的感觉，我又有些不确定。

我才意识到我是在望着她笑，我收回目光，继续喝着酒，奇怪了，现在酒劲儿是上来了吗，胸腔中仿佛冒着一团火。

我又忍不住地朝那个女生看过去。我想认识她，我想问问她喝不喝酒，要不要一起体验一下这团火烧起来的感觉。

我竟然想要去搭讪她，我会不会显得很油腻很猥琐？我会不会吓到她？

我这样犹豫了许久，她看着太美好，像是盛放在夜色里的睡莲，我只是根杂草罢了，杂草会影响到睡莲的生长。

一瓶威士忌见了底，那团火还没熄灭，反而更旺盛了。

她起身要走了，穿过石阶小路，走到这边的砖石路上，我想也不想地站了起来。

我看到广场上欢乐地跳着双人舞的人们，立刻叫道："喂鸭子的那个妹妹。"

她停住，转过身，没有疑惑，只是很平静地看着我，她一定被搭讪了很多次。

我舔了舔干燥的唇，笑着对她说："晚上好，可以邀请你跳一支舞吗？"

她一时有些愣怔，没说话。

我又问了一遍："可以吗？"

她无所谓地点了点头。她站在樱花树下，风吹过她的水蓝色发带，若用美丽形容她，太过于俗气。她的容颜明艳，气质优雅，神色间又有几分灵气。

她说："跳。"

她似乎没有防备，主动上前拉住我的手，眼睛也直勾勾地盯着我。我为了不显得很局促，始终冲她笑着。

说她没有防备吧，转眼她就一个劲儿地踩我，她是故意的，我看得出来。可我不介意，她那点儿力气，就像是小猫在轻轻地挠人。

我们跳完舞，互相自我介绍，她说她叫陈否否。我看着她，重复了一下："陈否否？"

她眨巴着眼："你对我的名字有什么意见吗？"

我说："没有，我觉得很好听。"

她说："那当然。"

我们沿着这条砖石路慢悠悠地走着，她身上有很淡的茉莉香，我想装得高冷些，现在女孩子不都喜欢高冷一点儿的吗？

好吧，我也不确定，我就没谈过几场成功的恋爱，我哪里够自信地断定女孩子喜欢什么样的男生呢？

我还是破功了，我夸她头发漂亮，又黑又亮，还一点儿分叉都没有。

她抬起头，用奇怪的眼神看着我，说道："你是理发店的理发师？"

我说："嗯，开了几家理发店，SONG，华润商场就有一家，你头发这么好，平时做做护理会更好，你想做的话，我给你免费做。"

说完我就后悔了，我想跟她有下次见面的机会，可是这样的话，未免听起来太奇怪了。

我怎么会说这样不得体又很突兀的话呢？我怎么活了二十五年，碰到心动的女孩子，突然不会说话了呢？

果然，陈否否淡淡地说："不想。"

我赶紧转移话题，我说："你今天怎么一个人来银河公园？师大离这里还挺远的。"

她刚才说她是师大的学生。

陈否否说："想放风筝的，可是我的风筝线断了，我在等风筝掉下来，一直没等到，就顺便喂喂鸭子。"

她说这话时有些不开心，嘴巴都不自觉地嘟起来，下唇那里有个小窝窝，可爱得很。

她这样让人就想哄她，想顺着她。我说："那明天我陪你放风筝怎么样？我多带几个风筝，够你放的。"

陈否否说："好哇。"

都约到一起放风筝了，我该主动开口要联系方式了，却是陈否否主动的。她掏出手机，她的手机壳是蓝色的小熊，她说："不加微信怎么约时间呢？我不想被放鸽子。"

我心跳有些快，忍不住就笑了起来。我掏出手机加了她，她的头像是只戴黄色帽子的宠物鸭。

晚上九点，我想送她回学校，可总觉得不妥当，她会觉得我有所图谋是个坏人吧？我便送她去地铁站，她冲我挥挥手，我一直望着她的背影消失在我的视线里。

我低头打开手机，看着那个宠物鸭的头像，我竟然已经开始想念她了。

放风筝，去游乐场，玩蹦床……能约她出来玩的消遣已经快用完了。

约她出来单纯吃饭反倒会被拒绝，她说："吃饭简直是不动脑子的追求方法，太没诚意了。"

她当然知道我在追她，我也能看出来她对我不是没有好感，可那好感似乎太浅了，浅到我每晚睡觉抓心挠肝地想怎么才能更吸引她一点儿。

我有些不正常了，我察觉到了这一点，却也无法返回正轨。

在步行街偶然碰到了平时不怎么见面的楚湉。她打量了我一下，若有所思地问道："宋玉，你谈恋爱了？"

我淡笑道："没有。"

我看了一眼在远处排队买冰棒的陈否否，心里的答案是，这不叫恋爱，这叫单恋。

楚湉说："去你店里找你总是找不到你，你在躲我？"

我说："没有躲你，可能只是没有缘分。"

我这话残忍得没给她留面子，她苦笑了一下，说道："今天的巧遇都不算缘分吗？"

我说："是巧遇吗？"我明知故问。

我看到了她跟着我，所以故意支开否否去买冰棒。

楚湉脸色变得难看了些，她知道继续聊下去也没有意义，我们早已是无话可说的关系，我有新生活，她却总想拉我回到记忆里去。

楚湉转着手里的气球，递给我，软下声音说："菁菁下周要交校服费，我钱不太够了，你肯定不知道，上个月的两万块钱其实已经花光了……"

否否一手拿着一根马迭尔冰棍儿走了过来，我说："嗯，回头我给你打钱，这种事微信上跟我说就好了，不用特意过来一趟。"

楚湉点点头，她总是很有眼色，知道什么时候该进，什么时候该退，但其实太圆滑的女人，我会觉得不真诚。还年轻的时候并不明白这个道理，那时候觉得她很有分寸，肯定看过不少脸色的，觉得她坚强，后来发现她将这项长处真用来当饭碗了，却是说不出来的滋味。

楚湉低着头离开了。

否否走过来，她看到楚湉的背影了，轻描淡写地说了句："被搭讪了？"

我接过她递来的冰棍儿，不置可否地点点头。

否否说："你被搭讪我倒觉得正常，要是你完全没女人缘，我反而觉得你是搞诈骗的。"

她总正儿八经地说些猜测，说得跟真像那么回事一样。

我对她说："我要是太有女人缘，那我就是个时间管理大师——现在都说那叫海王。"

否否笑嘻嘻的，那双杏眼灵动得很，里面满是期待，她说："我觉得海王也挺好的，我知道他是海王，就不会陷得太深。"

她咬了一口冰棍儿，太冰了，她的眉都皱了起来，又说："谈恋爱还是很累的，要认真，要互相计较是否真心，喜欢都成了最底层的东西，一点点喜欢都不行，非要很多很多喜欢，渣男是渣，可是一般也都很浪漫，浪漫的渣男那就叫浪荡，浪荡的人喜欢洒脱，多轻松呀。"

我被她这一番长篇大论说服气了，陈否否可真是个妙人，她怎么不去辩论？人们口诛笔伐的渣男都被她说得积极正面了起来。

我盯着她，笑说："你不想谈正常的恋爱？"

陈否否点头道："你想谈？"

她眼神里的试探让我立刻明白，我的回答不可以是"想"。

我脱口而出："不想，我是万花丛中过，片叶不沾身，这才是都市男女快乐准则。"

陈否否笑得很开心，我说这些话她竟然很开心？

我继续吹牛——原谅我吧，我只是个想吸引她的普通男人。我逐渐摸索出在她面前要如何表现，要偶尔热情偶尔冷淡，要浪漫又不能太深情。

现在又要跟她说，我其实是个海王。我哪里是海王了，我是她潋滟眸光中的一尾鱼才对。

陈否否说："那真的好酷哇。"

我说："这话可不能跟别人说，男人听了会想骗你。"

陈否否扬了扬眉，问道："你没在骗我吗？"

我说："我的确是骗你了，我感情经历挺丰富的。"

看到陈否否惊讶又掩不住兴奋的样子，我心里对她道歉：

对不起，亲爱的否否，我现在才是在骗你，我想成为你心中很酷的存在。

二

我感情经历丰富这样的谎言，竟然让陈否否对我的兴趣大了起来。

可她也不问我感情上的事情，她不好奇它们，她似乎没有占有欲，可我能看出来她喜欢我。她平时发呆的时候一副不苟言笑的清冷样子，在面对我的时候，会娇娇柔柔地笑，会撒娇，会装可怜。

哦，对，她还叫我"玉哥哥"。

我们确认关系的那天，我买下了街口老爷爷的所有糖葫芦，否否咬了一口糖葫芦，却被酸得皱起眉来，可爱死了。

我想着该怎么跟她表白，以至于我都忘了扛着草靶子走路看起来很粗鲁，我忘掉了。

我先是抛出了一个话题，再陈述论据，最后的结论反而是否否传递给我的。

"这是喜欢一个人的感觉吧？"

我终于可以不那么刻意地表白了。我满意地眯起眼，说道："嗯，对，我喜欢你。"

否否却没有羞涩，她可太淡定了，她都不愿意装一下吗？她很跩地淡淡说道："我也挺喜欢你的。"

她这样说，我又有些后悔告白太快了，显得我很心急，否否该会怀疑我很随便，反倒会更加防范我。否否是个表面好说话，其实警戒心很强的女生。

我想和她谈恋爱，谈那种情浓于水的恋爱。

我正想着接下来该怎么放慢节奏，慢一些，可以让两个人的感情基础更牢固些。

此时否否开口了，她说："我们互相喜欢，那就可以谈恋爱了。"

我笑着点点头，说："是。"

我要不要跟她表明决心？我正好可以跟她说，我把身边的追求者都拒绝了。

可否否却说："还好你感情经历丰富，我不希望自己在恋爱中陷得太深。如果不开心了随时就能抽身，这样挺好的。"她仿佛觉得这样的决定太机智了，赞赏地点了点头，继续说，"哦，我们谈恋爱的事，不要让别人知道，我们悄悄谈就行啦，这样会更轻松，你觉得呢？"

我黯然神伤，我在想否否总说的那句"快乐就好"，她和我在一起是真的很快乐吧，所以才会想要这样开启一段关系。

好吧，既然她想这样玩，那我就陪她，我根本不可能拒绝她。

然而我万万没想到的是，我第一次拒绝她，是因为张璋。

陈否否，她怎么可以喜笑颜开地刚和我接完吻，就撒娇让我去见其他女人，只因为这样她可以收到张璋的小费。

我气她，我很少跟她那么冷淡地讲话，我说："陈否否，我今晚要是听你的去张璋那儿，你就会觉得，改天你也可以对我招之即来，挥之即去。"

我不去看她，转身离开，我不想看她那双水汪汪的眼睛，我会溃败。

我在她面前的游刃有余和云淡风轻是假装的，我是个输家，我们谈了半年那所谓的柏拉图式恋爱，我都不敢亲她。我开始以为只要足够慢，就可以积累出勇气，可逐渐地却不知道积累的终点是在哪里。我只愈来愈发觉，我内心的怯懦在压制着欲望的冲动。

我总是在等，等她足够喜欢我。我以为我等到了，她明明在前一天晚上还主动吻我。

我冷着脸回到酒吧，梁昭昭看着我，立刻说道："这是上头了？要回房早些休息吗？"

付深笑道："他酒量好，这点儿量怎么可能上头？"

我说："精神不太好，我先撤了。"

梁昭昭冲付深挑了挑眉，就跟上了我。

我知道否否几分钟之后也会回酒吧，她好面子，刚被我说了一通，还没哄她就又相见，指不定要憋屈成什么样。

我脑子里都可以想象到否否闹别扭的样子，红润的唇微微噘着，柳眉轻蹙，眼睛里蓄了那么点儿难过……我叹了口气。

回了房间，梁昭昭抱胸问道："你刚才是去见张璋了吗？"

我说："没有。"

梁昭昭指了指唇，说道："口红这么红，不是张璋的还能是谁的？"

我走到卫生间看了一眼镜子里的自己，的确是有口红的印痕，只是我脑子突然记起来，否否一向是不喜欢化妆的，她说过，涂了口红吃东西很不舒服。

她怎么突然开始涂口红了？我可以理解为是为了我涂的吗？

梁昭昭在我身边开口说："看来不是张璋，每次提到张璋的时候，你可不是这样的表情。有新欢了？"

我想了想，还是得让否否消气。我对她总心软，因为口红，我就觉得她还是在意我的，那么一点儿的在意我也不想失去。

她想要张璋的小费，我给她就是了，只是不能直接给她，她为了这段柏拉图式的恋爱，连约会吃饭都要求互相请。

于是我便借着梁昭昭，给她补了那五千块钱。

否否收了梁昭昭的钱离开后，梁昭昭来对我说："你眼光不错，是个小美人。"

我挂了员工的电话，站在阳台吹着风，警告她道："你老实点儿。"

梁昭昭笑得灿烂，说："哟，是真喜欢哪。"她拎起包，边走边说，"行了，下了张璋的面子，今儿个还是挺开心的，我撤了。"

房间里只剩下我一个人，我想去找否否。我总是想找她，什么都不说也可以，只要她在我身边我就感觉很圆满。

我知道现在还不可以，我和她还没到那样亲密无间的地步，在她还没有足够在乎我的阶段，我不能让她厌烦我。

在我和她之间的一切还没清明起来时，之前刺在我心头的段涯，又出现了。

否否在面对段涯这个前男友时，眼神总是很复杂。她嘴上说得轻飘飘，可我还是能看出来，她是在意段涯的，至少比对我要在意。

她被付深欺负了，是段涯当了那个英雄救了美。我从房间匆匆赶去，看到段涯伸手给她擦眼泪，然后段涯给她塞卡，她跟段涯起了争执。

我的否否，她从来没在我面前哭过，她一直都是对我笑，或者神色淡淡的，或者不高兴，却从来没哭过。

我似乎连嫉妒都是僭越，我只体会到了一种无能为力的悲哀。

是了，她没为我掉过眼泪。

我把付深打了。

我脑子很清醒，我特意睡了一觉，等到了早上才开车去医院揍他，他该打。

梁昭昭本以为我是来看望付深的，在看到我把付深从病床上拖下来，冲着他的脸猛揍了两下后，她惊呼了一下又立刻止住。

我继续揍他，我把他的胳膊给拧脱臼了，他的哀号声都能震破玻璃。

他说："宋玉，你发的哪门子的疯？"

我说："没发疯，就是看你不顺眼。"

我不说因为否否，是不想付深伤好了会去找否否麻烦。

付深搞不清楚状况，他是个假把式，不扛揍，侧躺在地上冲着梁昭昭虚弱地喊着："给我叫医生……叫警察……"

我冷笑："自个儿受欺负了知道喊警察了，还知道有法呢？"

梁昭昭干站着没动，也没吭声。

付深喘着粗气，他那眼神恨不得把梁昭昭撕了。

我们就站在病房看着付深狼狈地在地上扭动着。

我并没有觉得解气，我只是厌恶，厌恶付深，厌恶自己。我对梁昭昭说："去叫医生过来吧。"

梁昭昭这才动身开门去叫医生。

付深嚷嚷着要告我，要告昨晚差点儿踹坏他命根子的段涯。我对他皮笑肉不笑地说："你当酒吧没监控吗？要我拿给苏佳琪看看吗？"

我又冲着一旁给付深接骨的医生说："我们哥们儿之间打架闹着

玩儿。"

付深立刻没底气了，他的脸肿得厉害。梁昭昭也不看他，在旁边抠手指，对我说："能走了吗？"

我径直离开了病房。

我没想到在那之后，梁昭昭给调酒师刘畅塞钱，让刘畅跟张璋说了否否和我的事情，以至于张璋那晚去泼了否否一脸酒。

梁昭昭这两年是过得太舒服了，我也不给她甩脸色，她就觉得我是个没脾气的人了吗？

都来欺负否否，欺负否否就是欺负我，我往日里不计较，是觉得无所谓，如今倒是真明白了，那只是因为没人把我放在眼里。

我给苏佳琪打了一通电话。苏佳琪说："真难为宋总了，憋到现在才和我说。"

之后苏佳琪做了什么，我没去打听过，但能看出来梁昭昭日子不太好过。

我开了刘畅，又去客房找了张璋。

张璋一副刚睡醒的样子，看到我，愣了一下。她白皙柔美的脸上浮起温婉的笑，说："宋玉，我这些天在天域，都是在等你。"

我侧身进了房，房间里弥漫着酒气。她酗酒厉害，也从来不是为了我。

我知道张璋在想什么，可我却无法共情她，我们关系的产生十分荒谬。

我说："你比我更清楚，我们之间没什么好聊的。"

张璋说："怎么没有聊的？那个陈否否，是你的新女朋友吧？"

我对她，提不起什么精神，只看着她冷冷地说道："是不是，你本来就不在乎，不是吗？"

张璋靠着墙，我们就站在门后，懒得去房间里坐下来谈，没那个必要。

张璋的眼神很低落，也有些迷茫。她缓缓地说："宋玉，我觉得你是个很特别的男人，我第一次在我爸事务所碰到你的时候，听我爸说你的过去，我就觉得我们俩很般配。你拯救我的乏味无聊，我可以治愈你过去的孤独伤痛，这不就是我追求的罗曼蒂克吗？"

我沉默不语。一开始遇见张璋，她的确是很亮眼，说不上心动，却也是个可以考虑的交往对象。

我当时陷入了自我怀疑中，怀疑我碰不到爱情了，也许是我太慢热，所以才会对张璋心动不起来。她是个很不错的女人，我认为可以多接触，找找感觉。

然而一切都只是假象，我与她之间没有火花产生，她对我不感兴趣，我对她始终心如止水，我们不合适。

张璋这人，太过于自我，自我到她只会幻想爱情，而感受不到什么是爱情。无法感知他人，也无法分析自我，这也是她学表演两年后一直休学的原因。

张璋继续说道："我可以接受人生的悲情化，却再也忍受不了单调。是，我的确是不在乎你那什么初恋楚湉，什么梁昭昭，至于这个陈否否……也就那么回事吧，我昨天生气也不是生你的气，我是气梁昭昭。可你为什么要拒绝我呢？"

我很疲累，她简直把所有人都当成配合她演出的角色，都要陪她上演热闹刺激的都市剧。她要表演出为我伤心，为我嫉妒，为我发狂的情节。一切都是她的想象。

我说："你当初说，让你成为我的女朋友，你会好受一些，张律师也说你该多体验体验，让我好好照顾你，不至于总在家里自言自语。可我并不觉得你现在在变好，你甚至想拖我下水。张璋，我们结束吧，你放过你自己，好好去生活吧。"

张璋瞪圆了眼睛，突然笑了起来，说道："宋玉，别这样，再多陪陪我吧，别散场，一切才刚开始。"

我深吸一口气，面对张璋，我的脑子也开始混乱了起来。我说："等你清醒了，我再和你谈吧。"

张璋说："我还是希望我每天都醉着，清醒太难挨了。"

我说："你总有清醒的时候。"

张璋说："宋玉，我可太喜欢你了，只有你知道我在做什么，我想要什么。我是真的舍不得离开你，所以别离开我。"

我低头，离开客房，等着电梯，懊恼地踢了踢脚。

在遇见否否之前，我可以忍受，张璋想把生活当成戏剧来放纵，我只偶尔配合她便好。我知道张璋很孤独，我也很孤独，我们的孤独虽无法共通，但至少我的接纳能让她好受些，那也是一件好事了。

如今我有了否否，我只想当个俗人了，我没那么多心思再去承接别人的依赖，我只想否否能信任我，依赖我。

可陈否否真是能耐了，我带她回了那么多次家，甚至跟她住民宿的时候都算赤诚相见了，带她去皇族拿套衣服她都能那么防范我。

我被她气得牙根痒痒，又止不住地想笑，我要真是坏人，她早被我给卖了。

她脑子里究竟是怎么想我的？

叫孟超的那个学弟，还有张璋的弟弟张壁，甚至否否的前男友段涯，都对她或多或少有意思，我能看得出来。

否否是个很有吸引力的女孩。漂亮的女孩很多，但漂亮又有趣的女孩，真的很难得，所以否否更是个宝。

否否性子有些娇，还很会作，她很有分寸的作，把人拿捏得心痒痒。若是我跟她计较了，冷场了，她又回过头来软声软语地讨好我，眼神可怜兮兮的，叫我一声"玉哥哥"，那可真是心都酥了。

迎新晚会我特意没去，我在学习陈否否的套路，用她的套路去套路她，让她没有套路可用。

果然否否主动来找我了。她的主动里还稍微带着点别扭，借着朱蕊来约我，真是够机灵。

但她肯为我花心思，我多少还是开心的。我去见她，见到她单薄的身体蜷缩在沙发里，双唇还有些发白，脸色也不太好。

她一见到我，整个人好似鲜活了起来。她装委屈，以退为进，我没有立刻下台阶，而是阴阳怪气地抱怨了两句。她看出来我已经不生气了，立刻又撒起娇来。

我被她哄得飘飘然。可门一开，她的学弟学妹都进来了，她还点了一桌子的菜。我瞧着假如我没来，她也能给自己找乐子。

好吧，好吧，我投降，她就这样好了，我也喜欢。我没法儿不喜欢。

否否问我考试通过，我该给她什么奖励。

我问她想要什么，她竟然微笑着说："要你不再跟张璋联系了，如何？"

我愣住了，心里的喜悦在汹涌。在天域酒店的时候，她见到我和张璋、梁昭昭在一块儿都没说过什么，也没什么异样的表现，整个人都与往日无异，而这次却找了这么个借口要我和张璋断了。

我没有立刻就答应，又试探了她两句，然后才说："给，当然给，否否要的我肯定给。"

"真的吗？你舍得？"

这是什么意思呢？

我不太确定，她是喜欢我喜欢到有点儿占有欲了呢，还是单纯因为张璋故意侮辱她和孟超所以讨厌张璋。这两点对我来说，是不一样的性质，我想知道否否心里的主次。

我问她："否否很讨厌张璋？"

否否在我怀里，软声说着："当然讨厌，她怎么可以那么侮辱我。"

好吧，我是次要的，那也不要紧吧。

我说："别往心里去。"

我是对她说的，也是对自己说的，别往心里去。可是做不到，这个还挺难。但有一点可以做到，我已经跟张璋提了，一刀两断，再也不联系了。

我先不告诉否否吧，省得她骄傲得翘尾巴。既然是给她的考试奖励，那就再等等吧。

那一天剩下的时间，我都有些心不在焉，朱蕊过来一块儿吃饭，随便聊了两句。

开车跟否否回珠翠华庭的路上，否否真是有进步了，朱蕊的事情她都会开口问了。

我跟否否说，朱蕊的前男友跟她分手后去南方了，事实并不是这样。

那一年朱蕊以为男朋友会跟她求婚，结果却没有，他先去了南方说是做生意，忙到没有时间回她消息，却有时间在深圳娶了个白富美老婆。

朱蕊气得要去他婚礼上闹事，对方好说歹说求她别闹，作为补偿，他在北城的一套房子加上皇族，全送给了朱蕊。

朱蕊喜欢我，我当然早就意会到了，可朱蕊对我的喜欢，又没多到她想挑明的地步。这些年了，我对她也不来电，就没跟她暧昧，可她似乎很享受这种不明说的暗恋状态。

她把我视为和她前男友一样的人，她忘不掉前男友对她的温柔，却也牢牢记着被前男友抛弃的痛苦。她喜欢我，却也不可能将自己再次置身于那样的处境中。

和朱蕊熟识这些年，我的事她也有所耳闻。我没跟她解释什么，就那么误会着也好，有顾忌有时候是好事。

所以否否像倒豆子一样问我的那些问题，我并没有全部回答。我不想把朱蕊简单概括为"追我的女人"，这样太片面，拿这个来吹嘘自己，不尊重人。

我没多想什么，但否否那天很不对劲儿，尤其是夜里。

她很早就洗漱睡觉了，我想她累了一天肯定倒头就睡，明早会跟我说，睡得很舒服，然后虚假地夸夸我家的床。

我一般睡到四点钟就会醒，坐起来喝杯咖啡看会儿书，困了再继续睡，不困就出去跑跑步。

这次四点多，我听到客房里否否在叫我的名字。

我以为她醒了，进了房间看到她还在被窝里。我开了灯，清楚地看到她满脸通红又神情痛苦的样子。

看来是梦魇了。

我叫醒她，她睁开眼看到我，她当时眼里对我的防备和惧意让我吃惊。她伸手要来抓我，我拉住她，问她梦到了什么。

她扯了一堆有的没的，看来她很清醒，我假装信了她的话。我猜测梦里一定是我做了什么过分的事情伤害到了她，令她很害怕。

我想跟她说，梦都是反的。这话是真的，我现在信了，因为我不会伤害你的。

我说："否否最近是不是很不开心？是我的不好，是我没怎么陪你，以后不会了。"

她的不开心，是从段涯出现开始的吧？我心里隐约这样猜测了，可我连提也不敢提，我怕一摊开说，她就真的离开我了，我宁愿她自我麻痹地和我在一起，我可真是自私。

否否竟然抱着我哭了，应该也不是为了我哭吧？是想到段涯了吗？

我心里疼得很，嘴里发苦。我该习惯这种感觉，我抱着她，哄着她，告诉她还有我。

她之后就在睡觉，睡醒了便吃东西，像猫一样地吃得少，还蜷缩在被窝里，不怎么说话，看着我的时候总觉得她在想什么很伤心的事。

　　我还是不敢问,我在阳台吹冷风,脑子里都是否否开口说要去找段涯,要跟我分手。我疯了吧,我肯定是魔怔了。

　　我想象的一切都没有发生,我的想象根本追不上否否的思维。

　　她主动要和我亲近,我脑子里一片空白。

　　放纵过后是隐忍,我觉得她只是太想忘记段涯才会选择和我亲近,我不想她后悔。

　　否否之后一直觉得,我那天能答应她是因为她太热情太主动了,我没忍住。

　　我没解释,但我自己心里清楚,我能跟她柏拉图那么久,自然是对和她的一切都有所规划的。

　　舍弃了规划,就那么配合着她,是因为我当时有一瞬间的赌意,被当成忘记段涯的工具人也行,让我和她的关系进入新的阶段,也许她就会慢慢爱上我。

　　要相信亲密的力量。

　　我一向对自己,对于否否对我,都有清醒的认知。可这一次,我却有些不太确定了。

　　否否看起来很开心,让我恍然间也觉得她好像是喜欢着我的,好像是单纯因为喜欢我才和我亲近的,好像是正如我爱她那般爱我的。

　　是这样吗,否否?

三

　　也许是我赌对了,否否已经开始接纳我了。

　　不过接纳的速度有些太快,她的热情呈现出一种病态。我一开始怀疑她在借我忘记段涯,转而觉得否否是想给我什么,比如给我爱,给予的力量要大于接受。

她还要和我在一起，我高兴坏了，脑子想的全是怎么和她好好过日子的画面。

我们那么合拍又那样沉迷，否否从来没有那么黏着我，她说喜欢和我这样在一起，肆意贪欢沉浸在恋爱中的感觉太愉悦了。

不过还是要回到正常轨道里去的，我送她去学校，她周一周二都满课，说要睡宿舍，我点头答应，心里已经开始想念她。

明明还是那个公寓，如今否否不在，我总觉得冷清，总觉得少了个人。

我给她发消息，我想去找她。

我说："我只是想见你。"

否否说："但是我今天不太想见你。"

我原本已经松弛下来的心，又再次紧绷了起来，我能预感出否否在退步。我叹气，是我想得太美好了。

我给她打电话，她不接，再打，还是不接。她总这样，一会儿热情如火，一会儿冷淡如冰。

我直接开车去了师大。

否否之前跟我说过，不希望我和她的关系被同学知道，所以不太喜欢我进学校，更别提去宿舍楼那边了。

我这次招呼都没跟她打，站在她的宿舍楼下，给她打电话依旧不接，手机成了砖头一样的摆设，真是毫无用处。

我叫住回宿舍的一位女同学，让她帮我去否否的宿舍传话。

我又在想，也许否否不是故意玩弄我的情绪，可能只是单纯心情不好。

我给她打电话，语气放得很轻，她是我的否否，她任性也好，我都不可以跟她发火。

她还是跟我走了，她还是把我放在心上的，这点我很欣慰。

我问她发生了什么，她回答了，语气平静。

她是在担心有一天，我会因为别的女人跟她一刀两断，就如同她以为的，我因为她而跟张璋断了联系。

她不信我，原来她是如此不信任我。

即便我编造的谎言没有破绽，她一直都深信不疑，可我这些日子，如此在意她，她都没觉得我爱她吗？

我很认真地跟她说："我其实……很困惑，否否，我不知道要怎么做，才能让你离我近一点儿。"

她坐在车上，嬉皮笑脸地玩着文字游戏，我却感到有一点点的难过。

否否看出来了，她也会讲些看似走心的话，实则是在哄我。我们彼此都很清楚，一段感情，一旦认真起来，就要计较来计较去，那就离散场不远了。

算了，我绕回之前她的文字游戏，陪她继续玩。

这样也不错。

次日我还是照常送否否去学校，上午看了几个门店的月结报告，正好请门店经理吃个饭。

吃完饭我继续待在皇族包间里，朱蕊下午五点过来了，跟我随便聊了几句，离开的时候突然问道："你和否否，根本就不是表叔和表侄女的关系吧？"

我抬眼看着朱蕊漂亮的脸上挂着完美的笑容，笑了笑，说道："当然不是。"

朱蕊笑容淡了下去，看着我的眼神很复杂。她说："陈否否那么年轻，我本以为心智都还不算成熟，没想到还是有点儿手段的。"

我说："朱蕊，你应该比我清楚，女人再有手段，都抵不过男人的喜欢。"

朱蕊说："是，你是明白人。"

这时，有人进了房间，我看过去，是段涯。他说："宋玉，我有话跟你说。"

不用猜，肯定是有关否否的。

朱蕊说："你们聊，我还有事。"

我靠着沙发，对段涯微笑道："那就坐下说。"

段涯扫了一眼桌上的茶，嗤笑道："宋总不行啊，这怎么只喝茶呢。"

我说："否否说喝酒不好，让我戒。"

好吧，否否没说过，我就这么跟段涯说，这么不符合我平时稳重的性子。我像是个幼稚的小学生，段涯还没说什么，我已经把否否挂在嘴边了。

段涯笑了一下，目光犀利地看着我，说道："陈否否跟你闹着玩儿，你还真把自己当回事了？没想到哇，宋总花名在外，却被我们家否否给吃得死死的。"

我感觉到右眼皮在跳，淡淡地说："我和否否如何，不需要你一个外人来评说，我记得否否没把你当哥哥，所以你也别在我面前摆小舅子的谱。"

段涯说："宋玉，咱俩不用打嘴炮，我跟你摊开了说，我和否否谈过。我当年对她没太认真，还提醒过她，我说要是我们分了，你再找一定别找我这样的，结婚对象可要踏实点儿。

"否否说，喜欢的类型是变不了了，人就是会被喜欢的吸引，不是我这样的，估计也难让她心动。上回看到你，知道你的那点儿事儿，我才想起来否否以前说的这个，原来是真的。宋玉，你不过是我的影子，不是你，别的像我的，否否也会喜欢，你什么都不算，你听明白了吗？"

我比我想象中的要冷静，大概是因为我早就认识到了这一点。只是段涯当着我的面这么说，我多少还是有些心堵。

面上我还是笑了起来，我总归不能失态，让他看了笑话。我说："我倒觉得你是自我意识过剩，来我这找存在感了。否否不搭理你，你也别急，改天我牵头，我们三个人一起吃个饭，否否还是能听进去我的话的，兴许就愿意认你这个哥了。"

这话说得我自己都不信，我不可能组局吃饭，否否最好跟段涯老死不相往来。还有，否否那个傲娇脾气，我的话她想听就听，不想听就怼。

想想确实，我什么也不算。

那一天是个转折点，我和否否从来没有吵过那样激烈的架。

否否那天见到了楚湉，鬼知道楚湉什么时候来的。

我脑子里因为段涯临走时说的一番话而乱糟糟的。段涯说："宋玉，你配不上否否，你什么样的过去，否否又是什么样的女孩，你怎么配得上她的？你要是有自知之明，还是尽早和她分了。"

朱蕊此时过来，说道："今天倒真是奇怪，段少来了，楚湉带着菁菁来了，连陈否否也来过了。"

听到否否的名字，我才开口问道："否否在哪儿？她怎么过来了？"

手机并没有她的消息，她也没跟我打招呼。

朱蕊说："坐了没几分钟，又走了，大概是因为看到了楚湉，楚湉也在旁边那个包间。"

我皱眉，总觉得这巧合很奇怪。来不及深想，我起身去了旁边包间。

楚湉在跟菁菁玩，看到我，眼里是熟悉的疯意。她说："宋玉，我好羡慕陈否否，她真的好年轻好漂亮，又那么幸福开心，她和你在一起就像是我们当初一样的感觉……你说，假如没有菁菁的话，我和你是不是也能回到当初？"

我过去抱走菁菁，菁菁已经五岁了，我捂住菁菁的耳朵，对楚湉说："你再有这样的想法，我会想办法找律师打官司拿走你对菁菁的监护权。"

已经不是第一次了，楚湉一旦想法偏激起来，就会又哭又闹，还会伤害菁菁，我只能尽可能地安抚她，甚至带她去看心理医生。医生说她有躁郁症，精神上不能受到刺激，这两年已经好了一些，只是最近又有些不太对劲儿了。

楚湉突然跪了下来，表情很痛苦地拉着我的胳膊，说道："宋玉，你带我回到过去好不好？我好累呀，好不开心，我不喜欢小孩我不喜欢菁菁，我为什么要生孩子呀？我为什么当初没有跟你走下去？宋玉你救救我，你把我救出来好不好？"

她呜咽着，菁菁也开始哭，这是曾经在我面前出现许多次的画面，直到今日，依旧如此。

我一咬牙，喊了朱蕊过来，把菁菁抱给她，说道："我把楚湉送去医院，菁菁就辛苦你帮忙看一晚了。"

朱蕊轻笑了一下，温柔地拉过菁菁说："阿姨带你去看动画片好不好？小猪佩奇喜欢吗？"

这两年，朱蕊对于楚湉和菁菁也都很熟悉了。她对楚湉没什么好感，却很喜欢孩子，所以菁菁交给她，我很放心。

我拉着楚湉出了皇族，开车送她去医院。

一路上楚湉又哭又闹，更凶了。她嘴里嚷嚷着要去死，我不去看她，也不理她，我在努力克制着我的不悦和失望。

楚湉毕竟是我的初恋，哪个男人的初恋不是美好的？如今歇斯底里神经兮兮的楚湉，正常的时候精明算计，欲壑难填，和曾经我喜欢过的楚湉，判若两人。

我和楚湉是同学，她当时文静又好看，总喜欢傍晚来篮球场看我们打篮球，后来听说，是因为她暗恋我。

我对她多了些关注，关注着关注着就上了心，我心里很希望能有块情感的宣泄地，楚湉便成了我的温柔乡。

我很主动，给她买早餐，在宿舍楼底下等她洗完头一起去操场散步，接她下课去小卖部买零食——反正就是一些现在想来很幼稚很平常的小事情，那个时候都觉得好重要。

我们的交往没有开始于哪一天，就是同学们默认了我们是情侣，我们互相羞涩地对视，于是就是情侣了。

年轻气盛总是对什么都很愤懑，对于我的原生家庭以及遭遇的那些变故，我总郁郁寡欢，楚湉也没有治愈我。她在我身边，也只是让我短暂地麻痹着，时间久了，她跟我说："宋玉，你能不能不要总这么消沉？跟你在一起特别没意思。"

我尴尬地笑道："怎么没意思了？"

楚湉坐在草坪上，手揪着草叶，淡淡地说："我觉得跟你在一块儿，没有未来，一点儿方向都没有，有种过家家的感觉，你不觉得吗？"

我说："怎么就是过家家了？我们还有两年就毕业，一毕业我们就会去工作，就可以挣钱了，等挣到钱了，我的工资都交给你保管，我们不都说好的吗？这叫没方向，没未来？"

楚湉笑了笑，她的笑容充满嘲讽，不是对我，是对她自己。她说："你说的那些，对我来说，就是没未来，一眼望到头的人生不可怕，可怕的是一眼望到头的清贫生活，我想去找找更多可能性。"

我当时简单地理解为她嫌弃我穷，她那样说了以后，我也没有再找过她。我们没有什么郑重的开始，所以连分手也潦草。

后来是听同学在群里讨论她，说她出去找工作被骗了，之后在美容院工作，过了一年她跟一个有钱人结婚了，还在社交媒体上晒过对方给她买的包，送的玫瑰花。她就晒过这些，我猜她也只得到过这些。

我一开始有些恨她，后来不恨了，也没怎么想起她，我在认真地挖掘我的未来。看到她的动态，我一恍惚，有些心疼她。

我后来回味过来分手时她对我说的话，她一开始一定也是抱着努力奋斗的想法，想要改变人生，她觉得和我在一起会像她父母那样，一辈子为了几块钱都能斤斤计较，她不要过那样的日子。

可是她走出去以后，发现生活太难，吃了很多苦头，没有退路便要走捷径，走捷径走顺了，她就更没有回头路了。

所以她被甩后，低着头来求我，什么骄傲也没了，只有卑微。她一分钱都没有，肚子像皮球一样大了起来，去医院引产已经不行了，只能生下来。

楚湉生孩子的时候我陪在身边，我觉得我似乎不认识她。她把嘴唇咬得都是血，脸涨得通红，眼里是红血丝，还有顺着眼角流下来的泪。她咬牙切齿地说："我要的不是这样的……不是这样的人生……"

在那一瞬间，我感受到了，一个人命运的悲剧性，越挣扎越往下坠。

我对我自己说，我只是运气好，我有很多个可能。

我成了楚湉的捷径，她讨好我，总跟我谈过去，我知道她想要什么。我给她安排月嫂，给她租房子，给她生活费，但就是不怎么去见她。

我曾经想过，不能和她这样下去，她该离开象牙塔，过她自己的日子。她也答应说好，随后便因压力过大，精神崩溃，成了如今这副疯样子。

好像我做了我认为帮助她的事，反而又害了她，生活怎么可以这样捉弄人？

医生给楚湉打了镇静剂，她睡了。我疲惫地揉了揉脸，想到还得找否否，跟她解释一下。

她肯定生气了，这么久了也没动静。我给她打电话，她也不接，过了一会儿给我发微信，说她在跟乔华逛街。

我有些不信，我想象着她缩在哪个角落里伤心着，又倔强得不让我知道，她在因为我伤心。

我说："好，你记得要回来。"

我想先缓着来，心里却依旧不踏实，干脆在小区门口等她。我踱着步，在脑子里想着怎么说，才能让否否可以接受。

结果那晚的否否像什么都没发生一样，她没心没肺地笑，还问我新发型好不好看，一点儿也不伤心。她的笑容让我把所有的解释都憋了回去，是我高估我自己了，是我自作多情。

之后的争吵也很混乱，她一副委屈的样子，能骗得人掏心掏肺什么都给她。我始终守着我最后的防线，只要她还对我保持不甘心，那她就不会离开我。

只能这样了，这确实是挺卑劣的手段。

否否之所以和楚湉见面，是朱蕊的安排。

我知道朱蕊不高兴，因为我骗她否否是我表侄女，她最讨厌被耍，尤其被我这个老熟人骗了。

我先去医院接了楚湉，她好一些了，给我道歉。我说："走吧，去接菁菁。"

从朱蕊那里接了菁菁，朱蕊望着我说道："你看起来没休息好。"

我说："你以后少给我整事儿，我应该能休息好点儿。"

朱蕊乐了起来，知道我什么意思，插着兜说："以后不会了。"

菁菁坐上车，不跟楚湉坐在后座，非要坐副驾驶座。她小声跟我说："宋爸爸，你今天陪我吃晚饭吗？"

我纠正她："菁菁，说了别叫我宋爸爸，你该叫我叔叔。"

菁菁嘟起嘴，委屈地说道："我想有爸爸，我们班同学说，宋爸爸跟我妈妈结婚了，就是我爸爸了。"

我一时语塞，说不出什么。后视镜里楚湉面色沉静地望着窗外，我不想刺激到她，便没继续纠正菁菁，纠正了那么多次，她也还是改不了口。一个称呼并不能让我和楚湉现在别扭的关系得到改变。

我只对菁菁说："晚饭你和你妈妈还有阿姨一起吃吧，我就不一起了。"

天气预报说晚上要下雪，我脑子里浮现起否否。她出门穿得很薄，北城室外零下二十摄氏度的天气，她可真能作，说是跟乔华出去看电影，等一会儿我得打个电话问她在哪儿，我还是想去接她。

把楚湉和菁菁送到家，我没多待，出了小区。天已经黑了，我给否否打电话，没人接。

我心跳得厉害，北城天黑得早，这会儿还下雪了，路上也滑，司机开车不长眼的多，真出了什么事我得疯。

我划拉着手机，我怎么那么蠢，早该要个乔华的微信的。

我想起十一假期的时候乔华去过天域酒店，肯定登记过号码。费了点儿时间，还是搞到了她的手机号。

乔华说，否否没跟她一起回宿舍，应该是回我那儿了。

乔华说："我们坐地铁，你别担心，肯定没啥事儿。否否说她困，估计回去睡觉睡得太死了吧。"

我谢过乔华，开车回了珠翠华庭，一片漆黑。我看到沙发上的书包，心里短暂地安定下来。

我进了卧室，开了灯，看到被窝鼓起一团，我就那么笑了起来。

可是走近一看，她连外套都没脱掉，浑身发着热，脑门和脖子都是汗液。我一摸她的额头，烫得吓人。

她迷迷糊糊，还在笑，我无奈地说："烧成这样还笑得出来……"

可至少她回来了。这天中午她离开的时候，什么都没带，我当时总有着不安的预感，觉得她离我好远，离开了就不会再见我了。

生病会让人想依赖别人，正如否否这般依赖我，我们就这样和好了，像是没有吵过那次架一样。

不过我倒是琢磨出来，否否没有我曾经以为的那样淡定冷静，她还是有些在乎我的。因为楚湉，她反常得厉害。

我总想找机会跟她好好聊聊，可总觉得时机不对，否否顾左右而言他，嘴上没个正经。好吧，那我就等她也想谈的时候吧。

结果温存没两天，我又被一通电话拽回了残酷的事实里。

电话那头是销售小姐温柔亲切的问候，说陈否否小姐留的电话，说有意向购房，她那边帮否否算好了最划算的首付和贷款方式。

我敷衍了两句挂断了，她是我认识的陈否否吗？她哪儿来的钱买房？还是说，谁要给她买房？

我脑中搜寻着这几天否否的表现，她完全没说过买房的事情，她真的很能藏事。

我开车去师大，停好车，往她的宿舍楼走，顺便打开手机看她的朋友圈。正好她二十分钟前发了一组图片，拍的是泰国菜，没有自拍，但是有一张图片里，出现了她对面同伴的身影，只有半截，是白蓝相间的毛衣。直觉告诉我，是个男的。

是谁？

正好在宿舍楼下碰到了乔华，乔华说的和否否告诉我的不一样。

否否在骗我，她出去跟别的男人见面了。

寒意从脚底蹿上来，大概是天气真的太冷了。

我没法儿对否否生出什么怨恨，正如我爱她。我第一个念头是，怕她不安全，她只是个假机灵的小女人。

好在没等多久，她就出现在我眼前。她笑嘻嘻地说道："你怎么过来了？我明天有早课，睡宿舍方便些，我跟你说过了呀。"

我看着她，我们过于熟悉了，以至于我能看出来，她眼神里的闪躲和担忧。

我提议聊一聊，我们去了操场，走了一圈，我能听到自己胸腔里心脏的擂鼓声。她不爱我这件事我早已习惯，我应该像往常一样对这个事实保持沉默。

可我还是没忍住。

我像是个怨妇一样盘问她，否否态度很温顺，还软声哄着我。她竟然不跟我吵，竟然不发火说我把她想得坏，反而很耐心地给我解释。

我已经不想分辨她的解释是真是假，我只是有些疲累。

否否说得对，不吵架比较好，不吵架可以维持现状，她只想和我维持现状。她对我的那些故事依旧不感兴趣，闹一闹便也就那样了。

她不需要我表示什么，她只要我还照常对她好。假如她碰到更喜欢的了，就可以和我说拜拜了。

我是从梁昭昭那里得知，否否约会的对象是张壁。

梁昭昭发微信给我，说道："张壁呀，张璋的亲弟弟，陈否否真厉害，她是不是故意的？张璋要知道，非得气死吧？不过说实话，他俩还挺般配的，郎才女貌。"

我没回梁昭昭，我心里有些酸，我吃醋了。除了醋意，还有涌上心头的自卑。

我知道张壁，也见过一面，本科保研工大，聪明踏实，没什么歪心思，是个好男孩。更何况他的父母都是律师，一家子都是殷实的中产阶级。

我得承认，否否和张壁在一起，很合适，再合适不过了。

正是因为知道合适，我明知道否否还在继续跟张壁见面，但我就当不知情，不提，不问。我知道她迟早要离开我的。

四

否否很快就迎来了备考期，由于教师资格证考试意料之外的失败，所以否否这一次备考很是用功，早出晚归的，晚上回来洗了澡倒头就睡。

有一天周末，否否睡了个懒觉，睡醒了以后又很懊悔，低落地说道："我觉得我好差劲儿，我考试都考不过还睡懒觉，别人这个点都背了好多名词解释了。"

我说："否否，睡懒觉才能养精蓄锐，保证下午更好地学习。"

否否抱着我，她娇小柔软的身体倒在我怀里，像是一只懒洋洋的猫。

否否说："我一点儿也不聪明，我要是真的聪明，当初高考就不会失利了。我刚上大一的时候，对于大学老师上课讲的内容其实接受理解得都比较慢，乔华她们就不是，我又不好意思说，我就装作我都懂……期末考试好费劲儿才能拿前三，能拿到奖学金还是平时参加一些活动凑的学分帮的忙。每次别人夸我是学霸，我都特别心虚，我知道真正的学霸是什么样的……"

她是不是想说，真正的学霸是张壁那样的，所以说着说着戛然而止。我猜到了，我现在可太了解她了。

我安慰她："你要知道很多标签其实没什么用处，重要的是结果，你做到了，你就是很厉害，厉害的人也不是什么都能做到，这并不冲突。睡饱了吗？我点了外卖，今天吃比萨。"

吃饭的时候否否问我，平安夜要不要一起过。

我想了想，真是不巧，奶奶的一个老朋友去世，下葬的时候要带奶奶回去参加丧礼。我只好跟否否说，那时我估计在外地，赶不回来。

否否没有太失落，她说："那也好，我就可以专心准备期末考试了。"

不过到了二十四日那天，还是出了点儿变故。那家的丧礼办得实在仓促简陋，感觉那家人的子女只是单纯为了收丧礼金才不得已置办了这么几桌菜，中午刚过十二点，席面就已经结束了。嘈杂的厅堂里，听到奶奶声音低哑地对我说："宝玉呀，我们走吧。"

我看着奶奶平静却难掩悲哀的脸庞，点了点头。

上了车，奶奶长叹一口气说："什么都是假的，什么都是虚的。"

奶奶年纪大，到了家就要休息。我检查了奶奶家里的暖气片和燃气，没什么问题，紧接着就接到了楚湉的电话。

手机那头是菁菁脆生生的声音，她说："宋爸爸！今天是平安夜，我想和妈妈还有宋爸爸在一起，我们班小芳说，要是爸爸妈妈都不在的话，圣诞老人就不会送礼物了，就会把我偷走了。"

我说："圣诞老人才不干这事儿，那是小彼得·潘才会做的事。"

菁菁说："我不管，反正我要宋爸爸陪我出去玩，妈妈说星海广场今天晚上有烟火大会，我们一起去嘛。"

楚湉也在那头说："宋玉，陪陪菁菁吧，不然明天上学校，菁菁要被同学们笑话的。"

我"嗯"了一声，看了一眼尚且还早的时间，说道："那就吃个晚饭再去看烟花吧。菁菁想吃什么？"

楚湉说："我已经提前订好了，一家墨西哥餐厅，菁菁想吃的。"

我没什么异议，只说："嗯，好，你把地址发给我，我直接过去。"

我没想到会在餐厅碰到否否，还不止否否一个人，她和张璧以及张璋竟然相处融洽和睦，还有说有笑的。

张璧看向否否的目光里充满了喜悦和宠溺，我心里堵得很，又不想让否否陷入尴尬的情境。很明显，她并不想在这个时候与我相认。

她倒是很有默契地跟张璧说起了唇语，那张柔软甜蜜的小嘴翕张着，却是对着别的男人。

她不是说要专心备考吗？怎么和张璧在一块儿吃饭就不怕分心了，还是说宁愿被分心也要跟张璧出来过平安夜？之前特意问我，也只是为了确保我不会节日里找她约会？

她打扮得可真好看，一身绿色丝绒长裙，外面是红色的针织衫，还戴了贝雷帽，小耳朵上别着雪人图样的耳钉，整个人瞧着可爱耀眼。

我和张璋寒暄了两句，张璋也很给面子，没让局面失控，一切波动都掩藏在冰面之下。

我一言不发地带着楚湉和菁菁去了星海广场，楚湉说道："我瞧着，陈否否和张璧挺合适的，郎才女貌，也都是学生，真挺好。"

我拉着菁菁，转移话题说："不是要看烟花吗？认真看。"

楚湉轻哼了一声，拿过相机给菁菁拍照。

熙熙攘攘的人群里，大家都在对着烟花，对着身边的人拍照录视频，要记录下美好的时刻。可那一刻对我来说，却只有寒冷。

我本以为我已经做好准备了，否则她肯定会离开我的，可是当我亲眼看到她跟别的男人露出笑意，我还是不可控制地吃醋、嫉妒、气愤。

我的大脑里疯狂地上演着我当着他们的面把她拉走，把她禁锢在我们的公寓里的戏码。她哪儿也不准去，她就是我的。

但我不能那么做，我是她的玉哥哥，她的玉哥哥不会那么疯狂。

我给她打电话，问她在哪儿。她不答，语气冷淡地说她要回学校了。

她反而还拿平安夜来说事，说："你本来就跟我说过了，平安夜你可能赶不回北城，我就没准备等你，你现在来找我，我也没准备。宋玉，算了吧，我们都别为难自己。"

胸腔中有什么东西在撕扯，什么叫为难？我为难她什么了？她又究竟准备什么了？没准备等我，却穿得漂漂亮亮地去等张壁？

在那一刻，爱意转变成了恨意，我是真的恨她，恨我爱她，恨她可以这样让我痛苦。

我问："那你什么时候能准备好呢？"

她竟然故作玩笑地说："死前肯定是能准备好的。"

我被她气得牙根都打战，她紧接着就说要回学校了，还让我别在她宿舍楼下等。

是我让她觉得难堪了？有压力了？

我冷声说："陈否否，你今晚要是不见我，我也不会再去找你。"

话音刚落，她淡淡地"哦"了一声，就挂了电话。

她可真薄情。

我那晚没送楚湉和菁菁回家，我给她们打了车，自己随便找了家酒吧。平安夜的气氛很热闹，我嫌耳根子不够清净，便买了酒带回家喝。

公寓里属于否否的气味都淡了很多，有可能以后还会更寡淡，直至消失。

元旦的时候我回了奶奶家，跟她一块儿包包子，酸菜猪肉粉丝馅儿的，我一顿能吃八个。

临走的时候奶奶递给我一袋子的包子，说："宝玉你上次不是说，谈恋爱了吗？给，带回去给那姑娘尝尝。"

我接过，笑着说："她肯定喜欢。"

奶奶弯起眼笑，眼尾的褶皱都透露着喜悦和慈祥。她说："好好处，处好了过年能带回来给我瞅瞅就最好了。"

我点点头，我依旧沉浸在我和否否还没分手的错觉里。

我跟否否之间，在拉锯争吵中，也有过这样的冷战，所以我觉得我和她还没结束。尤其是之后没几天，姜美玲给我打电话，说陈否否给她发消息了，想要寒假去做滑雪俱乐部兼职。

我说："突然找你的？"

姜美玲说："我在朋友圈发了招大学生兼职，然后陈否否就来问还要不要人，她说她过年也可以做，不耽误工作……嗯，所以我就来问问宋总的意见。"

一份寒假临时工，姜美玲犯不着特意来问我意见，无非是因为陈否否的身份。在去年国庆假期间，不少人已经知道她和我关系不浅。

我说："滑雪俱乐部那儿太冷了，让她还是去酒吧做，姜经理安排就是。"

姜美玲听了便说："好。"

所以她还是舍不得就这样和我分了？我忍不住地期盼着。

然而过了一周，我回到家，发现否否的一些东西，都凭空消失了——她来过，她刻意挑了我不会在家的日子，把她的东西都拿走了。

我不想再去深思她是不是在玩什么欲擒故纵，直觉告知我，她不是。

可能越是不在乎，所以才会越不顾忌什么去找姜美玲问兼职的事情。

我坐在地毯上喝酒，打开抽屉，看到抽屉里的大白兔奶糖，情不自禁地笑了起来，这是否否买的，还好她忘记了。

晚上家政阿姨给我发消息，跟我说这天她打扫卫生的时候，楚小姐来了，她走的时候楚小姐还没走。

我回她："我记得当初雇用你的时候，我说过不许给除了我以外的人开门。"

家政阿姨向我道歉，我却已猜出来这里面的弯弯绕绕，叹了口气，给她结算了薪资，说道："阿姨，以后不用再来了。"

我没开灯，坐在黑暗中，吃着红豆味的大白兔奶糖，想着楚湉见到否否，究竟说了什么。我好奇，却也明白，否否对我没那么在乎，楚湉说什么，她也不会往心里去。假如她在乎就好了。

但即便否否不在乎，我也不能继续容忍楚湉这样从中捣乱下去了。我打电话给楚湉，跟她说："菁菁下半年就要上小学了，学校那边我可以给你安排上，但有一点我需要跟你讲清楚。楚湉，以后不要找我，我也不会见你，我们到此结束，你该有你的新生活，就当是为菁菁以后考虑。"

楚湉沉默了足足有一分钟，才开口说道："宋玉，我的以后就是你。你不是和陈否否分了吗？你该回到我身边才是，这样我们都会有新的未来的……宋玉你知道的，我不可以没有你的，我控制不住我自己……"

熟悉的哭腔传来，我知道她在哭。

我说："楚湉，你的躁郁症是假的，我已经知道了，不要再拿这个来骗我了，也别再用这个当借口伤害菁菁了。"

楚湉的抽噎声止住，她低低地笑了两声，说："你为了甩掉我，真的是很用心了。好哇，好哇，我都听你的，我不缠着你，以后都不会了。"

挂断电话，我并没有如释重负的轻松，反而更加空虚。我想念否否，我要是把这些事实都告诉她，她会相信我吗？她会考虑回到我身边吗？

否否到达天域酒店的那天，姜美玲给我发了微信，说她来了，一切都给安排好了。

那天门店里有市政府的工作人员来检查，我特意穿了身西装接待，结束了也没回家，直接开车去了北浮山度假区。

我太想赶紧见到她了。

半个月没见，她每天也有像我想她一样想我吗？我一定要问问她。

我先去酒店入住，外面开始下起了小雪。北城一旦下雪，天就暗得更早了，下午三点天就黑了。

我坐在套间里，看着房门卡，还是决定先试探一下她。

我发了个仅对她可见的朋友圈，只有一张房门卡的图片，门卡上是房间号数字"2126"。我特意选了这个房间，就是因为这代表了我和否否各自增长了一岁的含义。

从来都是我主动找她，这一次我倒是想试试，她会不会主动来找我。

如我所料，她没有。

但否否没有视而不见，也发了一个朋友圈，配上她的宿舍门牌号："308"。

看到她的回应，我几乎是立刻从沙发上站了起来。她是否否，她当然不会低头，我再主动一次又如何呢？只要她能回到我身边。

从酒店一路到员工宿舍，迎着雪，我脑子无比清醒。我想着要坦白，我什么都不隐瞒了，从一开始我就卑微至极，我喜欢她，我爱她，我要让她知道我的真诚。

然而这次见面依旧是剑拔弩张，火药味十足。在否否的质问下我才明白，她竟然对我有诸多的怀疑，在她眼里我居然是那样不值得信任的人。

我自嘲地笑，我解释，我坦白，她待在原地，说不出话来。

我该给她点时间消化，我转身就走，不等她的回应。我知道，我是害怕会看到她可怜我的眼神。

雪花纷纷扬扬，我站在冰雪天里，寒彻入骨。

我一夜没怎么睡好，时而清醒时而入梦。凌晨四点钟我照常坐起身，头疼欲裂，冲了一杯咖啡，苦苦的液体入喉，缓解了一点儿身体的不适。

外面还黑着，我又躺回去，想睡一会儿，可脑子里依旧好奇着否否之后会怎么做，不知不觉睡着了。

熟悉的手机铃声响起，我明明没有定闹钟，那就是来电话了。

我接过，是菁菁慌乱的哭声，她说："宋爸爸，妈妈醒不过来，怎么也叫不醒……我今天要去学校拿成绩单的，可是妈妈不醒……"

我猜到楚湉又做了什么，说道："我估计两个多小时才能到，我先给医院打电话，菁菁乖，到时候有人摁铃，你帮忙开下门好吗？"

菁菁说："好的，宋爸爸，那你也要快点儿来。"

交代安抚好菁菁，我叫了救护车，然后洗漱穿衣，开车离开天域酒店。

我去到楚湉的公寓，菁菁没跟着救护车过去，她坐在家里的沙发上，棉袄的拉链也没拉上，小脸红扑扑的，眼睛汪着泪。

我去了楚湉的卧室，拉开床头柜的抽屉，里面有一瓶安眠药。我倒出来数了数，看来是新开的一瓶，也就少了五颗。

我想了想，只好还是把菁菁拜托给朱蕊。

菁菁抱住朱蕊，叫了一声："朱阿姨好。"

朱蕊对我说："这是把我当成免费保姆了吗？你也太不客气了。"

她又说："你脸色比上次来还不好，是出了什么事吗？"

我说："楚湉吃安眠药了，就算她出院，我也不放心菁菁再在她身边，只好麻烦你先多照顾点儿。"

我掏出一张卡递给她，说道："没密码，开销从这里面走，剩下的就当给你的感谢费。"

朱蕊没收，她轻笑着说："不用谈钱，你去忙你的吧，我和菁菁很熟了，别担心。"

我还是将卡塞到了菁菁的棉袄口袋里，笑了一下便离开了。

楚湉在第一人民医院里洗胃结束，我正想去看看，却接到了否否的电话。

我的心跳节拍都乱了几分，她主动给我打电话，是想要说什么呢？

否否在哭，她焦急地问道："你在哪里呀？我刚才，刚才给姜经理打电话，她说你开车下山了，我听、听那个广播说，盘山公路上出事了，我要被吓死了……"

从昨晚开始，一直到现在，都在下雪，雪势不大，但持久下着，道路上也积了厚厚一层，着实危险。只是我这天早上走得早，盘山公路上还没几辆车，倒没出什么意外。

她在担心我，她竟然这样担心我。

我笑道："你别担心，我没事，我已经在市区了。"

她说："我去找你，你把地址发给我。"

我说："雪大，你坐大巴下山更危险，你是想让我跟你一样哭得稀里哗啦吗？"

否否这才笑了起来，她的声音哑哑的："我比你下山还早，我也在市里，你也不用担心我，你快跟我说你在哪儿，我去找你。"

若是换作之前，我大概会顾忌着楚湉的事，不让她过来。可昨晚已经摊开来，她给我打了这通电话，我已然猜到她的心意了。

于是我说："我倒是想让你来找我，你不介意的话可以过来，我在第一人民医院这儿。"

否否说："我现在就过去，等我到了，你再跟我讲究竟怎么回事。"

我欣慰地挂了电话，不愧是她的风格，该利落的时候，就利落。

　　我就站在医院门口踱着步，我买了一把白色透明的伞，我转着伞柄，心却从未如此地舒坦。

　　我看到否否了，她往便利店去了，我跟着她，站在便利店等着。两分钟以后，她揣着兜走了出来，兜里鼓鼓囊囊的，她穿得厚，笨重又可爱。

　　她向我走来，眼圈和脸颊都是红的，唇却泛着白，看向我的眼神深切，柔情似水，雪花落在她的头发上。我给她撑伞，将她棉服的帽子给她戴上，说："别冻到，眼睛那么肿，出来吹冷风，会很疼。"

　　否否说："昨天不是说我清贵，说我高傲吗？我冻着了疼着了，你该解气。"

　　我盯着她看，这是熟悉的否否式傲娇，语气里却难得有种让步的意味。她是在乎我的，我感觉到了。

　　我抱住她，阔别半个月的亲密拥抱，毫无嫌隙。我没有再考虑什么自尊，只央求她："那为了让你也解我的气，我求你，我请求你，别离开我……留在我身边。"

　　否否搂着我，软声说道："那我就勉为其难答应吧。"

　　我将脸埋在她的颈边，闻着她身上的馨香。我闭上眼，仿佛一切都静止了，像是做梦一样。

　　这个梦如此漫长，我带她回家，除夕带她去见奶奶，奶奶很喜欢她。

　　她更黏我了，恨不得像八爪鱼一样黏在我身上，每天嘻嘻哈哈没个正形。我逐渐琢磨出来，可能之前我对她的猜测，都有误差，而且误差还很大。

　　四月的时候，否否要去支教实习，我想也不想地就要跟着她。

　　她在北浮镇中学实习，每天我都接送她，否否说："你会不会不耐烦呢？"

　　我说："嗬，老实交代，你是不是天天见我，有些腻了？"

　　否否说："没有哇，我就是觉得，你这样天天接送我，挺麻烦的，可惜我没考驾照，不然就不麻烦你了。"

她一口一个"麻烦"的，她才不是这样怕麻烦我的，只怕有别的小心思。

已经是初夏，她穿着花纹衬衫和西装裤，头发已经染回了黑色，扎成一小截辫子，瞧着成熟了一点儿，乌溜溜的眼珠子看向我。

我说："说吧，打什么小算盘呢？"

她抿着唇笑，见藏不住了，便说道："我想实习结束以后，准备考北浮镇中学的教师编制，留在镇上，到时候还是在镇上租房子方便些，因为新老师都要带班当班主任。"

我淡定道："你之前不是说想考北城市里的吗？"

否否说："虽说市里待遇好一点儿，但我觉得镇上也不错，来北浮山游玩也更方便。再说吧，我从小就在市里上学，也该换个环境，向下延伸也不失为一个改变的方向。"

我没说话，我只是笑了起来，我从来都觉得否否是个很有想法的女生，她比大多数人洒脱。

她见我不说话，拉着我的手，说道："怎么，要异地了，你不乐意？"

我说："怎么会异地？我跟你一起住在镇上就是。"

否否愣住："那你平时不会很不方便吗？"

我说："有什么不方便的？再不方便也要为你让路。"

否否露出了甜蜜的笑。她靠在我肩上，说道："玉哥哥真好，以后我就负责在学校培养祖国的花朵，你呢，就负责在家里貌美如花。"

在那之后的一年，否否顺利考上了教师编制，第一年带班当班主任，把她给折腾得够呛。

第二年，否否带我去见了她父亲陈珲。陈珲的头发白了许多，否否只对他说了一句："你同不同意都对我们没什么影响，我就是来通知你一声。"

陈珲点点头，说道："嗯……哦……你相中了就行，爸爸没意见。"

他当然没意见，见面之前，他就已经通过段晓娟打听过我了。

见完未来岳父，又见岳母。否否的眉眼有些像岳母，岳母瞧着比岳父的精神好多了，面色红润，有着掩不住的幸福。她要去新加坡了，跟着她的新婚丈夫。

否否搂着岳母撒了好一会儿娇，又哭了一会儿，本来这次见面应该是岳母盘问我，结果主题却变成了欢送岳母。

第三年，我跟否否求婚了，我给她定制的"鸽子蛋"她很喜欢，还说："明天我要戴着这个鸽子蛋去上课，我要隔五分钟就撩一次头发，让所有人都感受我的幸福。"

婚礼没能很快举办，因为否否说，学生高三了，主要精力还是送学生们考好高考。于是翻过这一年，六月九日，否否的学生们考完了最后一门，我给那些脸上洋溢着"欢脱"笑容的学生们都发了婚礼请柬，请他们晚上来参加我和陈老师的婚礼。

婚礼就在我的天域酒店举行，否否什么准备都没有，她穿着婚纱坐在床上冲我说："哪有你这样的？婚纱也准备好了，请柬都替我发了，竟然是今天！都没跟我打招呼。"

我理了理她的头纱，笑道："之前问过你想要什么样的婚礼，你自己说，要是学生们也在就好了，还能有比高考结束当天举办，人来得更齐的时候吗？"

否否难为情地笑道："我开玩笑的，你都当真。"

我说："娶你这件事，不能不当真哪。"

她红着眼眶看我，然后搂住我的脖子吻了上来。

门此时突然被人开了，传来乔华的声音："我怎么没瞧见新郎——哎呀，你们这就亲起来了吗？还走不走流程了？"

否否松开我，拿起镜子照了一下，说道："这口红还挺耐亲。"

我看着她笑。

这场梦，一直没醒过来。

我还想写下去，但是否否说："再写下去就是青春靓丽的美少女被教学工作摧残成校园麻辣女魔头，以及一代风流温柔帅哥成了唠叨奶爸的故事了，美好的故事该止步于最浪漫的时刻。"

我说："可是和你在一起的每一刻，都是最浪漫的时刻。"

否否皮笑肉不笑地说："你先把暖宝的尿不湿换了再跟我说浪漫吧。"

好吧，好吧，都听她的。

番外

一

有朋友让我说说我和宋玉是如何在一起那么多年还如胶似漆的，想讨点儿成功经验。我倒觉得，与其说些甜蜜的趣事儿，不如说点儿不愉快的，就比如我和宋玉的那次情感危机。

那是在大学毕业的那年，现在想想依旧觉得恐怖。

那几个月忙得心力交瘁，要修改毕业论文，还要准备唯一一次可以以应届生身份参加的教师编制考试，忙起来的时候都忘了我还有个男朋友宋玉。

宋玉也忙，不知道他在忙什么，反正忙得似乎也忘了他还有个女朋友正在受论文和考试的双重折磨，他每天倒是记得跟我在微信上说"早安""午安""晚安"，顺便问问我每天早中晚都吃了什么。

论文进展不顺，已经被导师毙了两次，打回来让我继续修改，事不过三，在交稿日之前，我战战兢兢，还总失眠，每天只睡三四个小时。

乔华的研究生面试已经结束，并顺利考上了，就等着收录取通知书了。她没有我压力大，她的论文是之前就做过的一个项目，写起来得心应手，导师审核完毕，已经上传提交了。

她在寝室打游戏，看着我从图书馆回来，扫了我一眼，惊呼道："否否，你脸色好憔悴啊！你都长痘了！"

我跌坐在椅子上，有气无力地说道："今天只写了五百字，实在写不出来了。"

乔华凑近我，安慰道："否否，你试着放轻松，我觉得你太紧张了，一紧张思路就会不顺畅。"

我垂头丧气的，想到了我那些考试失利的过往，我总是在关键时刻掉链子，这一次涉及毕业和未来工作，这太重要了，我实在是没法儿不紧张。

我说道："我已经在努力调整自己了，明天一定能写完，交给导师审核。"

我将书包里的行测卷子拿出来，准备再做一套试卷，不然我没法儿安心洗漱睡觉。写完卷子，洗漱完毕，我刚爬上床，宋玉就打了个视频电话过来，我没接，好不容易此刻有了困意，要是跟他聊天，那又要失眠到凌晨了。

宋玉不解，微信给我发了句："怎么了？不方便吗？"

我回复道："困了，要睡觉，晚安。"

宋玉也回我："好吧，否否晚安。"

我困得都睁不开眼了，余留下来那点儿清醒意识，还能捕捉到他那两个字"好吧"所传达出来的落寞，可我也没力气打字安抚他，我睡着了。

次日我也忘了给宋玉回电话，我赶着去图书馆抢座位，一落座，打开电脑文档，思路竟然神奇般地顺畅起来，写了一整天，又通读修改了两遍，信心满满地发送到了导师邮箱。

我拎着书包准备去吃饭，虽然腰酸背疼，头昏脑涨的，但心里却难得地轻松了那么一点儿，我想晚上不去食堂吃，去学校旁边的美食街吃一份肥牛盖饭。

我点好餐，坐了下来，才打开手机，我在图书馆的时候手机都会开勿扰模式，此刻发现手机里有宋玉的数十个未接来电，我登时就心虚起来，我不接电话，他肯定担心。

服务员将热气腾腾的肥牛盖饭端至我面前，我咽了咽口水，想着先享受美食再给他回个电话吧，反正也不差一顿饭的时间了。

我吃了两口，手机又响了起来，不是宋玉，是乔华。

乔华说："否否你在哪儿呢？你男朋友找你都着急死了，我说你在图书馆，他去图书馆没找到你，问我能不能联系上你。"

我说道："没在哪儿，唉，我给他回个电话。"

挂了电话，我直接给宋玉回了个电话，没再拖延。宋玉几乎是没等到"嘟"声就接通了，他语气焦灼，问道："你在哪儿呢？手机不接，人也找不到，你知道我多担心吗？"

我淡定地说道："我在学校旁边美食街吃饭，你吃了吗？没吃的话正好来一起吃，我给你发定位。"

宋玉叹了口气，说道："好，我马上过去。"

宋玉着急忙赶来，我的盖饭已经吃了一半，他阴沉着一张脸坐在我对面，看我没说话只顾着吃，浓眉紧锁，说道："我想不起来什么时候让你不高兴了，你在冷暴力我吗？"

我尽量心平气和地说道："冷暴力是有预谋的不理人，我是真没听到你电话，我最近忙得哪有时间看手机。"

宋玉久久不语，他看我的目光让我很不舒服，似乎我做了很严重的对不起他的事儿，他竟然那样失望的表情。

我忍耐不了，勺子扔在盘里，说道："你这么看我什么意思呀？我还没问你呢，你为什么要给乔华打电话找我？我们两的事，不要麻烦别人好不好？"

宋玉深深吸了一口气，他被气到了就是这副忍耐的样子，他依旧好脾气地："好，我下次注意，但你以后再忙也不要让我联系不上行不行？理解是相互的，我理解你忙，你压力大，可你也理解理解我，我总归是你男朋友，担心你才是正常的吧？"

我板着脸不想讲话，我不知道我怎么了，我现在对于考试和论文以外的一切都很不耐烦，不是宋玉的错，是我的问题。

宋玉拉过我的手，柔声问道："你吃饱了吗？没吃饱我带你吃点儿别的，或者要喝点儿什么？"

我摇了摇头，说道："不了，吃多了就困，我还要回去做两套题。"

我背起书包就往外走，宋玉大步追上我，拽住我的胳膊，力道有些重，声音也沉重起来，他说："我大老远来找你，你也不问问我找你什么事儿吗？你现在可以这么忽视我的吗？"

我皱眉，仰头看他，他俊秀的脸上是一片愠怒，我鲜少能看到宋玉这样生气，尤其还是这样无足轻重的小事引发怒火。

我说道："那你说，什么事？"

宋玉拉着我就往他的车走去，说道："跟我走一趟就知道了。"

我烦躁地坐在副驾驶座，连安全带还是宋玉给我系上的，系安全带的时候，他的脸离我只有几厘米，我甚至可以看到他眼中小小的我，他说："否否，要不我们还是先去一趟医院吧？你脸色都蜡黄。"

我没好气地说："不用，我是黄种人当然脸黄，没化妆而已。"

宋玉无奈道："你为什么火气这么大？好好说话不行吗？"

我说："嫌我不好好说话那就别跟我说话，你有钱人又帅，往大马路上一站，能跟你好好说话的人都能从北城排到北浮山，不差我一个。"

宋玉说："好了好了，我不跟你拌嘴，我带你去北浮镇上看我新装修的别墅，你估计会开心点儿……"

我问道："什么别墅？在北浮镇上？租的吗？"

宋玉以为我很惊喜，边转着方向盘，边笑道："你不是报考了北浮镇中学？我想以后我们就在镇上常住，所以就买了个小别墅，也不贵，最近一直都在盯装修。哦，那别墅有个小菜园，你想种花种菜都可以，地方够大，我们还能养狗，你想要养金毛还是边牧？我更喜欢边牧，你呢？"

我的胸口就像是被压了巨石一般喘不过气，我没想到宋玉都已经将学校附近的别墅买好了，甚至都没事先和我商量一下。

我说道："你为什么先斩后奏？你买别墅不应该和我说一声吗？你的钱也不是大风刮来的，如果我没考上，那你岂不是白费一番工夫？"

宋玉说道："你肯定能考上的，否否，我相信你。我没事先跟你说就是想给你一个惊喜，但是昨天装修收工，我还是忍不住，想让你赶紧看到我们以后的家——怎么了？怎么哭了？"

　　宋玉将车靠边停下，心疼地伸手要给我擦眼泪，我拂开他的手，说道："我一点儿也不觉得惊喜，我觉得是惊吓。为什么你们对我都信心满满？那假如我没有做到，就一定是我不够努力，是我的问题。可我不知道我哪里有问题，我每次都觉得我已经做得很好了，可结果总是差那么一点儿。你为什么要提前预设我成功的结果呢？我觉得很吃力，我要透不过气了。"

　　我泪眼婆娑，看不清宋玉的表情，我推门下车，夏初的夜风，能让我舒服一些。

　　宋玉跟上来，他说："否否，你不能这么消极，不能因为过去的一些不顺利的经历，就对未来的一切都这么没信心，你在我眼里就是最优秀的，就算你考不上，那别墅我们也可以住哇，谁规定了必须在中学工作才能住那里？那是我送给你的礼物，你不必觉得是负担，我希望你能开心。"

　　我听不进去，觉得脑子要炸了，我说道："宋玉，你不是我，你没法儿共情我的痛苦，你说让我不要有负担，我难道就立马可以没心没肺跟你嘻嘻哈哈了吗？不是的，不是这样的。你先回去吧，等我一切都忙完再说好了，我真的没有精力应付你。"

　　"应付？"宋玉脸色难看起来，"我是需要你来应付的吗？"

　　我说："你现在是在跟我抠字眼儿是吗？"

　　宋玉说："难道我还可以选择性忽视吗？是你说你要专心忙毕业的事情，不必要的约会都可以取消，好，我都听你的。可现在每天见不到你人不说，连电话也不接，见了你面，你现在跟我说应付我很累——你是觉得我很烦是吗？"

　　我定定地望着他，一时不知道该说什么。

　　宋玉等不到我的否认，眼尾都红了起来，他抿着唇气鼓鼓地离开了。

　　若是换作之前，我肯定要屁颠屁颠地跟上去喊他"玉哥哥"，撒撒娇哄哄他，可此刻我没力气，我有些困倦，也很疲累。

　　这次吵架事后我冷静下来回忆，都会觉得是自己莫名其妙。

我找不到人倾诉，即便我和乔华是朋友，可我一贯也不喜欢将恋爱这种私密的事情说给她，只好心里默默消化。

我心想，我可能会谈恋爱，但我不会经营两个人的爱情。

我和宋玉正儿八经谈恋爱已经一年多了，在甜蜜期过去以后，如今到了磨合情绪的时候，可我恰恰是非常情绪化的人，我对外人的开朗活泼都是装正经，而在面对父母和宋玉时，我骄纵任性，总是没来由地发脾气。

宋玉脾气很好，他一直很包容我宠溺我，这次是我无理取闹了。

我反省完了，却又陷入了不知道如何和好的困境之中。

这件事很难办，我想来想去都觉得，不如就等到手头事情忙完了再去解决吧，宋玉那么成熟，还不至于因为这件事就要跟我掰了。

等我忙完了考试和毕业论文答辩，转眼就已经到了五月，于老师在群里通知毕业典礼的时间，毕业典礼结束后去主楼前拍毕业照。

毕业典礼有个很重要的仪式——拨穗，就是在授予学位时，由学院领导将学生学位帽上的帽穗从右边拨到左边，这是麦穗成熟的寓意，代表学生已学有所成可以离开校园了。

因为太有仪式感，我想让宋玉来帮我见证，拿上他新买的相机来帮我记录就更好了——当然，最主要的是，这是在冷战后主动找宋玉的一个绝佳机会。

然而，宋玉竟然不接我的电话！

我在寝室里走来走去，不停地给他打电话，乔华吃着冰激凌，说我像是生气的河豚。

最后我琢磨出来，宋玉这是以其人之道还治其人之身，他竟然把我记恨上了。他在等我找他，不择手段地找他。

我只好去找朱蕊，我已经一年多没踏足皇族了，也很久没见过朱蕊。

朱蕊还是那样妩媚漂亮，她换了种风格，穿着湖蓝色旗袍，身材曲线曼妙，踩着高跟鞋走起路来真是风情万种。我一个女生看了都挪不开目光。

熟悉的包间内，朱蕊红唇轻启，靠在沙发上歪着头说："好久不见了，今天倒是破天荒来找我，是跟宋玉闹别扭了吧？"

我捧着气泡水喝了两口，坦然地笑了笑说："还是蕊姐厉害，猜得这么准。"

朱蕊轻哼一声，说道："让我继续猜猜，你是不是找不到宋玉了，只好来找我帮忙，想让我叫宋玉过来？"

我说："蕊姐太牛了，难怪皇族生意一直这么好。那……蕊姐你能帮我这个忙吗？"

我心里忐忑，毕竟平时都不联系，这么突兀让人帮忙，朱蕊还曾对宋玉有意思，她也许会乐得看我和宋玉僵持下去。

朱蕊低笑，而后说道："其实吧，就算你不找我，我这两天也要找你的。"

我的笑意都收拢不住，我说："宋玉的意思？"

朱蕊说："除了他，还能有谁？"

我笑着笑着眼睛就有些痒，朱蕊抽了张纸巾给我，说道："哭什么？他在乎你，是好事。"

我说："我知道，我就是觉得，我很对不起他。"

朱蕊说："哪儿就到这程度了。我已经给他发微信让他过来了，他肯定要在你面前装一下高冷，你可别又嘴上不饶人，到时候再吵起来就真的没法儿收场了。"

我点点头："嗯，我明白。"

大概二十分钟以后，宋玉推门而入，他扫了我一眼，并不惊讶，他冲着朱蕊打了个招呼，声音淡薄清朗："皇族现在的业务范围真是广，还能给情侣调解矛盾。"

朱蕊笑道："行了，你们聊吧，我先走了。"

朱蕊离开后，宋玉坐在我左侧的沙发上，冷着脸，伸手拿起酒往杯子里倒，我见准时机，立马像《西游记》里的蝎子精扑到他身上，软声道："我错了，我错了，你别生气了好不好？是我不对。"

宋玉哼了一声，说："知道自己错了？那你说说，你错哪儿了？"

我说："我错在太把你当自己人了。"

宋玉无语地偏过头，一副不想跟我讲话的样子。

我搂着他的肩膀，说道："你听我说完哪，我给你分析分析。就拿乔华和你来比较吧，我现在天天跟她抬头不见低头见的，但我从来没跟她发过脾气，也没不理她，为什么呢？因为她只能算是我朋友，而玉哥哥你是我男朋友，以后还会是我的老公，所以我就把你当我最亲密的人，所有的负面情绪都可以在你面前展现。"

宋玉咬牙切齿道："你少跟我进行性质对比，你根本就是柿子挑软的捏。"

我谄媚地笑道："玉哥哥才不是软柿子，你威武阳刚，你霸气强硬，正是因为你太厉害了，你什么人物没见过，所以我就觉得我那点儿小脾气你都不会在意的，你说呢？"

宋玉这才笑出声，如冰雪消融，但他嘴上还是不依不饶地说着："你那才不是小脾气，你明明知道你对我很重要，你一点儿小事对我来说都是天大的事，你还来折磨我。"

我感动极了，刚在朱蕊面前止住的泪水又情不自禁往外溢，我将脸埋在宋玉怀里，哽咽道："对不起，不是嘴上说说，我是真的觉得很对不起。我这些天一直在想，以后如果自己状态不好，该怎么不伤害到你，我也很怕你觉得我发神经，最后会离开我。"

宋玉身体僵了僵，他搂住我，轻声说："否否，别哭。"

我呜呜咽咽，话也说不明白，宋玉抚着我的头发，投降似的低语道："否否，没关系的，你以后爱怎样就怎样，我都受着，谁让我这么喜欢你呢？

其实我也不是生气你发脾气，我只是有些介意，我不在你身边，你反而更自如，那是不是说明，我只会扰乱你？我对你就没有一点儿好的影响吗？"

我连忙摇头否认道："没有哇，你对我很重要，我只要一想到毕业了工作了，我在哪儿你就在哪儿，我就会觉得未来可期。你是我的后盾哪！"

宋玉温柔地看着我，用手擦着我的眼泪，宠溺地说道："好了好了，我明白了，这么会说好听的话，你是不是打好草稿预演过了才来的？句句说到我心坎。"

我破涕为笑，搂着他不肯松手，我说："玉哥哥，你别不理我。"

宋玉低沉浑厚的声音在我耳边说着："再也不敢了，你哭得我心疼。"

二

我在和宋玉结婚后的第一年，有一段时间沉迷一款游戏，里面有四位风格迥异却都格外迷人的男主角，我每天都在这个游戏里和各位男主角闯关冒险，不亦乐乎。

宋玉一开始以为我在书房是有批不完的作业和试卷，看我的眼神都心疼不已，变着法地给我做各种美食。

直到后来这款游戏和一家品牌做了联名限定款饮料，商家很会赚钱，推出每满三百块钱就送人物手办的活动，为了能集齐每一款手办，我一咬牙，花了一个月的工资买了几十箱饮料。

支付成功以后，我发现我刷错卡了，我刷了宋玉的一张信用卡。

宋玉正半躺在床上刷手机，那条短信一来，他就坐直了身体，一脸惊喜，目光灼灼地说道："否否，你竟然用我的卡了。"

结婚以后家里开销很大，宋玉的消费水平比我的高出许多，他挣得多，花得多也无可厚非，我每月的工资在宋玉看来，肯定就是零花钱的水平，所以他总是担心我钱不够花，又是给我信用卡，又是总给我微信上发红包。

我对于此项行为严令禁止，理由是，婚后虽然不用算得那么清楚，可我也不想形成心理依赖，这样不利于我今后的储蓄和消费，我的财务后盾必须是我的银行存款，而不能是宋玉的钱。

宋玉被我的理由给说服了，但他还是说，要我手机绑定一张他的银行卡，他的说法是，他想成为我的后盾之一。

那张卡我一直没用，没想到这次网购刷错了。

宋玉很开心，他说："我就想你刷我的卡，你刷得越多我越开心。"

我心虚极了。

两天后的傍晚，我去食堂吃晚饭，因为晚上要看两个班的晚自习，手机收到一个快递取件码，我随手就转给了宋玉。

三十分钟以后，宋玉给我发了张照片，配上了文字："你为什么要买这么多气泡水？你买一个气泡机不就行了？"

我忽略了那几十箱饮料，一想到那些纸片人，我立马给宋玉打电话，焦急地说道："你快把我的手办给收好，别压坏了，那可是我的小哥哥们！"

宋玉疑惑地问道："什么小哥哥们？"

我听到他拆包装的声音，过了一会儿，宋玉声音低落地说："你最近就是因为这几个男人冷落我的对吗？"

我讪讪地笑，说道："哪儿有，这就是个人爱好。"

宋玉说："我还在想你的微信头像为什么天天换，换不一样的卡通人物，原来是在换'老公'过干瘾哪。"

我顿时哑了。

这一晚，宋玉受委屈地去了客房睡，留我一人独守空房，我喝着气泡水饮料，看着饮料瓶包装上帅气的纸片人，心里倒也没有太空虚。

我这样淡定，无所作为，再一次刺激到了宋玉。

到了休息日，我好不容易在家里睡了个懒觉，一睁眼，就看到宋玉戴着金色假发，穿着一身黑色燕尾服，嘴里叼着一朵玫瑰花，冲我展颜微笑。宋玉的颜值配上这样的装扮，简直能魅惑众生。

我不自觉地就咽了咽口水。

宋玉说："亲爱的美少女否否，美好的周末清晨，请尽情享用我吧。"

我扑哧一声，埋在被窝里哈哈大笑。

宋玉被我的反应也破功了，取下玫瑰花，说道："陈否否，我为了唤起你对我的新鲜感，可真是煞费苦心了呀，你竟然不买账。"

我笑够了，坐起身捧着他的脸笑道："当然买账，来，奖励你一个美少女的吻。"

我吧唧亲了他一口，越看他越心里欢喜。

宋玉满足地冲我笑了笑，他眸中是一片深情，对我说道："否否，别看纸片人了，多看看我吧，我想你多看看我。"

我的心都要融化了，感动地抱住他，说道："老公，我好幸福。"

宋玉温热的手掌抚摸着我的脸，低声说："那你要不要更幸福一点儿？"

我点点头，想到了他之前隐约提过，我却一直回避的事情，说道："宋玉，我们要个孩子吧？"

宋玉眼眸一亮，愉悦地说道："遵命。"

第二年，我们的女儿就出生了，她出生在春暖花开的四月，宋玉给她取名叫宋暖，他抱着小小的她，说道："否否，你有没有一种感觉？"

我问："什么感觉？"

宋玉声音轻柔，生怕把刚哄睡着的暖宝给吵醒，他说："感觉我们的爱情也有了生命，看得见摸得着，还会继续成长。"

我躺在床榻上昏昏欲睡，我听着他的话，从未觉得身体如此舒展，心里如此踏实。

能和宋玉相爱，实在是太幸福的一件事。